First Invaders
The Literary Origins of British Columbia

加拿大文学起源

首批入侵者

〔加拿大〕艾伦·特威格（Alan Twigg）著
杨建国　陈才　陈昌学　译
杨建国　审校

北京大学出版社
PEKING UNIVERSITY PRESS

著作权合同登记号　图字：01-2016-1850

图书在版编目 (CIP) 数据

加拿大文学起源：首批入侵者 /（加）艾伦・特威格（Alan Twigg）著；杨建国，陈才，陈昌学译．—北京：北京大学出版社，2016.8

（文学论丛）

ISBN 978-7-301-27252-7

Ⅰ．①加…　Ⅱ．①艾…　②杨…　③陈…　④陈…　Ⅲ．①文学史研究－加拿大　Ⅳ．①I711.09

中国版本图书馆 CIP 数据核字 (2016) 第 148525 号

书　　名	加拿大文学起源——首批入侵者 JIANADA WENXUE QIYUAN
著作责任者	〔加拿大〕艾伦・特威格（Alan Twigg）　著 杨建国　陈　才　陈昌学　译　杨建国　审校
责任编辑	郝妮娜
标准书号	ISBN 978-7-301-27252-7
出版发行	北京大学出版社
地　　址	北京市海淀区成府路 205 号　100871
网　　址	http://www.pup.cn　　新浪微博：@ 北京大学出版社
电子信箱	bdhnn 2011@ 126.com
电　　话	邮购部 62752015　发行部 62750672　编辑部 62759634
印 刷 者	三河市北燕印装有限公司
经 销 者	新华书店
	650 毫米 ×980 毫米　16 开本　12.5 印张　210 千字 2016 年 8 月第 1 版　2016 年 8 月第 1 次印刷
定　　价	38.00 元

致 谢

感谢罗斯戴尔出版社(RONSDALE PRESS)负责人不列颠哥伦比亚大学的罗纳德·B. 哈奇(RONALD B. HALTCH)教授和作者艾伦·特威格(ALAN TWIGG)教授慷慨免费授权译者处理 *First Invaders*：*The Literary Origins of British Columbia*，*Vol*. 1 在中国内地的翻译及出版。感谢西南科技大学外国语学院翻译硕士研究生董娇、傅杰为本书的初译所做的工作。

译 者

2016 年 1 月 30 日

前　言

我乘风破浪，勇往向前，对新的困难无所畏惧

——博迪格·夸德拉船长

1786 年，爱尔兰士兵约翰·麦基自愿在塔西斯过冬，成为第一个在不列颠哥伦比亚定居的欧洲人——这比约翰·朱伊特被俘早 17 年。约翰·朱伊特是一名美国铁匠，是“波士顿”号大屠杀中幸存的船员，人们称他“努特卡白奴”。

1787 年，18 岁的新婚女子弗朗西丝·巴克别和丈夫环航全球时来到努特卡湾，成为第一个游历不列颠哥伦比亚的欧洲女士。她的一头红色长发给人们留下了经久不灭的印象。

麦基和巴克利声称，他们是在 1800 年前就已进入太平洋西北地区的近 50 名首批“入侵者”中的两名。这些具有商业头脑，或者叫具有扩张主义精神的欧洲人和美国人的入侵不仅是指军事层面上的入侵，更是指他们在带来全新的科技、风俗、食品、疾病与宗教层面上的入侵。

测量师温哥华，科学家莫西诺和孟席斯，具有绅士风度的博迪格·夸德拉，遭受迫害的学者马拉斯皮纳，第一个出现在不列颠哥伦比亚的法国人拉佩鲁兹，他们所有的冒险经历铸就了这部代表不列颠哥伦比亚文学开端的读物。

英国海军部命令 18 世纪的海军上校在勘探航行结束后上交全部个人航海日志。同样，船员们在没有得到授权允许前，禁止泄露他们所到过的地方。詹姆斯·库克船长的四个船员没有成为英国最著名的水手，但他们成为了文学史上的明星。

1781 年，约翰·里克曼匿名处理掉他的旅行见闻；1781 年，海因里希·齐默尔曼于德国处理掉他的航海见闻；1782 年，威廉·埃利斯销毁自己的日志；1783 年，著名的约翰·莱迪亚德（被称为美国的马可·波罗）在努特卡湾销毁了自己的航海故事。

1784年,库克死后,后人出版的关于他的记载似乎备受称赞。它证实了这位被谋杀的船长所拥有的世界上最著名的航海家的声誉,掀起了大不列颠帝国统治北太平洋的风波。事实上,西班牙人早在库克之前——1774年就到达过不列颠哥伦比亚,当时马略卡船长胡安·佩雷斯开始了对世界上最后一个在地图上未标注的温带气候地区的掠夺,使它成为欧洲殖民地。

1774年7月18日,佩雷斯与居住在夏洛特皇后岛最北端的海达族人订立契约。他的领航员仅凭观察,绘制出了不列颠哥伦比亚海岸线地图。

鉴于库克船长和温哥华来过此地,绘制并出版了地图,西班牙和俄罗斯对他们的航行没有进行广泛宣传。由于他们的保密,人们至今在对第一个来到不列颠哥伦比亚的欧洲人的认识上还存在偏差。

各种文档依然从西班牙、俄国及中国的档案室中公布出来并被翻译成多种文字。18世纪初,遭受坏血症折磨的海员们是如何、又是为什么到达北太平洋的故事掀起了人们对五花八门引人入胜的事实、幻想以及他们的虚荣心的探讨。

在理性时代,哲学家、学者和科学家们力图消除神话谬见与愚昧无知。诸如亚瑟·多布斯、亚历山大·达尔林普尔以及约瑟夫·班克斯等自私自利的游说者们,仅仅凭借靠推测绘制出来的地图,就不约而同地鼓励荒谬的冒险精神。这全然是致命的举动。

阿利亚海峡和西北航道仅仅是“海事哲学家众多宝石”中的两枚。弗朗西斯·德雷克将加利福尼亚海岸命名为诺瓦·阿尔比恩后,一位名为洛伦佐·费勒·马尔多纳多的机会主义者称,他于1588年从冰岛起航,经由戴维斯海峡横穿加拿大北部边缘,到达太平洋上的基维拉之地。其他航行探寻了伽马之地(据说是1590年由葡萄牙航海家若昂·德·伽马发现)、康帕尼之地(据说由一位不知名的荷兰船长发现)以及吉秀之地(在许多地图上都有描绘)。

诺瓦·阿尔比恩北部某地,水手们进入胡安·德富卡本该在20天内航行完的西部海域。大多数船员都冻得瑟瑟发抖,饱受营养不良,疾病缠身等严酷的磨练,遭遇暴风雨甚至死亡的威胁。但诸如约翰·尼科尔和埃比尼泽·约翰逊这些无知的船员对之仍残存迷恋,其回忆发人深省。

不列颠哥伦比亚最初朦胧的文学与法国科学家弗朗索瓦·佩龙的到

来关系紧密。我发现他们——和弗朗西丝·巴克利——的著作越多,我就越希望能够早点了解他们,尤其是西班牙科学家莫西诺和美国探险家莱迪亚德。

在学校的学习中,我从不知道胡安·德富卡原来是一个名叫瓦莱里亚诺斯的希腊人。即使在我未曾学习过的"努特卡人事件"中,也真没提及过。直到三年前,我才知道最引人入胜的18世纪的所有人物,虽说为数不多,但却是十分宝贵,其中有酋长马奎那,海上皮毛贸易商马基雅维里、约翰·米尔斯。(努特卡海湾现代的莫瓦恰特人坚持认为米尔斯故意把带有感染病毒的毯子献给了他们的祖先。)

《加拿大文学起源——首批入侵者》的故事随着1793年亚历山大·麦肯齐通过陆路跋山涉水来到太平洋而被推向高潮。这是一项考验毅力的壮举,这也拉开了内地皮毛贸易的序幕,标志着不列颠哥伦比亚文学起源第一部的结束。

"文学原著",我是指纸质的那种。迄今为止,岩画和口述故事已经造就了许多现代精美的书籍——从弗朗茨·博厄斯的《人类学探索》到罗伯特·布林霍斯特的《紧密分析》——然而《加拿大文学起源——首批入侵者》是1800年前那些到访的人记述加拿大西海岸的故事的共同努力的结果。

18世纪末的文学家都不具有代表性,就像是17世纪插图画家,包括乔治· 戴维森,约翰·赛克斯,皮埃尔·布隆德拉,加斯帕德·杜谢·德·梵西和西吉斯蒙德·班克斯特罗姆等。怀着极少的期许,我仅将《加拿大文学起源——首批入侵者》的材料排版成了触手可得的书本形式。除了这些材料,还包括1785年的《詹姆斯·汉娜》杂志;1790—1791年的《埃比尼泽·多尔日志》和《希望》杂志;1792—1793年玛格丽特的零散日志;1791—1795年的伯纳德·麦基的《杰弗逊日志》;托马斯·曼比的《温哥华航程评论》和《查塔姆日志》,以及小埃斯利·布朗的《发现日志》。

这本书是不列颠哥伦比亚文学的第一卷。来自五湖四海的人们前往参观努特卡友爱湾,这里是库克船长于1778年登陆过的地方。我希望这本书的编著能够引起加拿大人的好奇心。

在此,非常感谢为此书提供了至关重要信息的北温哥华档案室主任罗宾·尹格里斯以及拉美裔研究教授德里克·卡尔;感谢爱德华·冯·波滕在编辑方面所做出的重要贡献;感谢诸多作者前辈的开拓工作——

如德里克·毕德格，赫伯特·柯·比亚尔，德里克·海耶斯和吉姆·麦克道尔，这里仅列出几个——以及对珍贵的《不列颠哥伦比亚历史见闻》的贡献者们。

感谢我的朋友和同事大卫·莱斯特（设计），我的儿子杰里米（绘图）和马丁（电脑），代理商唐·塞奇威克和出版商罗纳德·哈奇，与他们的合作十分愉快。感谢不列颠哥伦比亚艺术委员会给予的资金支持。

感谢金河努特卡镇的格兰特和洛林·豪威特，感谢他们即使在恶劣的天气下仍带领我去友爱湾；感谢育阔特地区莫瓦恰特的守护者雷和特里·威廉姆斯，感谢他们的热情和信赖。

——艾伦·特威格

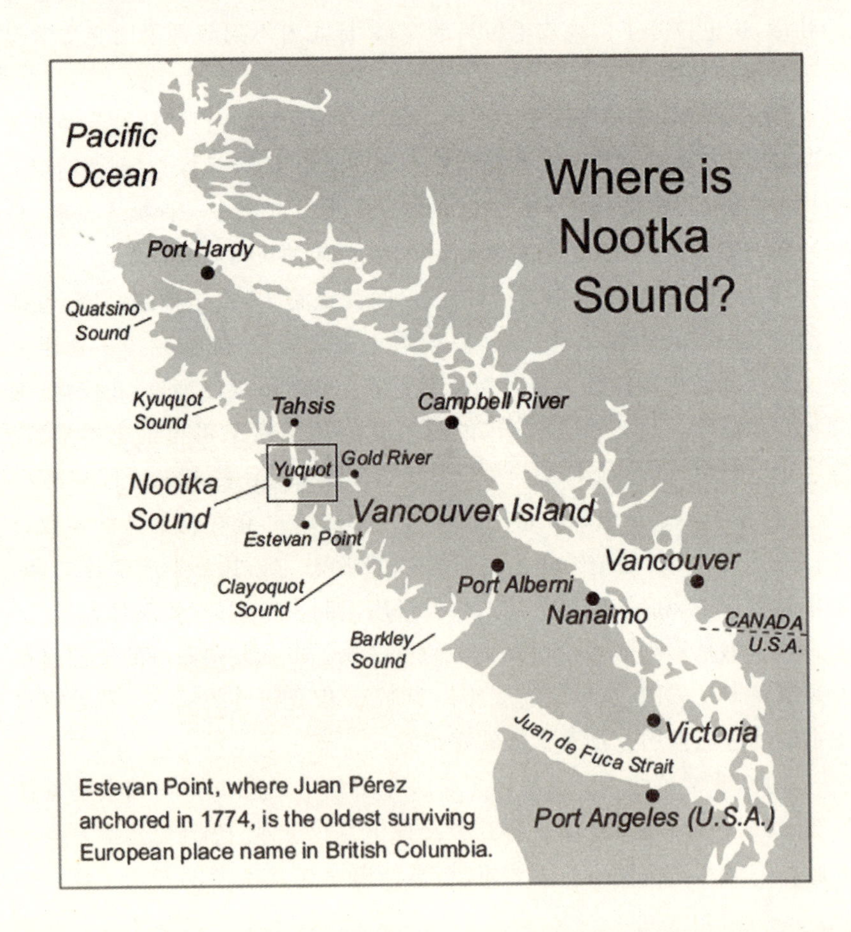

Estevan Point, where Juan Pérez anchored in 1774, is the oldest surviving European place name in British Columbia.

育阔特(友爱湾),1920

育阔特(友爱湾),2004

目 录

I 先驱者

乔纳森·斯威夫特

在英国文学中,最早的关于不列颠哥伦比亚的文学资料出现在《格列佛游记》的第二卷中。这是一部由讽刺作家乔纳森·斯威夫特创作的幻想小说,描述了格列佛于 1703 年驾船沿美洲西北海岸往北航行,抵达被称为"巨人国"的国家的经历。

这片巨人国的土地靠近不列颠哥伦比亚地区,位于新阿尔比恩北部。格列佛乘坐的船遇到了风暴,"使即使船上最年迈的水手也无法辨别出他们所在的位置"。

通过整合世界旅行家丹皮尔的发现成果,斯威夫特将一些已知的地理知识融入他的作品。格列佛在书中称威廉·丹皮尔为"我的表弟——丹皮尔"。

新阿尔比恩这个词源于弗朗西斯·德雷克爵士 1579 年的一次秘密航行。那时,他在寻找一条能够回到英格兰的西北航道。当时,"卑鄙"的德雷克,从西班牙人手中掠夺了大量的金银,是西班牙人的克星。伊丽莎白女王经过慎重考虑,决定支持他作为环游世界的第一个英国人。

乔纳森·斯威夫特

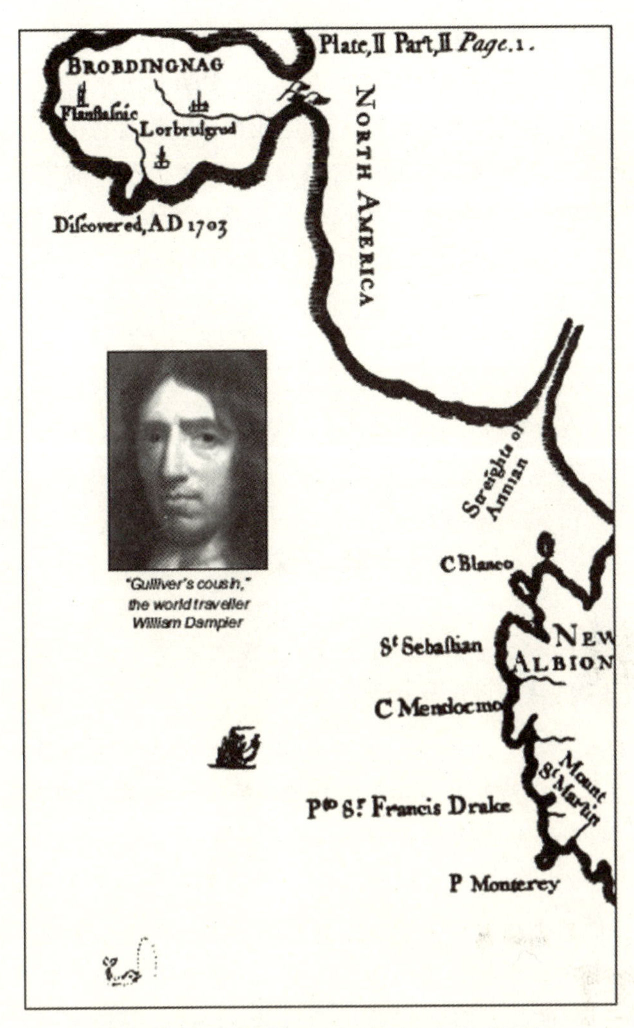

《格列佛游记》中描绘的巨人国、新阿尔比恩和弗朗西斯·德雷克港口的地图

德雷克绘制的正版“女王地图”只有三份副本。后来,这三份副本要么被毁,要么遗失。尽管德雷克的航海图是保密的,但新阿尔比恩这个地名还是出现在那些试图描述北美西海岸的地图中。1582 年,第一张记录德雷克在美洲西北海岸出现过的公开地图,由理查德·哈克鲁伊特在一本书上发表。

一个多世纪以后,当斯威夫特需要为遥远神秘的巨人国设置一个背景时，新阿尔比恩这个词就被借用过来。不列颠哥伦比亚作为巨人国，同时又是神秘的萨斯科奇人发源地的神话，其文学渊源来自曾经和库克船长一道航行的年轻美国水手约翰·莱迪亚德的航海日志。

约翰·莱迪亚德这么写道：“这是我们第 15 次改变航道来搜寻那些岛屿，据俄国人说，那些岛上的居民个头庞然，全身毛发；尽管如此，但他们很有礼貌，为我们提供了大量的产自岛上的牛和猪。”

参考书目：

Travels into Several Remote Nations of the World. In four parts. By Lemuel Gulliver, First a Surgeon, and then a Captain of Several Ships, London: B. Motte, 1726.

慧 深

这是一个几乎无争的事实，日本人和中国人比任何一位欧洲人到达（美洲）西北地区都要早得多。

——历史学家德里克·海耶斯

来自不列颠哥伦比亚和阿拉斯加的古币证据［硬币研究］并不能说明“古中国”与东太平洋海岸有过联系。

——考古学家格兰特·凯迪

正如我们越来越容易接受北欧海盗维金人比克里斯多弗·哥伦比亚到访北美东海岸要早很多这一事实一样，历史学家和考古学家也越来越愿意相信，亚洲的水手们到达北美西海岸的时间，可能要比 1542 年胡安·罗德里格斯·卡布利洛作为欧洲人首次沿着加州海岸航行的时间要早得多。

关于中国水手可能早已到达过不列颠哥伦比亚海岸的推测，主要是基于对不列颠哥伦比亚和阿拉斯加商贸交易时所使用的硬币的研究，其中一些硬币可以追溯到从未接触过的中国朝代。早在基督教诞生之前，中国就已经在利用磁针和星星来导航了。因此，我们可以想象，亚洲水手利用太平洋洋流就有可能从中国到达北美。加利福尼亚州的考古学家和人类学家已经证实，在 20 世纪 80 年代，在加利福尼亚的帕洛斯·弗迪斯附近以及远离门多西诺海岬发现的锰镶石的石头锚属于中国古代器物。可是,这些发现遭到了其他一些科学家的反对,他们声称这种石头锚以及压重线是19世纪美籍华人渔民留下的。

1544年,位于加利福尼亚湾的西班牙人在报告中称,他们看到了大型中国帆船。在一本颇具争议的名为《1421年,中国发现了世界》的书中,一位名叫加文·孟席斯的英国退休潜艇指挥官声称,一位叫郑和的中国水手比哥伦布到访美国西海岸要早一代人。郑和(公元1371年—1435年)是名宦官,他奉明朝皇帝朱棣的命令,率领一支由300多艘船组成的船队前往阿拉伯和非洲东部探险。

加文·孟席斯1421年的书的封面:《1421年,中国发现了世界》

路易丝·雷瓦西的研究成果——《中国统治世界海洋:龙帝的宝藏舰队,1405—1433》(牛津大学出版社,1966年),是记载15世纪早期郑和、周曼和洪宝等中国水手取得具有深远影响成就的几本书籍之一。孟席斯在雷瓦西的研究中添加了一堆杂乱的推测,用以支持中国也到达过美洲、南极洲、甚至欧洲的观点。孟席斯的书出版之后,颇受媒体关注,但一些学术专家认为,他的研究纯粹是天马行空,贻笑大方,难以让人信服。

更难以捉摸的是慧深和尚早期的海上流浪生活。慧深有时又可拼写成Hoei-Shin(扶桑之意)。在《翡翠海岸》(2003)一书中,生物学家罗伯特·巴特勒重申一个相同的看法，认为在公元5世纪，慧深和尚曾到访过“一片东方的遥远之地，他们通常称之为扶桑国”。而这片叫作扶桑国的土地，就常在18世纪欧洲地图上出现，其位置应该接近温哥华岛。

美国历史学家查尔斯·查普曼在《加州历史：西班牙时期》的一章中指出，慧深和尚就是“古代沿着太平洋海岸游历的中国人”。克里斯·洛伦克在《双锥季刊》中重复这样的推测，认为慧深在公元499年回到了中国，并将遥远的东方陆地根据一种类似于仙人球、仙人掌、苹果树或丝兰的植物来命名。他接着写道，“根据慧深和尚的描述和记载，从日本的阿伊努到扶桑的堪姆卡察的距离就是从阿依努到加州的距离，虽然这里的文化与更南边的文化很相似，这种相似主要是因为扶桑人都有自己的书写形式，并用由扶桑植物做成的仿羊皮纸进行书写。”

许多研究慧深事迹的人们都认为这种扶桑植物是墨西哥龙舌兰（又叫黄边龙舌兰），哥伦布发现美洲大陆前的墨西哥人使用这种植物，其功能多样。慧深称扶桑人当时正在用这种植物来制造书写的纸张。根据慧深的描述，扶桑国的房屋使用木梁构造，垫子是用芦苇编成的。然而，也有其他学者质疑慧深是否达到过中美洲，甚至猜测他最远就只到过朝鲜。

关于慧深前往一个异域国度——扶桑国的叙述，被记载在中国经典著作《梁书》，即《梁朝历史》中。美国学者查尔斯·G. 利兰在他的著作《扶桑，公元5世纪中国的佛教僧侣对世界的探索》（纽约：J. W. 布顿，1875）中，将《梁书》第一次翻译成英语，并加以评述。利兰并非是一个平庸的哗众取宠之辈。他生于1824年，在海德堡和慕尼黑读过大学，并参加索邦神学院的讲座，1848年回到费城学习法律，1851年获得律师资格。然而，他主要的谋生方式却是作家兼费城和纽约的杂志出版商。利兰依据对古代和现代文学的研究，创作了大量的书籍，翻译了海因西里·海涅的作品，创作了《孔子和其他诗歌音乐鉴赏》等一些深奥的评论作品，还对包括吉卜赛歌曲、古埃及、亚伯拉罕·林肯和阿尔贡金族传说等进行了研究。利兰对慧深的研究，其实是对德国学者卡尔·弗雷德里克·诺依曼一部1841年作品的增补式翻译。后来，他受到了法国汉学家约瑟夫·德基涅的一篇作品的影响，这篇作品于1761年发表在法国学术期刊《法兰西文学记忆》上。在欧洲，关于扶桑国的故事的最早版本被冠名为《中国人探索美洲海港之航海研究》。

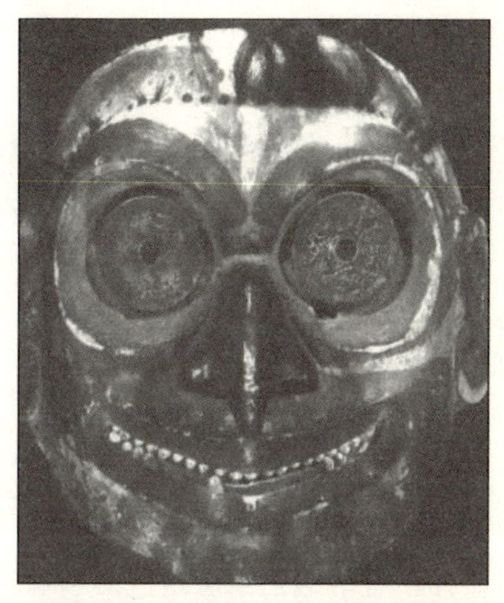

用中国硬币制作的奇尔卡特·特林基特护眼面具

利兰与诺依曼的翻译短小精炼。“中国南齐统治期间，在‘永元’元年即公元499年，出了一位佛教僧侣，法号慧深，意为普度，曾到达现在的胡矿区以及周围的一些地区。慧深描述扶桑距大汉的东部约为两万里，位于中国的东方。在扶桑国，树林茂密，树叶很像心叶羊耳蒜，其枝条像竹叶，该地的居民将其采摘食用。有一种水果外形像梨，却是红色的。当地居民会从树皮上抽出一种亚麻来制成布料，同时树皮也可作为一种装饰材料(或细纹丝绸)。他们的房子都是用木梁建造的，那里的人还不懂得筑城或围墙。”

“在这里，他们有自己的书写文字，并使用由扶桑树皮制造出的纸张。这儿的人们没有武器，自然也没有战争；但是在王国的部局中，有南北两个监狱。小罪犯就监禁在南部监狱，那些犯了较大罪行的人监禁在北部的监狱；因此，那些将会受到恩典的会被安置在南部的监狱，而没有受到恩典的则被安置在北部监狱。被终身监禁在狱中的男女可以结婚。但是他们婚后生育的儿子在8岁时就得被卖身为奴，女儿在9岁前被卖身为婢。如果一个人被发现有罪，人们就会在一个挖掘的坑里举行集会。他们会往犯罪者身上撒灰，同他永别。如果违法者来自下层阶级，那么只有他自己受罚；但如果是来自官宦家庭的，贬谪将会殃及他的子孙，而那些最高阶层的将会殃及七代。”

“君主的名字读作Ichi。一流阶层的贵族被称为Tuilu；而第二阶层的被称为小 Tuilu;第三阶层的贵族被称为是 Na-to-scha。每当王子外出,都会有吹鼓手随行。王子衣服的颜色也随着年份不同而改变。这种颜色的变化以十年为一个周期,开始的两年,他的衣服是蓝色的;第二个两年是红色的;第三个两年是黄色的;第四个两年是红色的;最后一个两年是黑色的。”

“牛角非常巨大,容量达 10 蒲式耳。人们用牛角来盛放各种各样的东西,还用马、牛、鹿来拉货车。雄鹿在此的用途就如同牛在中国一样,他们用雌鹿的奶制作黄油。扶桑的红梨产量全年都很丰硕。此外,他们还种苹果和芦苇。他们会用芦苇来编织垫子。这里没有发现铁器,铜、金和银也不值钱,不作为市场交换的媒介。”

“以下的风俗习惯将会对婚姻起到决定性的影响:求婚者在自己渴望能够住进去的房屋(即想追求的女方家)的门前为自己筑起一座小屋,每天早晨和晚上用水冲洗地面并把它打扫干净。等一年过后,如果少女还不愿意嫁给他,他就该离开;如果愿意,就立即完婚。如果父母去世,他们会斋戒七日;祖父或外祖父去世,他们会哀悼五日;年长或年轻的兄弟姐妹、叔叔阿姨去世,仅需哀悼三日。他们会在遗像前从早晨坐到晚上,专心祷告,但无需穿丧服。如果国王驾崩,他继位的儿子可以三年不理朝政。”

“在早些时候,这些人并不是按照佛教教义来生活的。但是就在第二个年号为‘宋孝武帝“大明”’(公元 458 年)年间,五个乞丐装扮的僧侣从印度基品国来到这里,并借助一些神圣的佛经著作和佛图画像来传播佛教。他们用寺院僧侣们的生活教条来教导人们,因此也改变了这里人的生活习惯。”

“如果慧深和尚顺着日本洋流从东方到墨西哥的话,他就可能去过不列颠哥伦比亚——那么他的叙述就可能是关于不列颠哥伦比亚的第一手资料。”

慧深的原版故事经历了一个复杂的出版过程——历经各种改编。有种假设称他在南宋离开中国,当时都城设在南京(公元 420 年—479 年),但他曾在短命的齐朝年间(公元 479 年—502 年)返回中国。虽然记录齐朝的史料已经遗失了,但是关于慧深的冒险事迹却在有关梁朝(公元 502 年—557 年)的文献中有所提及。这些史料后来也遗失了,但是摘要却紧接着记载在《梁朝历史》,即《梁书》中。这本书大约在公元 629 年由包括姚思廉(公元 557 年—637 年)在内的一群中国官方历史学家完成的。《梁书》中记载了一个名叫慧深的僧侣于公元 458 年到公元 499 年间横渡东方大洋,到达扶桑之地的历史。大约 7 世纪之后,马端临的历史百科全书《文献通考》,于公元 1317 年从《梁书》中摘录了慧深的冒险事迹。后来,关于慧深冒险事迹的那个版本,于公元 1761 年被德基涅翻译,随后德基涅的版本又被利兰(1875)、爱德华·韦宁(1885)和亨利艾特·墨茨(1972)等翻译成英文版本。

"对于原始文献,现代性和批判性的翻译是必不可少的,"1989 年皇家哥伦比亚博物馆的格兰特·凯迪写道,"不过在此之前,可以尝试解决故事中提到的关于地点方面的争议。"

阿门。

参考书目:

Liang Shu (*The History of the Liang Dynasty*), 629 A. D. , column 54, Dong Yi Lie Zhuan, edited by Si'lian Yao, Tang Dynasty. **British**: *Fusang*, Or the *Discovery of the World by Chinese Buddhist Priests in the Fifth Century*, Curzon Press Ltd. , 1973,1875. **American**: *Fusang or the Discovery of America by Chinese Buddhist Priests in the Fifth Century* by Charles G. Leland, New York: Bouton, 1875, 8 vol; Harper & Row, 1973. *An Inglorious Columbus: Or Evidence that Hwui Shan and a Party of Buddhist Monks from Afghanistan Discovered America in the Fifth Century A. D.* by Edward Vinning, New York: Appleton-Century-Crofts, 1885. *Fusang: Or the Discovery of America by Chinese Buddhist Priests in the Fifth Century* by Charles G. Leland, Sun Publishing, 1981. *Pale Ink: Two Ancient Records of Chinese Exploration in America* by Henriette Mertz ,Chicago: The Swallow Press, 1972. 1421: *The Year China Discovered the World* by Gavin Menzies,Morrow, 2003.

胡安·德富卡

希腊人胡安·德富卡,又叫作阿波斯托洛斯·瓦莱里亚诺斯,效忠于西班牙,他或许是到达不列颠哥伦比亚的第一位欧洲人。

一些证据表明，胡安·德富卡是第一个发现温哥华岛和华盛顿州之间存在海峡的欧洲人，这也使得他的名字在璀璨的旅行文学中留下了浓墨重彩的一笔。这本1625年出版的旅行文学名为《珀切斯的朝圣》或是《珀切斯朝圣之英国人及其他人的海洋航行与陆地游览之天地史》。一个名叫约翰·洛克的英国人于1596年在意大利的威尼斯见到了胡安·德富卡，后来洛克给胡安通过信，珀切斯就是以这些信件为证据。胡安宣称自己已经到达北美的西海岸，洛克上书给司库勋爵、沃尔特·罗利爵士和理查德·哈克鲁伊特子爵，请求他们赞助100英镑以使德富卡能够回到英格兰。在洛克把钱送到之前，胡安·德富卡就已经启程前往凯法利尼亚了。塞缪尔·珀切斯后来写道，"1592年，墨西哥总督派出一位名为胡安·德富卡的船长进行西北探索之旅。德富卡一直沿着海岸航行，直到他到达北纬47°，发现一个宽阔的入海口，在北纬47°与北纬48°之间向东延伸。他一直沿着该入海口航行了20多天。"如果胡安·德富卡的确沿着胡安·德富卡海峡航行20天，那么显然他当时已经远达今天的不列颠哥伦比亚地区。

根据希腊驻温哥华领事馆记载，瓦莱里亚诺斯·胡安·德富卡出生在伊奥尼亚海的凯法利尼亚岛上。他在西班牙担任水手和舵手长达40年之久。1587年11月，在从菲律宾和中国返航的途中，在一个名为圣安娜的地方，瓦莱里亚诺斯遭到了英国船长卡迪什的袭击，他窃取了胡安价值约60,000金币的货物。几年后，墨西哥总督任命瓦莱里亚诺斯为船长，带领三艘小船和由200名士兵组成的一支探险队，去探索阿利亚海峡（西北水道）——这是弗朗西斯·德雷克爵士的长期愿望，即希望通过西北航道返回欧洲。然而，由于叛变和所谓的对船长指挥不当的指控，这次探险以失败告终。船只从加利福尼亚返回墨西哥。可是，墨西哥总督并没有灰心丧气，又派胡安·德富卡带领一艘小船和一只帆船再一次向北航行，希望他们能发现一条通往北部海域的航线。在这次航行中，胡安·德富卡进入了后来以他的名字命名的胡安·德富卡海峡，并看到了穿着兽皮的人。据说，胡安在1592年回到了阿卡普尔科；在那里，他之前的艰辛努力使他受到了尊重。但经过两年的等待后，所应允他的奖励与回报依然石沉大海。无奈之下，他来到西班牙，希望从西班牙国王那里得到自己的报酬。尽管胡安·德富卡在宫廷之上备受推崇与优待，但是除了阿谀奉承之外，他没有得到任何实质性的奖赏，这让他痛彻心扉。伤心欲绝之际，他离开西班牙回到了凯法利尼亚，1596 年在威尼斯逗留。

在与英国领事迈克尔·洛克谈话时，胡安·德富卡承诺如果英国想要发现西北水道的话，他愿意效忠英国。如果伊丽莎白女王能提供一艘 40 吨位的船只，他就同意当领航员。他还希望英国能够补偿那些被卡迪什船长盗走的货物。洛克给英国当局上书，但此事无法迅速得到解决。胡安·德富卡只得回到自己的祖国。1602 年，洛克又写信给胡安，但一直没有收到答复。英国当局认为胡安·德富卡在和约翰·洛克见面时，已经是一位上了年纪的人，所以这个时候他肯定已经死了。

1847 年，美国历史学家罗伯特·格林豪发表了一篇关于俄勒冈和加利福尼亚州历史的记录，在文中，他基于对德富卡和洛克间通信的英语与西班牙语的双语译文的研究，对胡安·德富卡的一生进行了一个总结。在 1854 年，另一个叫作亚历山大·S. 泰勒的美国历史学家，通过咨询伊奥尼亚群岛上的美国领事 A·S. 约克来搜集任何有关胡安·德富卡和他家人的材料。

胡安·德富卡海峡的早期描述之一是 1788 年斯托赛德在约翰·米尔斯 1790 年出版的书中所作。它描述了迈哈印第安人在胡安·德富卡海峡入海口遇到费利兹的大船的情形。温哥华岛在其左侧，其右侧是弗拉特里角。米尔斯将其右侧背景中能看到的命名为塔图什岛和雄伟的奥林匹斯山。

约克所提供的信息是间接从《凯法利尼亚名人生活录》中得到的。该书是1843年10月由凯法利尼亚的牧师安提莫斯·马扎拉基斯在威尼斯撰写并出版的，托马佐伊将这本书译成了意大利语。泰勒在1859年9月和10月的《哈钦斯的加州杂志》上发表了两篇文章，讲述他所搜集到的有关胡安·德富卡的信息。

根据泰勒的研究，约翰·佛卡斯的祖先于1453年逃离君士坦丁堡，到伊奥尼亚群岛避难。安德罗尼科斯·佛卡斯仍然是佛卡斯家族的首领。他的兄弟名叫埃曼纽尔·佛卡斯，1435年出生在君士坦丁堡，1470年离开前往凯法利尼亚。他住在凯法利尼亚西南部埃利奥斯的一个山谷中，瓦莱里亚诺村庄就坐落在这个山谷里。胡安·德富卡就是埃曼纽尔·佛卡斯的四个儿子之一，也被称为佛卡斯·瓦莱里亚诺斯，用以区分他和阿尔戈斯托利的佛卡斯家族。

据希腊驻温哥华的领事称，"西班牙在邻国意大利海岸的统治扩张，以及在伊奥尼亚群岛的贸易扩展，给伊奥尼亚群岛海员们提供了登上西班牙船舰当船员或官员的机会。在这些机会的诱惑下，佛卡斯去了西班牙。在那里，他的领航技术很快受到了西班牙国王的青睐，被任命为他所领导的西印度群岛海军的船长。这一职位，他一担任便长达40多年。"

正如洛克所叙述，珀切斯所记录的那样，胡安·德富卡声称就在北纬47°和48°之间那个巨大的入海口，有一个明显的标志——"一个极高的尖峰或是螺旋形的岩石，像是伫立在那里的一根支柱。"海岸历史学家约翰·T.沃尔布兰在《不列颠哥伦比亚海岸名录》中证实了这一说法。他写道，"这大体上是正确的，这个岛屿就是塔图什岛。那个螺旋形的岩石位于塔图什岛向南约两英里的地方，现在被称为德富卡石柱，高150英尺，孤独伟岸地矗立在那里。第一个辨认出胡安·德富卡海峡的英国水手是"帝国之鹰"号的查尔斯·巴克利船长，是在1787年。他随即将其命名为胡安·德富卡海峡，因为它正好与北纬47°纬线的位置平行，这也正是洛克在报道胡安·德富卡的探索中所指的地方。因为得到了弗朗西斯·巴克利的丈夫1787年那次航行的航海日志，那次航行的所见所闻是沃尔布兰船长记录的。"入口处似乎有4里格(1里格相当于3海里左右)的宽度，据目测就只能看到这一宽度。巴克利船长一眼就认出它就是消失已久的胡安·德富卡海峡——这个库克船长曾断然声明根本就不存在的海峡。”巴克利船长总结道，胡安·德富卡一定是绕着现在被称为弗拉特里角航行一圈的第一个外国水手，但是巴克利本人并未冒险进入该海峡。

参考书目：

Anthimos Mazatakis, *The Lives of Glorious Men of Cephalonia*, Venice, 1843.

弗朗西斯·德雷克

令人闻风丧胆的海盗船长弗朗西斯·德雷克爵士给美国西部起了第一个欧化的名字——新·阿尔比恩，实质上就是新英格兰。但是，历史学家们对德雷克是否早于胡安·德富卡或是其他欧洲人航行于49°线以北意见不一。关于德雷克1577—1580年全球航行的壮举——“从我们这里开始，直至世界的尽头”的详细情况，主要是由在剑桥大学受过教育的神职人员弗朗西斯·弗莱彻记录的。弗朗西斯·弗莱彻在“金鹿”号船上的时候，他坚持写航海日志。据《不列颠哥伦比亚和太平洋西北地区历史地图集》的作者德里克·海斯称：“德雷克是否到达胡安·德富卡海峡偏北的海岸仍然是一个谜。”

德雷克港口的所在地，又叫作波图·新阿尔比恩。德雷克以英国女王的名义占领了该海岸，该地有时被认为是俄勒冈州海岸上的索尔角或是加利福尼亚州的海湾。2003年，塞缪尔·鲍尔夫基于一个具有争议的传记，修改、扩充了他自行出版的关于弗朗西斯·德雷克爵士的博士论文。那个传记坚持认为德雷克是在1579年到达不列颠哥伦比亚的第一个欧洲人，但并没有确凿的证据。尽管鲍尔夫《弗朗西斯·德雷克爵士的秘密航行》的出版仅仅是一个启示，但是他并不是提出德雷克“最先到达”理论的首位历史学家。早在1927年，温哥华有一位富有创造性的社会改革家A. M. 斯蒂芬在他出版的第一部小说《太阳帝国》中就讲述了一位名叫理查德·安森的绅士冒险家，随德雷克的“金鹿”号航行时被丢下与海达人居住在一起，并和一个海达公主相爱的故事。

大约1542年，弗朗西斯·德雷克出生在德文郡的塔维斯托克，兄弟十二人中，他排行老大。后来，当国王亨利八世成立“英国国教”公然对抗罗马天主教时，德雷克家族便一无所有了。德雷克被送往从事航海的亲戚——霍金斯家族那里生活。1562年，德雷克离开普利茅斯，很可能是随约翰·霍金斯沿着几内亚海岸南下，去现在的非洲塞拉利昂收买奴隶。1568年，作为加勒比海地区的一个奴隶贩子，德雷克在进入圣·胡安·德尤尔的墨西哥主港口两天后，便成为“朱迪丝”号的船长。当时，霍金率领的在人数上占优势的小型船队遭受到西班牙人的偷袭，惨绝人寰。德雷克逃离了港口，丢下了数百名被困在那里的绝望的英国船员。霍金的一名船员说道：“在最悲痛的时候，‘朱迪丝’号遗弃了我们。”“我为人人，人人为我”的空想主义口号不会是德雷克的信条。他是一个有魅力但却自私自利的人，被伦敦以及世界各地的许多人所唾弃。

与西班牙的正面交锋使德雷克成为终身海盗船长，实质上就是合法的海盗。很快，德雷克因劫掠西班牙大帆船而声名远扬。他于1570年和1571年在西印度群岛进行奴隶贸易，获利颇丰，接着在1572年指挥两艘船只专门攻击西班牙船。在西班牙，母亲们在希望自己的孩子能够养成良好的品行时，通常都吓唬她们的孩子，给他们讲“厄尔·德雷克”的故事(西班牙语中是指“龙”的故事)。德雷克被称为铁血船长。当他的一个兄弟在海上死去之时，他会对尸体进行解剖以探究死因。他的英勇无畏给伊丽莎白女王留下了深刻的印象，于是，女王1577年派他去执行一项秘密任务——掠夺西班牙在新大陆太平洋海岸的殖民地。

德雷克于1577年12月13日出发，迅速抵达摩洛哥；在补给船“天鹅”号的航行途中，一名落水男孩是他众多伤亡人员中的第一个。二月初，幸运之神降临到德雷克头上，在佛得角附近，他霸占了一艘葡萄牙海船，绑架了名叫努诺·达席尔瓦的资深船长，这位船长从年少时代起就曾多次航行到巴西。在这一过程中，德雷克得到了此次大西洋航行的航海图表以及南美海岸的深水点，图示内容向南远达拉普拉塔河。当他到达太平洋时，他采用类似的策略，同样获得成功。1578年2月17日，德雷克穿过赤道。在南美洲，他们遇到了印第安人，这些印第安人从来不剪头发，而是把头发与鸵鸟羽毛绑扎编织在一起，形成一个箭袋来装他们的箭。德雷克指控托马斯·多蒂是个背信弃义、让人苦恼的投资人，并于1578年7月2日用斧头将其处决。为了获得食物，船员们四处掠杀海狮和企鹅。后来，他们在掠杀过程中发现了一具西班牙叛变者——1522年被麦哲伦所杀的加斯帕·克萨达的尸骨。就在德雷克的船员们遭受坏血病和寒冷的折磨时,德雷克发现炖贻贝和海藻可以帮助大家恢复元气。

弗朗西斯·德雷克勋爵

一进入危险的麦哲伦海峡,德雷克便将他全副武装的旗舰更名,把“鹈鹕”号改为“金鹿”号(因为此船的赞助人海顿爵士的徽章盾牌上有一只金鹿)。海峡南部的土地被称为火地岛(火之岛),因为以前麦哲伦航行经过时,印第安人都会点燃大火。八月的一天,德雷克留下的船员杀死了3000只企鹅当作食物,这足够他们维持40天。在与洋流和恶劣天气抗争了16天后,他们于1578年9月6日到达太平洋——英国的新领地。这次航行派出的五艘船,在还没有到达南美大陆最南端之前就已经丢弃了两艘。剩下的三艘船中,一艘被猛烈的风暴严重损坏,另外两艘都返航驶回国。德雷克所在的船被吹离了船队,向南航行,但最终回到了海岸。由于遭受暴风雨的袭击,他的船最终驶向秘鲁王国,船员和童工一共80名,连续航行了1200英里。在南纬38°的穆哈岛上,起初友好的印第安人突然袭击了他们的登陆队,在一阵骤雨般的弓箭袭击中,许多船员被射杀。弗莱彻在他的日记中记载道,没有一个幸免于难。“德雷克被两支箭射中,一支穿透他右边的脸颊,另一支擦破了他的头皮。”其中一名船员被射中21箭。

德雷克此次的航行是继麦哲伦环球航行之后的第二次环球航行,但是他是环球航行中的第一名英国船长,这令西班牙人惊叹不已。他们主要是通过巴拿马的陆路通道,完成了从现今的加利福尼亚到智利的港口建设。那些相对不设防的太平洋港口及船只对他们而言,是唾手可得的。德雷克常常会去劫掠一些城镇并攻击一些船只获取地图和供给。就在他的海盗事业蒸蒸日上的时候，德雷克将船上的一名黑人奴隶作为自己的情人。人们都叫她玛丽亚，“专为船长和他手下的海盗们生孩子”，她最后被孤独地留在一座印度尼西亚的岛上生孩子，由两名黑人奴隶伴护。

德雷克一路向北。一些人说他曾航行到今天的美国和加拿大边境。他将这片未知的沿海领域命名为新阿尔比恩。根据他航海回忆录中的记载，他为这片土地起这个名字主要有“两个原因：一方面是由于这片领域朝向海洋的一边有着白色的海岸与悬崖峭壁；另一方面可能是有点亲和力的意味，即使在命名中也想体现这种亲和力，所以采用我们国家的那种称谓”。

即使能够想到阿利亚海峡（即西北航道），德雷克也无法找到一条回家的航道。于是，他决定向西横穿太平洋，经过印尼群岛，最后绕过非洲南部的好望角。1580 年 9 月，带着一船香料和从西班牙人手中掠夺的战利品，德雷克终于回到了英国。英国女王伊丽莎白在“金鹿”号上为德雷克封爵，赞赏并肯定了他付出的努力。德雷克是真正环球航行的第一位船长。因为麦哲伦死于途中，是他的船员完成了航程。

伊丽莎白时代，航海图表弥足珍贵，属于高度机密。对于德雷克的环球之旅尤其如此。出于对西班牙人的竞争与报复的担心，他的图表和粗糙的地图都不能公开。1628 年，德雷克的侄子，名字也叫弗朗西斯·德雷克，出版了《弗朗西斯·德雷克爵士世界环游记》。R. 塞缪尔·鲍尔夫在 2003 年出版的《弗朗西斯·德雷克爵士和他的 1577—1580 年秘密航行》中，分析了为什么德雷克沿着“加拿大的后方”一路航行还一直保持神秘感而又具有争议性的问题。

鲍尔夫写道，“随着时间的推移，德雷克开始把他环球航行的航海路线的手绘地图送给他重要的朋友。在早期，他就是用笔墨在亚伯拉罕·奥特柳斯的世界地图上绘制路线，他的航海路线沿着北美海岸向北延伸到北纬 57°——阿拉斯加南部的纬度——在向南返回的途中经过了东印度群岛。后来，在一名年轻的佛莱米斯艺术家多卡斯·鸿迪尔斯的帮助下，德雷克绘制出更多的地图。在这些地图上，他向北的航程终止于一个较低纬度的地方，其中在一份铭文上写道，‘由于遇到冰山所以驾船掉头’然后向南返回到一个叫新·阿尔比恩的地方。”

R. 塞缪尔·鲍尔夫称赞德雷克的描述对于那些研究德雷克的严谨

的学者们来说是一个恐慌之源，因为据称在那些隐晦的真理中有许多属于编造的推测。

1584年3月24日，西班牙获得了德雷克沿着太平洋海岸冒险航行并经过加利福尼亚的证据。在德雷克的兄弟约翰·德雷克被囚禁在阿根廷进行审讯前，西班牙人正式对他提起诉讼。1587年1月8日、9日和10日，在秘鲁的利马，再次对约翰·德雷克进行审讯。尚不知约翰·德雷克招供的关于自己在弗朗西斯·德雷克的秘密航行中所担任的角色是否属实，新西班牙的历史学家安东尼奥·德·埃雷拉就于1606年将其发表。约翰·德雷克的证词现仍被存放在西班牙塞维利亚档案馆。

新兴的新教主义观点强调个人成就——从本质上而言，如果你能赚钱，这就意味着你会得到上帝的垂青。德雷克作为一名海盗船长就赢得了上帝的青睐，他本质上只是一个白手起家的人，但他成为一个新时代的先驱者。这位曾经身份卑贱的海员，于1581年成为的普利茅斯的市长，并于1584年成为议会的议员。1585年，德雷克率领一个大型舰队来到加勒比海地区，对西属美洲的港口实行恐怖统治。弗朗西斯·德雷克爵士在加勒比海地区成功的劫掠使西班牙人在此地威严扫地，使贷给西班牙人巨款的威尼斯银行濒临破产。

1588年盛极一时的西班牙无敌舰队被打败。由于德雷克做出的重大贡献，他在英国史册上获得了永恒的光辉形象。但西班牙海军并没有被完全摧毁，1595年7月，四艘西班牙舰船大胆地突袭了康沃尔郡彭赞斯，摧毁了茅祖尔村庄。德雷克继续追踪西班牙舰队。他建议突袭巴拿马并得到了女王的同意。在这次无果的任务中，他感染了痢疾（“血痢”），于1596年1月29日死于巴拿马，他被葬于大海。据官方称，弗朗西斯·德雷克“并无子嗣”，人们对其进行了海葬。

参考书目：

Francis Fletcher, *The World Encompassed by Sir Francis Drake*, London: Nicholas Bourne, 1628; *The World Encompassed by Sir Francis Drake*, ed. W. S. W. Vaux, London: Hakluyt Society, 1856.

理查德·哈克鲁伊特

理查德·哈克鲁伊特牧师是第一个出版描述弗朗西斯·德雷克爵士环球航行的人。他汇总了德雷克在加利福尼亚海岸的探险活动,但他并没有提供证据证明德雷克的航行最北到达了不列颠哥伦比亚。1582 年,他出版了首张显示德雷克出现在西北太平洋海岸的地图,乔凡尼·韦拉扎诺首次将这一不实报道传给亨利八世,之后又由迈克尔·洛克提供给哈克鲁伊特。大约在 1583 年,尼古拉·凡·塞佩出版了《法国版德雷克地图》。1589 年,多卡斯·鸿迪尔斯出版了描述波图·新阿尔比恩尼斯,或称德雷克港口的地图。

哈克鲁伊特是一位牧师,他曾在牛津大学讲授地理学。他结识了许多船长和商人,收集了有关太平洋毛皮贸易以及其他外国商贸企业的信息,并出版了手上的有关英国航海的所有信息。1589 年的主要作品的第三部分就聚焦于北美洲和西北航道。

118. The English Voyages, Nauigations, M. John Dauis. 3.

Moneth	Dayes	Houres	Course	Leagues	Elevation of the pole. Deg	Min	The winde	THE DISCOVRSE.
Iuly.	31	24	S. by W.	27	62		N.W.	This 31 at Noone, comming close by a foreland or great cape, we fell into a mighty rase, where an Iland of ice was carried by the force of the current as fast as our barke could saile with litle winde, all sailes bearing. This cape as it was the most Southerly limit of the gulfe which we passed ouer the 30 day of this moneth, so was it the North promontory or first beginning of another very great inlet, whose South limit at this present wee saw not. Which inlet or gulfe this afternoone, and in the night, we passed ouer: where to our great admiration we saw the sea falling downe into the gulfe with a mighty ouerfal, and roring, and with diuers circular motions like whirlepooles, in such sort as forcible streames passe thorow the arches of bridges.
August								
Noone the	1	24	S.E. by S.	16	61	10	W.S.W.	The true course, &c. This first of August we fell with the promontory of the sayd gulfe or second passage, hauing coasted by diuers courses for our safegard, a great banke of the ice driuen out of that gulfe.
Noone the	2	48	S.S.E.	16	60	26	Variable.	
Noone the	6	72	S.E. Southerly.	22	59	35	Variable & calme.	The true course, &c.
	7	24	S.S.E.	22	58	40	W.S.W.	The true course, &c.
	8	24	S.E.	12	58	12	W. fog.	The true course, &c.
	9	24	S. by W.	13	57	30	Variable & calme.	The true course, &c.

哈克鲁伊特编撰的《重要航行》中约翰·戴维斯的航行记录

哈克鲁伊特还记录了一位名叫安东尼奥·加尔瓦奥的葡萄牙水手,他曾于 1555 年到中国,并报道了中国人航海至新世界(指美洲)的事迹。而加尔瓦奥对新世界人与中国人在相貌上的相似之处所进行的观察,使得这一历史性的传闻更为可信。哈克鲁伊特一直是伊丽莎白一世的智囊,直至 1603 年伊丽莎白一世离开人世。之后,即 1612 年,他成为西北航道公司的创始人之一。哈克鲁伊特大约生于1552年,卒于1616年。

受理查德·哈克鲁伊特的激励,1846年哈克鲁伊特协会成立。这是一个非营利性组织,它持续出版作品,向大众传播航海、旅行及地理发现的知识。它的经营得到大英博物馆地图图书馆的支持,平均每年出版两卷读物,任何对地理发现和文化差异感兴趣的人都可以注册为会员。

参考书目:

Divers Voyages Touching the Discovery of America, London, 1582; *The Principall* [sic] *Navigations, Voiages, and Discoveries of the English Nation* [...], London: George Bishop and Ralph Newberie, 1589; *The principal Navigations, Voyages, Traffiques and Discoveries of the English Nation*, London, 1600.

塞缪尔·珀切斯

塞缪尔·珀切斯是英国航海文学史上最伟大的编纂者,虽然他从未远离他出生地200英里外的地方,但他在加拿大和不列颠哥伦比亚文学历史上的地位举足轻重。

珀切斯出生于埃塞克斯(确切日期不详),1578年被任命为坎特伯雷大主教的牧师,后成为伦敦圣马丁大教堂的主持人。

他的首部重要著作是雅克·卡蒂埃旅行回忆录的译本——《卡蒂埃短篇故事集》(1580),其次是《航海杂谈》——专门讲述菲利普·悉尼爵士,以及沃尔特·罗利的《论西方种植》(1584)。他向伊丽莎白女王呈递了一份对亚里士多德《政治学》的分析,并于1587年完成了《劳唐尼尔佛罗里达州之行》的翻译。

1613年珀切斯出版了他的第一部重要书籍,书名鲜为人知,其初衷是调查世界的民族和宗教。

当时珀切斯运用理查德·哈克鲁伊特的论文,东印度公司的记录,以及他一生中所搜集的许多手稿,创作了有名的旅行文学精选集。这就是人们熟知的《珀切斯的朝圣》。尽管珀切斯在其出版后一年便去世,但该作品被视为一部长期考证的参考书籍而源远流传。几个世纪以来,它被编译为多种版本出版,诸如英国人编译的《珀切斯的朝圣:世界航海史与荒漠旅行者》(Glasgow: James Maclehose and sons,1906)等等。

这部鸿篇巨作影响了北太平洋探险，如胡安·德富卡的航行，因为书中提及了北纬47°与48°之间有一个宽阔的入海口。难道这就是阿尼安海峡？

1778年，詹姆斯·库克船长沿海岸航行时，曾嘲讽关于通往东方的宽阔的入海口的传说。

“这里没有所谓宽阔的入海口的痕迹，”库克写道，“这个入海口也丝毫没有存在的可能性。”事实上，库克已经被吹离海岸，刚好与其失之交臂。

1599年，塞缪尔·珀切斯成为东印度公司的一名顾问。他于1626年在伦敦去世。

塞缪尔·珀切斯1613年出版的书的扉页

参考书目:

Purchas, his pilgrimage or relations of the world and the religions observed in all ages and places discovered, from the Creation unto this Present. In foure partes. This first containeth a Theologicall and Geographicall Historie of Asia, Africa and Ameirica, with the Ilands adjacent. Declaring the ancient Religions before the Floud, heathenish, Jewish and Saracenicall in all ages since, in these parts processed, with their severall Oponions, Idols, Oracles, Temples, Priestes, Fasts, Feasts, Sacrifices and Rites, religious, etc.. With briefe descriptions of the Countries, Nations, States, Discoveries, etc., William Stansley, London, 1613, 1614, 1617; Hakluytlus Posthumus, or Purchas His Pilgrims, 4 vol., London: Henrie Fetherstone, 1625.

维他斯·白令

我们不了解这个国家,也不会有人为我们提供越冬的粮食。

——维他斯·白令

尽管俄罗斯探险队在18世纪就到达加利福尼亚,甚至更早些时候,日本水手曾到达过墨西哥和加利福尼亚,但并没有记录显示俄罗斯探险队或日本水手在不列颠哥伦比亚登陆。尽管阿列克谢·奇里科夫在1741年就最接近这块领土,但迄今为止最著名的,取道亚洲,踏上这片领土的俄罗斯探险家是丹麦籍指挥官维他斯·约纳森·白令,其活动对随后太平洋西北地区的海上探险家们产生了巨大影响。

1728年,维他斯·白令曾误信北美洲和亚洲这两大洲是被水隔开的。事实上,白令并不是驶入白令海峡的第一个俄罗斯人,此殊荣应归于鲜为人知的西伯利亚哥萨克人——西门·伊万诺维奇·杰日尼夫,他曾在1648年航行至西伯利亚的最东北端。

在杰日尼夫的指挥下,载有90名船员的七艘小船从科雷马河河口出发,最后只有两艘成功返回。当时没有留存下任何的航海日志或地图——但有些历史学家通过以下三个原因推断维他斯·白令了解杰日尼夫驶入北极的航海行动:首先,一位名叫尼古拉斯·维特森的荷兰人曾于1665年游历莫斯科,搜集了大量地理资料,并于1687年出版了一幅四页的俄罗斯版地图,这幅地图中已绘制出了科雷马河与阿纳德尔河,位于东经 176°的阿纳德尔河是杰日尼夫到达过的最远点。其次，1730 年《圣彼得堡公报》在关于白令航海壮举的报道中写道：白令“从本地居民那里得知，五六十年前有一艘从勒拿河驶来的航海船只抵达勘查加半岛”，这很可能就是指杰日尼夫航海事件。第三，这一点是最具决定性的推断，1786 年一位曾参与过“北方大探险”的名叫格哈德·穆勒的科学家，在雅库茨克政府机关披露了一份书面材料，其中记载着杰日尼夫 1648 年在西伯利亚东部的航海事件。

没有经过修饰的，唯一一张未经修饰的维他斯·白令的肖像

穆勒根据杰日尼夫航程的相关信息绘制了一幅地图。直到 1742 年，杰日尼夫的航海成就才被俄罗斯报道，当时并未广为流传。1758 年，俄罗斯科学院重新发布该消息后，才广为人知。那时，这条分隔亚洲和北美洲的海峡早已被命名为白令海峡。

白令于 1681 年出生于丹麦霍森斯小镇，为俄罗斯舰队效忠 38 年，受沙皇彼得大帝的指示，秘密探索北太平洋地区。留给子孙后代的有关他最后一次致命探险的书面记录，主要源自他的副官，瑞典人斯文·万克赛尔和德国出生的科学家格奥尔格·威廉·斯特勒。与斐迪南德·麦哲伦以及詹姆斯·库克一样，白令也没有在他最后一次航行中幸免。

1740 年 9 月，白令乘“彼得”号，阿列克谢·奇里科夫指挥的“保罗”号随行，从鄂霍次克海出发，进行最后一次探险航行。在勘查加半岛越冬之后，白令和奇里科夫于 1741 年 6 月从彼得罗巴浦洛夫斯克驶入太平洋。6 月 20 日，因遭遇浓雾与风暴，两位指挥官不幸遇难。

1725年，白令收到彼得大帝的指示："查明它（亚洲）和美洲之间的连接点……"于是，他于1728年第一次航行穿过白令海峡登上圣加布里埃尔，但是白令并未完成使命。由于受到大雾的干扰，他最远只能到达北纬67°，所以并没有确凿证据证明亚洲和北美洲是两块分离的大陆。第一位瞥见北美大陆的俄罗斯水手是迈克尔·格沃兹杰夫。1732年，他在向西伯利亚东部航行的途中，曾记载看到一个"大国"（伟大的土地）。

人们通常认为，在1741年的最后一次航行中，白令肯定完成了欧洲人首次登陆北太平洋海岸的壮举。但事实上，白令的航海搭档——阿列克谢·奇里科夫要比白令早五天登陆。当时，阿列克谢·奇里科夫的船员在阿拉斯加的迪克森海峡北部登陆，时值1741年7月15日。

白令的船员首次登陆北美洲的地点是在阿留申群岛中一个现被称作凯阿克岛的地方。白令的人首次看到圣伊莱亚斯山是1741年7月17日。几天后的7月20日，由指挥官索夫龙·希特夫率领的登陆队乘坐一艘大划艇上岸。为庆祝俄罗斯圣徒日，白令将该地命名为圣伊莱亚斯山。希特夫在其航海日志中草绘了一幅地图，这是第一幅专门描绘北美洲领土的俄罗斯地图。圣伊莱亚斯山得名后，圣伊莱亚斯岛便改名为凯阿克岛。

当探险队于7月17日首次观望到北美洲时，船员欢呼庆贺，但他并不那么兴奋。他告诉随行的科学家格奥尔格·斯特勒："我们觉得此刻已经完成了所有的使命，他们或许可以四处夸大我们的功绩，但他们不会在意我们在哪里登陆，从家出发到这里我们经历了多么漫长的一段行程以及还会发生些什么。除此之外，谁会知道或许信风大起，我们便无法返回了呢？我们并不了解这个国家，也不会有人为我们提供越冬的粮食。"

白令的这番话是个预言。1741年12月8日，维他斯·白令死于勘查加半岛东部的白令岛。白令此次致命的探险的详细资料主要出自随行的斯文·万克赛尔和G·W.斯特勒的记载留存下来的航海日志。

参考书目：

Gerhard Friedrich Müller, *Nachricten von Seareisen*, St. Petersburg: 1758, and translated by Carol Furness as Bering's voyages: *The Reports from Russian by Gerhard Friedrich Müller*, University of Alaska Press, 1986; Peter Lauridsen, *Vitus Bering: The Discoverer of Bering Strait*, Denmark, 1885, and translated by Julius E. Olson in an American edition with an introduction by Frederick Schwatka, Chicago: S. C.

Griggs, 1981; J. L. Smith, *The First Kamchatka Expedition of Vitus Bering*, 1725—1730, Anchorage, Alaska: White Stone Press, 2002; Orcutt Frost, Bering: *The Russian Discovery of America*, Yale University Press, 2003.

斯文·万克赛尔

斯文·万克赛尔(1701—1762)是维他斯·白令的副官,瑞典人,他们一同进行北美登陆探险。这支探险队使用了约瑟夫·尼古拉斯·利勒1731年依据大胆推测草绘的地图,该地图于1773年被修正。

航行之初,60岁的白令已身患坏血病,船只的日常运作都由万克赛尔负责。尽管白令的航海日志一直由他的助手——航海家哈尔拉曼·育信记录,但万克赛尔和他12岁的儿子也记录了此次影响深远的重大探险故事。

万克赛尔写道:"现在,我们很多的船员都患病在身,可以说,已经没人能够掌舵。而且,我们的船帆也早已破旧不堪,随时都有可能被吹走。当轮到一位舵手掌舵时,他是被另外两名还能慢慢走动的病人拖到舵边,坐着掌舵。当他实在无法再继续坐下去的时候,只能由另一位同样病得很重的船员掌舵……我们的船就像一块木头,没有人操控它,在风浪中漂荡。我尽力鼓励、劝说船员们振作起来;因为在绝望已经占据了大家的意识的严峻情况下,我必须行使自己的职权。"

万克赛尔用瑞典语作的地图,画有一只海豹、一只海狮和一头海象

已有12名船员死去，在此情况下，1741年11月4日，大家决定设法在能看到的陆地附近抛锚。于是，他们无意间来到俄罗斯本土的勘查加半岛。事实上，他们所到达的地方是白令岛，位于距离勘查加半岛175公里的地方。恶劣的气候环境，大风和海浪，使他们的船根本无法正常抛锚，只能在海风肆虐、海浪狂袭中被渐渐撕碎，死亡人数不断攀升。死了的船员还没来得及埋葬，他们的四肢便被白令岛上的蓝狐啃噬干净。“船员们接二连三地死去，”那年冬天万克赛尔如此写道，“我们的境况尤为悲惨，死者要在活人中间躺很长一段时间，因为没有一个活人能够将尸体拖走，也没有一个活人能够远离尸体。活着的人都已经疲惫不堪，所以只能这样混杂着，围着一小堆火躺在一起。”维他斯·白令在这段最后的航海中，多半时间都病入膏肓，无法执行任务，甚至连日志条目都无法编写。白令死后，万克赛尔正式负责指挥工作，并提交官方探险记录。

参考书目：

Journal of Captain-Commander Vitus Bering and Lieutenant Sven Waxell 1741—1742 *from Petrovskaia Harbor to the East written on the boat Petr*, *from May* 24, 1741 *to September* 7, 1742; Sven Waxell, *The American Expedition*, London: William Hodge and Company, 1952; *The Russian Expedition to American*, with an introduction and notes by M. A. Michael (first published as *The American Expedition*), New York: Collier Books, 1962.

格奥尔格·威廉·斯特勒

1987年，斯特勒蓝鸦(暗冠蓝鸦)被正式定为不列颠哥伦比亚省的省鸟；后来，虎头海雕也与斯特勒的名字挂上了钩。

德国出生的博物学家格奥尔格·威廉·斯特勒(1709—1746)是维他斯·白令的46名船员中的一员——维他斯·白令的船上最初有78名船员。他们是第一批在北美的北太平洋海岸度过整个冬季的欧洲人。各种当今早已灭绝的北部巨型海牛(即巨儒艮)或直接叫它海象，都是以他的名字命名的。斯特勒海牛长达25英尺，身围达到22英尺左右，有的体重超过8800磅。为了食用它们的肉，人们将其无情地猎杀，很快，它们便灭绝殆尽。

格奥尔格·威廉·斯特勒在白令岛测量一头海象。伦纳德·斯特尼格尔作，源于F.A.戈尔德尔的《白令航海记》,1925

傲慢而又不失机智的斯特勒对白令，以及和他一起登上"彼得"号的下属的能力极为不满。"对于任何一个非船员所说的一切，他们都取笑、嘲讽，甚至充耳不闻，就像只要掌握了航海的规则，所有的科学与推理能力都会自发习得似的。"为了得到上岸许可，斯特勒不得不对白令进行强烈抗议。最终，斯特勒才得到了属于自己的岸上疯狂十小时，在此期间他勤勉仔细地记录了一系列匪夷所思的新兴生物体。正是斯特勒这些认真细致的记录，和他提供的如何获得新鲜蔬菜和肉类补给的方法，使后来万克赛尔和他的儿子得以顺利地熬过一整个冬天。万克赛尔随后从"彼得"号残骸中查看了一艘不堪一击的船只的构造，最后正是凭借着这艘船，设法驶回了勘查加半岛本土。这时他们已经离港有14个月了。如万克赛尔一样，斯特勒也做了航行记录，并于1793年将其发表。

1917年，弗兰克·戈尔德尔在俄罗斯档案馆里发现了斯特勒的航海日志。

参考书目：

Georg Wilhelm Steller, *Reise von Kamtschatka nach Amerika mit dem Commandeur-Capitan Bering: ein Pendant zu dessen Beschreibung von Kamtschatka*, St. Petersburg: Johann Zacharias Logan, 1793; *Journal of a Voyage with Bering* 1741—1742 is the original 1743 manuscript edited and with an introduction by O. W. Frost; translated by Margritt A. Engel and O. W. Frost, Stanford, Clifornia: Stanford University Press, 1988.

格哈德·穆勒

德国学者、科学家格哈德·穆勒，曾与维他斯·白令共同担任北方大探险学术部门的带头人。他结合自己对白令1728年和1741年航海情况以及西曼·杰日尼夫1648年航海情况的了解，最终在1754年和1758年间绘制出了地图，这些地图最能代表已知的北太平洋的地理知识。1725年穆勒从莱比锡来到圣彼得堡。后来，在十年的西伯利亚探险之后，他成了俄罗斯帝国科学院的终身院长。

直到库克船长第三次航海之前，在圣彼得堡的帝国科学院首次出版的穆勒的《第一张发现者地图》一直是人们了解北太平洋情况的主要信息来源。穆勒1754年绘制的首张地图鲜为人知。1758年，穆勒出版了一部包含英译修正版的书。该书由托马斯·杰弗里斯翻译，于1761年在英国出版。

1774年，总督安东尼·布卡雷利派遣西班牙探险家胡安·佩雷斯——墨西哥西海岸圣布拉斯特区的高级海军军官——带着穆勒绘制的两份地图去探索北太平洋海岸。让人不可思议的是，尽管西班牙对自己的探险高度保密，但是紧接着在第二年，有关西班牙的不列颠哥伦比亚首次探险的信息就出现在由杰弗雷斯（穆勒的翻译）所编制的美洲地图集上。

VOYAGES
FROM
ASIA to AMERICA,
For Completing the DISCOVERIES of the
NorthWestCoastof *America*.
To which is prefixed,
A SUMMARY of the VOYAGES
Made by the *RUSSIANS* on the
FROZEN SEA,
In SEARCH of a NORTH EAST Passage.
Serving as an Explanation of a Map of the Russian Discoveries, published by the Academy of Sciences at Petersburgh.
Translated from the *High Dutch* of
S. MULLER, of the Royal Academy of *Petersburgh*.
WITH THE ADDITION OF THREE NEW MAPS;
1. A Copy of Part of the *Japanese* Map of the World.
2. A Copy of *De Lisle's* and *Buache's* fictitious Map. And
3. A large Map of *Canada*, extending to the *Pacific Ocean*, containing *the New Discoveries made by the* RUSSIANS *and* FRENCH.
By THOMAS JEFFERYS Geographer to his Majesty.
LONDON:
Printed for T. JEFFERYS, the Corner of *St. Martin's-Lane, Charing Cross*, 1761.

1761年托马斯·杰弗里斯翻译的穆勒的书的英语版扉页。

穆勒最有影响的地图首次是在1758年用德语出版的。

参考书目：

Gerhard Friedrich Muller, *Nachricten von Seareisen*, St. Petersburg: 1758, and translated by Carol Furness as *Bering's Boyages*: *The Reports from Russia by Gerhard Friedrich Muller*, University of Alaska Press, 1986; Gerhard Friedrich Muller, *Voyages from Asia to America*, *for completing the Discoveries of the North West Coast of America*, tranlsated by T. Jefferys, London:1761.

阿列克谢·奇里科夫

阿列克谢·奇里科夫首次登陆北美迪克森海峡北部陆地，是在弗雷斯特岛西北方大约40海里的地方。1774年，西班牙人胡安·佩雷斯发现，该岛是极北之地——这后来也成为阿拉斯加和不列颠哥伦比亚之间海上边界谈判中的决定性因素。

1741年7月24日，在不祥之兆的笼罩中，奇里科夫成为第一个在太平洋西北地区偶遇土著居民的欧洲人。早在7月18日，俄罗斯海军指挥官就派出一支11人的先头侦察组，乘坐一艘大划艇，在利相基海峡附近上岸，但他们有去无回。五天后，奇里科夫派出了一个四人的搜救队，乘坐他们留下的大划艇进行搜索，可他们随后也杳无音讯了。当有两艘船靠近"保罗"号时，奇里科夫最初希望是他失踪的船员，因为其中一艘还比较大，可是他发现船上的人只是在玩水，而并非在划桨。其中那只较小的独木舟上，有四个特林吉特人。当他们靠近俄罗斯船时，奇里科夫的船员们想诱骗他们，向他们挥舞着白色的方巾，但没有成功。奇里科夫回忆道："他们站起身来，挥舞着手臂，高声呼喊了两遍，'请回应，请回应'，然后回到了岸边。"奇里科夫穿过阿拉斯加湾，发现有六座以上的阿留申群岛岛屿。他们曾在划艇上用刀具与阿留申群岛岛民交换急需的食物。船上最初的76人最终只有54人幸存下来。

在女皇凯瑟琳的鼓励下，皮毛贸易商格雷戈里·谢里科夫开始运营俄属美洲公司，在北美建立了一个俄罗斯殖民地。1784年，谢里科夫在北美科迪亚克建立起第一个俄罗斯永久定居地。在那里，他的妻子开始创办学校，教授印第安人说俄语，并学习基督教的基本教义。谢里科夫命令他的一名手下竖起一连串的贸易标杆，"往南到加利福尼亚的方向，旨在标出俄罗斯占有地"。1794年，俄罗斯东正教在阿拉斯加第一次布道，

1799 年尝试在锡特卡建立主要的殖民地。但在 1802 年，特林吉特族人将其烧毁，只有两名幸存，其余俄罗斯人都被杀死了。1805 年，俄国人进行了报复，他们在俄属美洲公司的统治者亚历山大·巴拉诺夫的领导下，建立了他们的军事统治。

俄罗斯试图垄断北太平洋地区的毛皮贸易，尽管他们曾在旧金山北部建立了一个简陋的贸易城堡，但最终没有成功。

1867 年，出于对英国将过度限制其在北美殖民地的扩张的担心，在与美国国务卿威廉·H. 苏厄德谈判后，俄罗斯决定以 720 万美元的价格将阿拉斯加卖给美国。

1959 年，阿拉斯加成为美国的第 49 个独立州。

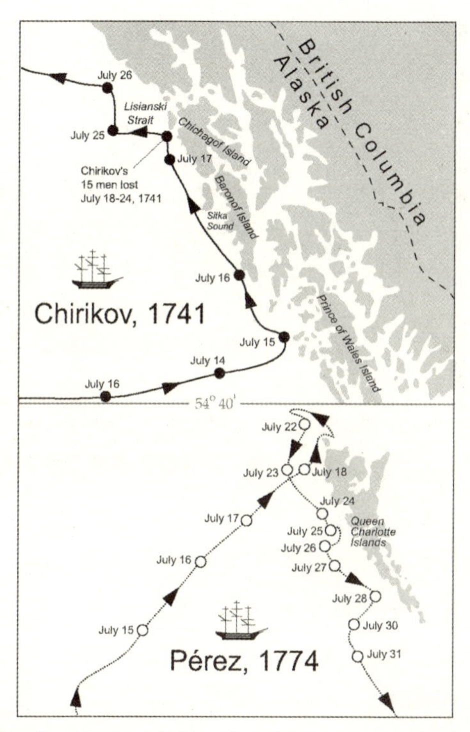

1741 年俄罗斯船长阿列克谢·奇里科夫和 1774 年西班牙探险者佩雷斯的航行路线，以及建立的目前美国/加拿大边界近海

参考书目：

Vasili A. Divin, *The Great Russian Navigator, A. I. Chirikov*, translated by Raymond H. Fisher, University of Alaska Press, 1993.

亚瑟·多布斯

作为一名坚定的贸易扩张倡导者,亚瑟·多布斯是推动北太平洋探险的重要人物之一,因为他鼓励探寻西北航道。

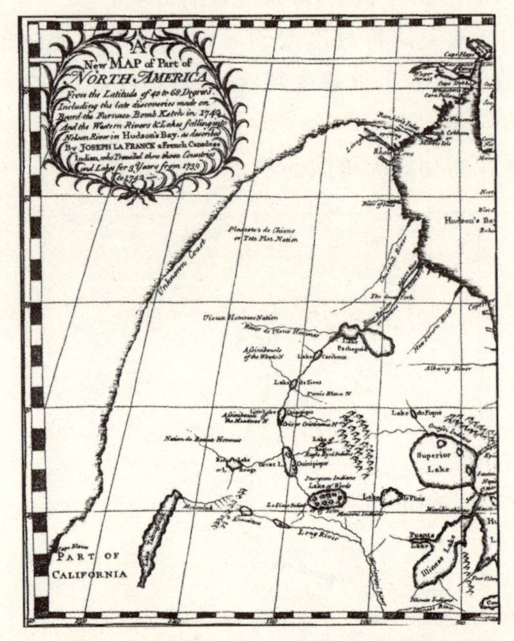

约瑟夫·拉·法兰西在伦敦一家客栈为多布斯绘制的地图

为了阐明他的观点,亚瑟·多布斯大肆宣扬一本1708年的出版物,其内容是关于出生于利马的西班牙船长巴塞洛缪·德·丰蒂1640年航海的神奇故事。关于德·丰蒂这次非凡旅程的报道发表在一本名叫《探秘回忆录》的英国杂志上,他此次的航程经过哈德逊湾,贯通了太平洋和大西洋的一个北部水道。

法国制图师约瑟夫·尼古拉斯·德·利勒在1752年绘制的一份地图,证实了德·丰蒂的发现,使人们进一步相信这个故事的真实性。但反过来,这导致罗伯特·德·瓦贡迪误解了1755年含有拉克·德·丰蒂的《狄德罗百科全书》中的地图。维尼蒂安·安东尼奥·扎塔1776年绘制的地图描绘了德·丰蒂所断言的通往太平洋的水路系统。这就是德·丰蒂海峡，即西北航道。

多布斯仍然十分推崇他的信念，即应该有一条从哈德逊湾通往太平洋的西北航道，他为此还发行了一份地图。这份地图是由一个叫作约瑟夫·拉·法兰西的"法国加拿大裔的印第安人"在伦敦一家客栈的地板上给多布斯绘制的，人们认为法兰西在1739年到1742年间穿过加拿大游历过内陆。多布斯作为一名爱尔兰监督官员，游说从事北极勘探和毛皮贸易的哈德逊湾公司废除垄断。他还坚持认为北极的矿物质有朝一日会成为比海狸皮更为重要的资源。更为奏效的是，多布斯敦促英国应该更多地使用皇家海军的力量来掌控探索性的航行，而不是为了私人利益。关于地理方面的知识，多布斯知之甚少，但他的民族主义争论却影响深远，部分原因是由于1744年的那份出版物。

参考书目：

An Account of the Countries Adjoining to Hudsons Bay, London, 1744.

丹尼斯·狄德罗

1755年，一位名叫丹尼斯·狄德罗的法国哲学家，出版了自己的《百科全书》，这是一套关于科学、艺术和职业的大辞书，对18世纪的知识进行了最广泛的收集。这部共有35卷的大辞书，在其出版四年后被国王和教会禁止，因为其中记载了诸如伏尔泰和卢梭等人的贡献。这套辞书涉及的知识还囊括了启蒙运动宣言。虽然涉及不列颠哥伦比亚的东西较少，但并非无关紧要。

丹尼斯·狄德罗

狄德罗和他的编辑同事们收录了几张地图，但这些地图中有些部分也纯属推测，其中有菲利普·布奇的"新发现地图"以及罗伯特·德·瓦贡迪的北美和东亚地图。罗伯特·德·瓦贡迪的北美和东亚地图是在法国地理学家约瑟夫·尼古拉斯·德·利勒在圣·彼得堡的科学院呆了21年,回到法国后在1752年绘制的地图的基础上修改的。这是一张美化的仿品,而它的原版是1752年绘制的。尽管这张1752年地图包含了关于从先前俄罗斯探险得到的一些鲜为人知的可靠细节,但它同时也提供了一个推测性的描述——关于巴塞洛缪·德·丰蒂虚构的美国西北海岸,这使1708年出版的英国刊物《探秘回忆录》昙花一现。关于德·丰蒂航行的这一虚构传闻,其实是一艘船从波士顿通过西北航道驶进太平洋的经历。因此,狄德罗在探寻西北航道,并最终促成不列颠哥伦比亚的"发现"中,都扮演了一个有影响力的角色。

Ⅱ 西班牙人

胡安·佩雷斯

绝大部分的历史都不承认胡安·佩雷斯是第一个探寻到最后一片在地图上未标明的温带地区,并仅凭眼力观察就绘制出第一张不列颠哥伦比亚海岸地图的人。胡安·佩雷斯最先到达这里,由于他在1774年长达10个月的航海中,未曾登陆,所以未能在年度航海成就记录中高居榜首。佩雷斯是第一个与不列颠哥伦比亚土著居民接触的欧洲人这一事实有证可考。他在这次航行中遭受了坏血病的折磨。其航行的目的是为了确定俄属美洲的南部边界。这也为1884年的美国总统候选人詹姆士·波克的竞选口号"要么以北纬54°40′为边界,要么就发动战争!"找到了充足的理由。

1789年,机智的副官埃斯特万·何塞·马丁内斯挑起了"努特卡危机"。马丁内斯和佩雷斯都记录在日志中。7月20日,马丁内斯的到来显得尤为重要,因为他注意到了在圣玛格丽塔的印第安人中,有"半截刺刀和……一截断剑制成的一把刀"。这两本日志都被寄到总督那里,总督命令梅尔彻·德·佩拉玛斯做了副本。副本被送到马德里,最终保存在塞维利亚的印第安综合档案馆。两本原稿最终被留在了墨西哥城的国家档案总馆。这份关于不列颠哥伦比亚的首份报告被湮没了将近两个世纪。一位名叫奥利弗·约翰逊的博士在1911年进行了一些初步的翻译,俄勒冈历史学会在1977年将其编排成了缩微胶片版本。波兰历史学家和研究员赫伯特·K.比尔斯,在1989年最终将之前的版本翻译并加注。

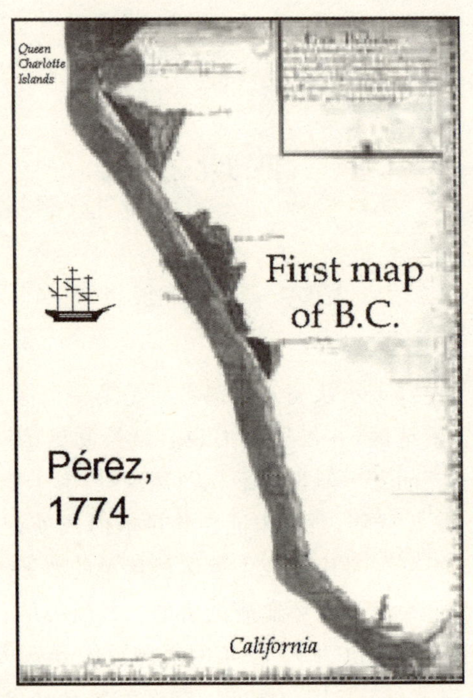

由佩雷斯的领航员约瑟夫·德卡尼扎雷斯根据探险绘制的
第一幅海岸线地图。它包括加利福尼亚的蒙特雷和圣·德马格达莱纳角

我们对第一个可考证的,发现不列颠哥伦比亚的欧洲人的信息知之甚少。胡安·佩雷斯可能是1725年左右出生于帕尔玛的马略卡岛。因为他在一次航行期间庆祝过他的生日,所以我们知道他的生日是6月24日。佩雷斯在墨西哥圣布拉斯的海军基地的表现出类拔萃,这个基地是西班牙1767年在太平洋建立的港口。他因驾驶"马尼拉"号大帆船航行到菲律宾获得头等领航员的头衔。1769年,他还负责指挥一艘西班牙船到达了圣地亚哥。1773年,当有人请求安东尼奥·玛丽亚·德·布卡雷利·乌苏亚总督派遣一艘舰船,往北去调查关于俄罗斯在阿拉斯加活动的报告时,佩雷斯便是当时可派遣的、最有经验的海军军官。他的指令是"绝不在违背印第安人意愿的情况下,从他们身上获取任何东西,只能讨好他们或通过友好的给予,必须善良温柔地对待所有人。这才是获利并牢固维护他们自尊的最有效手段。"

在圣布拉斯为佩雷斯打造的“圣地亚哥”号，达 225 吨位，82 英尺。1774 年 1 月 24 日，它满载 88 名官兵，外加许多准备前往蒙特雷的 24 名乘客，正式下水起航。佩雷斯和他的“圣地亚哥”号首航的前五个月，经过了旧金山以南的加州南部水域。“圣地亚哥”号从 3 月 11 日至 4 月 6 日，一直在圣地亚哥进行结构整修；在 5 月 8 日到达蒙特雷，逗留到 6 月 11 日。

虽然在出海时一切进展顺利，但佩雷斯渐渐开始担心船在低潮时的航行。他向东北方向航行，于 7 月 18 日到达不列颠哥伦比亚，正午前，看到了夏洛特皇后岛的最大岛屿——格雷厄姆岛（也被称为海达瓜依）的西北海岸。由于无法找到一个安全的港湾抛锚，佩雷斯将该海岬命名为圣·德马格达莱纳角。下午 4 点 30 分左右，佩雷斯在向北漂流的途中，遇到了 3 只独木舟。西班牙人用珠子换购他们的鱼干。第二天，出现了 21 只大小各异的海达族的独木舟。其中两只独木舟上只有妇女和儿童。西班牙的一个牧师，克雷斯皮神父写道：“两名异教徒登上船，他们对船和船上的事物都感到好奇。”克雷斯皮神父和托马斯·德拉佩尼亚·萨拉维亚神父是在蒙特雷加入佩雷斯的探险队的。1792 年，西班牙人哈辛托·卡马诺意识到，佩雷斯已靠近一个较小的岛屿，这个岛屿被帕里通道将其与格雷厄姆岛隔开。他将其命名为：伊斯拉·兰加拉岛屿——可以说是现代不列颠哥伦比亚的诞生地，因为他们就在其海岸边与海达族人进行了“第一次接触”。

佩雷斯将沿海的山脉命名为赛罗斯·德·圣克里斯托瓦尔，但他从不愿冒险上岸。佩雷斯向北航行到北纬 54°，但对进一步向前步入特林吉特族的国土，他还是小心翼翼，因为他相信俄罗斯人奇里科夫 1741 年就是在那里失去了他的部下。他写道：“印第安人告诉我们不要去那个岛，他们（那里的当地人）会用箭射杀（外来的人）。”事实上，奇里科夫船员上岸的地方，距离西班牙人看到的刺刀和断剑碎片的地方，南北相差约 200 海里。

1774 年 8 月 7 日，佩雷斯向南航行到达了温哥华岛西海岸的努特卡湾。船员试图将由船上木匠做的 14 英尺高的十字架带上岸，但是海风越刮越大，最终没能成功。这块十字架上镌刻着首字母缩写“JNRJ”，代表耶稣·拿撒勒·雷克斯·犹太朗姆。十字架上标注有卡洛斯·丢德·雷克斯、西班牙、朗姆和 1774 等字样。在一座小半岛附近的岩石处艰难抛锚后，佩雷斯与努查纳尔什族人进行了交易。在此期间，一些银汤匙涉嫌被盗。四年后，即 1778 年，在詹姆斯·库克船长在努特卡湾登陆时，这些银汤匙引起了他的注意。库克记录道，两把汤匙挂在一个印第安人的脖子上作装饰。库克船长在最后一次航行的记录中，至少四次回忆起一个英国水兵要购买这两把汤匙。虽然没有记录关于 1774 年佩雷斯的船员用汤匙进行交易，但是这也暗示了这些汤匙可能并不是被盗了。它们很可能是装在服装的口袋里，在交易时随服装一起交换了，抑或是简单地作为礼物赠给他们了。无论如何，西班牙将会利用汤匙作为证据，证明西班牙人比英国人更早到达不列颠哥伦比亚。

Continuacion del Diario que
formó el Alferez graduado de
Fragata Dn. Juan Perez, Primer Pi
loto del Departamento de Sn. Blas
con la titulada Santiago, alias
la Nueva Galicia de su mando,
que comprehende su salida de Mon
terrey á esplorar la Costa Septen
trional, y su regreso á este pro
pio Puerto en 26. de Agosto de
este año de 1774.

胡安·佩雷斯日记的扉页

除了汤匙，佩雷斯当时还留下了他的船锚。由于天气变化无常，他发现自己的船在大风中，可能会有触礁的危险。就是那片现在被称作是佩雷斯岩礁的礁石使他没办法起锚。佩雷斯只得砍断锚绳，把船驶离。但在此之前，他已将努特卡湾的入口命名为拉达·德·圣洛伦索。佩雷斯又将南部的埃斯特波音特命名为拉蓬塔·德·圣埃斯特万。埃斯特波音特仍是不列颠哥伦比亚省现存最古老的有欧洲渊源的地名。

在他们返航的途中，西班牙人当时可能已经看到了胡安·德富卡海峡的入口——马丁内斯后来断言——但可以肯定的是他们在 8 月 11 日看到了福拉特里角附近著名的山峰。佩雷斯把它命名为塞罗迪·圣罗萨莉亚山。1788 年 6 月，约翰·米尔斯将其更名为奥林波斯山。佩雷斯和他的船员们受到坏血病的威胁，衣衫褴褛，他们 8 月 28 日到达蒙特雷，最终于 11 月 5 日回到圣布拉斯。

佩雷斯只航行到北纬 54°40′，而没有到达当初指定的北纬 60°。他也未按照命令，举行正式的占领仪式，重申西班牙国王卡洛斯三世的统治，这令西班牙当局很失望。自从 1513 年努涅兹·德·巴尔博亚穿越巴拿马地峡，并宣称拥有太平洋及其海岸的所有权起，西班牙就宣告了对北美海岸线的主权。佩雷斯没有遇到任何俄罗斯人，也没有绘制出任何详细的图表，可是他的领航员约瑟夫·德卡尼扎雷斯却绘制出了海岸线地图，其中包括努特卡湾（苏尔吉德洛·德·洛伦佐），格雷厄姆岛的北端（帕塔·德斯塔·玛格丽塔）和奥林波斯山（塞罗迪·圣罗萨莉亚）。

1818 年，美国和英国就俄勒冈领土控制权，即介于北纬 42°和北纬 54°40′之间落基山脉以西地区的皮毛贸易区的控制权，一致达成协议。而在 45 年之后，美国凭借 1819 年和西班牙签订的《横贯大陆条约》，继承了西班牙对其的主权，进而主张扩大对西北太平洋地区的控制时，佩雷斯的这次航行才被誉为最重要的航行。1844 年，民主党总统候选人詹姆士·波克采取了强硬的竞选口号“要么以北纬 54°40′为边界，要么就发动战争”，并威胁说为了获得佩雷斯到达过的俄罗斯阿拉斯加最南端的所有俄勒冈的领土主权，不惜发动战争。1846 年，《俄勒冈条约》中提出了折中的解决方案，标识了目前美国与英属加拿大的边界；除了海上区域外，于 1872 年划定了北纬 49°边界线由此向南通过胡安·德富卡海峡。

1981 年，查瓦森的布拉德·梅里特，久负盛名的加拿大“54·40”摇滚乐队的贝司手，根据波克的美国口号，选择这组不同寻常的数字作为乐队的名字，其实也是源于佩雷斯的航行。

1775 年，遭到贬谪的佩雷斯又乘坐“圣地亚哥”号向北进行了第二次航行，可是这一次他是作为船长唐·布鲁诺·黑茨塔的领航员。1775 年 11 月 3 日，可能是由于斑疹伤寒，他在加州海岸附近的某个地方不幸离世。在船返回圣布拉斯的途中，佩雷斯的尸体被葬在海里。

参考书目：

Juan Pérez on the Northwest Coast: Six Documents of His Expedition in 1774, translated by H. K. Beals, Portland: Oregon Historical Society Press, 1989.

胡安·克雷斯皮

在佩雷斯的探险队中，神父胡安·克雷斯皮是记录中提到发现不列颠哥伦比亚的四个西班牙人之一。

克雷斯皮，1721 年 3 月 1 日出生于帕尔玛，17 岁时加入方济会。1749 年，他来到美洲；1767 年，抵达加利福尼亚半岛，负责管理普里西马·塞普西翁的传教团；1774 年，53 岁的克雷斯皮加入胡安·佩雷斯的航行，他可能是船上年龄最大的。在这段航程中，克雷斯皮和他的神职同伴托马斯·德拉佩尼亚·萨拉维亚亲眼目睹了不列颠哥伦比亚的首批天主教神父。克雷斯皮记录了欧洲人和印第安人在不列颠哥伦比亚首次为人所知的接触。

当独木舟冒险驶向“圣地亚哥”后，克雷斯皮写道：“当我们距对方船只还很远时，便能听到船上人们的歌声，从抑扬的语音我们判断他们是异教徒，因为从圣地亚哥到蒙特雷的途中我们曾听到异教徒们在跳舞时唱这首歌曲。对方有 8 名成年男子和 1 个男孩，其中有七人在划桨，一位年迈的长者直立身子跳舞。他们把几只羽毛抛到海里后，便调转船头离开了。”

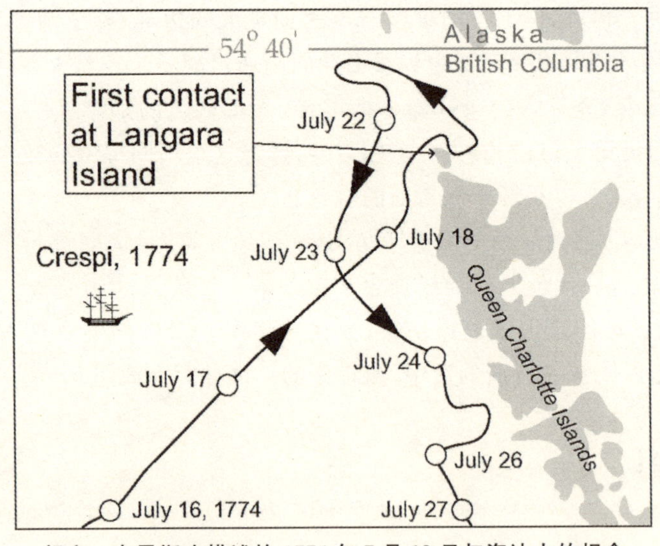

胡安·克雷斯皮描述的 1774 年 7 月 19 日与海达人的相会

克雷斯皮在描述抵达的第二只和第三只独木舟时记录道，“其中一只鱼叉带有铁头，看起来就像登船时用的长矛一样。”如此之多的证据足以证明最早与海达人接触的水手一定来自能够生产铁的文明国度。与克雷斯皮同行的一位西班牙水手也有同样的猜测。克雷斯皮在后来的记录中提到，在远离温哥华岛西海岸的海斯基特族人的独木舟上，有“一些铁块、铜块和几件刀具”。库克船长证实了这些发现。克雷斯皮还记录，当穆瓦恰特靠近努特卡人附近的“圣地亚哥”号时，听到一阵“痛苦的叫声”。约18年后，一位名叫何塞·莫西诺的西班牙艺术家曾到访努特卡湾，那里的土著印第安人告诉他，他们认为佩雷斯的船只带来了一位名叫夸茨的神人，来惩罚他们的罪行。

1774年11月，克雷斯皮和神父托马斯·德拉佩尼亚·萨拉维亚将他们的日记上缴给他们蒙特雷的上级胡尼佩罗·塞拉，使仅存的为人所知的两名不列颠哥伦比亚的见证者，用英语或西班牙语记录的佩雷斯航行被保留了两个世纪之久。1787年，克雷斯皮日记的内容首次被弗朗西斯科·帕洛用于充实胡尼佩罗·塞拉传记。1875年，《加利福尼亚消息报》全文刊出了弗朗西斯科·帕洛改写克雷斯皮的日记。

克雷斯皮在不列颠哥伦比亚文学史上的重要作用鲜为人知，和他在加利福尼亚历史上的重要作用相比黯然失色。1769年8月2日，一支由神父胡尼佩罗·塞拉和船长加斯帕·德波托拉率领的，包括克雷斯皮在内的约67人的西班牙探险队，取道埃里森公园进入现在的洛杉矶。神父胡安·克雷斯皮因此才得以记录下关于洛杉矶的欧洲渊源。

参考书目：

Noticias de la Nueva California (1857) is the Crespi diary as transcribed by Francisco Palóu; edited and translated by G. B. Griffin, *The Journal of Fray Crespi* (Sutro Collection, Los Angeles: Franklin Printing Company, 1891) is the Crespi manuscript dated Oct. 5, 1774; *Fray Juan Crespi: Missionary Explorer on the Pacific Coast*, 1769—1774 (University of Califirania Press, 1927; reprinted, New York, AMS Press, 1971) is an English translation of Crespi's journal, edited by Herbert E. Bolton; Donald C. Cutter's *California Coast* (Norman: University of Oklahoma Press, 1969) contains both Crespi and de la Pediaries.

托马斯·德拉佩尼亚·萨拉维亚

托马斯·德拉佩尼亚·萨拉维亚,1743年生于西班牙北部的布里祖埃拉,19岁加入方济会,39岁加入佩雷斯探险队。他的航海记录有时比胡安·克雷斯皮的还要详细。1774年,托马斯·德拉佩尼亚·萨拉维亚与佩雷斯和克雷斯皮一起航行时,记录了金发蓝眼的海达人的情况。

据萨拉维亚猜测,弗朗西斯·德雷克"金鹿"号上的一些船员可能在16世纪晚期就与海达人打过交道。西吉斯蒙德·巴克斯特伦于1792年或1793年春天绘制的海达族首领库尼哈的肖像使这一长期困扰人们的猜测得以证实。巴克斯特伦作为两艘英国皮毛贸易船只——"巴特沃斯"号和"三兄弟"号——之一上的一名船员,描绘了兰加拉岛附近的蓝眼睛海达族人。不过,"圣地亚哥"号上的西班牙神父们早在20年前就在这里和海达人有过照会。

参考书目:

California Coast (Norman: University of Oklahoma Press, 1969) by Donald C. Cutter contains both Crespi and Pena diaries.

布鲁诺·德·赫泽塔

西班牙人不想泄露任何国家机密,他们固守这一观点。

——格林多·威廉姆斯,伦敦大学历史学家

布鲁诺·德·赫泽塔·杜达勾提亚是不列颠哥伦比亚至今第二个与印第安人有交往的欧洲籍船长。1775年,他与印第安人在温哥华岛南端近海处会过面。

赫泽塔绘制了第一幅华盛顿州海岸线地图,标志西班牙正式占领该地区。他也是第一位记录下哥伦比亚河河口的欧洲人。1775年8月17日,赫泽塔写道,"这些洋流和翻腾的海水让我相信这是某条大河的入口,或是某一个通向另一海域的航道。"因为西班牙并没有发布有关赫泽塔航海的信息,所以他的这一功绩几乎无人知晓。

有些学者认为赫泽塔应享有一项令人尴尬的“殊荣”，他率领的第一支探险队很可能给太平洋西北地区带去了天花，这种疫病导致18世纪70年代普吉特部落约30%的人丧生。历史学家罗伯特·博伊德根据《瘟疫来临之际》一书估计，18世纪70年代的天花吞噬了超过11 000名西华盛顿州印第安人的生命，使该区人口从37 000人锐减至26 000人。

19世纪80年代，斯阔米什部落告知查尔斯·希尔图特关于瘟疫的另一个“古老传说”。后来，希尔图特写道，“可怕的厄运降临到他们头上……在一个捞捕大马哈鱼的季节，人们发现所有的鱼浑身长满脓疮和疹斑，根本无法食用。由于人们在很大程度上依赖这些鲑鱼过冬，他们被迫竭尽所能地去捕捉并治愈这些鱼，将它们作为食物存储好。但他们一直迟迟不吃这些鱼肉，直到确实没有其他食物可食。接下来，人们便开始经历疾病和痛苦，一种可怕的、看到就令人作呕的皮肤病全面爆发。男女老少纷纷患病，无人幸免，数百人痛苦地死去。当春天来临，可以获得新鲜食物的时候，几乎没有剩下多少人可以享用了。一个个营房，一座座村庄，荒无人烟。据年长者说，当时应该只有在那些旧营地或冢堆里，才能找到能够回答我的问题的人！那些地方现在已经被森林覆盖很多年了。

赫泽塔乘坐着“圣地亚哥”号，与“索诺拉”号上的胡安·弗朗西斯科·德拉·博迪格·夸德拉一同前往北纬65°来调查传闻中的俄罗斯的入侵。总督布卡雷利已下令让赫泽塔指挥“圣地亚哥”号，因为胡安·佩雷斯之前并没有完全遵从命令——然而，赫泽塔最终也没有完成任务。赫泽塔使用的是雅克·尼古拉·贝林1766年绘制的地图。7月，他的船队到达奥林匹克半岛，停在今天的格伦维尔角附近，一些夸德拉的船员上岸取水时被当地印第安人杀害。

由于“圣地亚哥”号受到坏血病和一些未知疾病的侵袭，赫泽塔只能向北航行到北纬50°。后来，他的“圣地亚哥”号和“索诺拉”号在波涛汹涌的海面上失散了。他在向南行驶途中在温哥华岛附近的海上遇到了印第安人。

在哥伦比亚河的河口附近，赫泽塔遇到了漩涡，他怀疑自己找到了报告上所说的胡安·德富卡海峡，那个海峡可能会引领西班牙人到达期盼已久的西部海域。由于他的大多数船员病得厉害，所以赫泽塔根本无法抛锚去调查情况，但是他绘制了哥伦比亚河河口的第一张地图。一些西班牙地图上的哥伦比亚河河口附近的区域被称为赫泽塔入口，但人们通常认为这条河流是罗伯特·格雷发现的。米格尔·德拉·坎波斯·柯斯是和赫泽塔一起航行的牧师，他的航海日记《1775 年从蒙特雷沿海岸线向北探险日志》于 1964 年由约翰·加尔文编辑发表(旧金山：约翰·豪厄尔丛书，1964)。

参考书目：

For Honor and Country: *The Diary of Bruno de Hezeta*, translation and annotation by Herbert K Beals, Portland: Western Imprints, 1985; Oregon Historical Society Press, 2000.

博迪格·夸德拉

我驰骋向前，对新的困难无所畏惧

——胡安·弗朗西斯科·德拉·博迪格·夸德拉，1775 年

早在 1527 年，西班牙的船队就已在墨西哥和菲律宾之间航行。但直到 1564 年，阿隆索·德·阿雷拉诺船长才坚称，太平洋上的西风可让船队每年进行跨太平洋航行。1707 年，一艘名为“圣弗朗西斯科·泽维尔”的西班牙大帆船在从马尼拉到阿卡普尔科的航行中，在俄勒冈的尼黑勒姆海滩附近遭遇海难。在马德里得知俄罗斯商人入侵他们伟大的“西班牙湖之前”，大部分西班牙人还是选择远离未经勘探的北太平洋地区。

胡安·弗朗西斯科·德拉·博迪格·夸德拉，或者简称为夸德拉，是众多到达不列颠哥伦比亚海岸的西班牙船长中最著名的一位。1744 年 5 月 22 日，夸德拉出生于秘鲁的利马，1767 年，作为一名海军军官候补生毕业于西班牙加的斯海军学院，1774 年来到“新西班牙”。第二年，他带

领第二支西班牙海军航行到不列颠哥伦比亚省，并第一个宣称对阿拉斯加拥有主权。

最初，“圣地亚哥”号由布鲁诺·德·赫泽塔指挥，布鲁诺·赫卡特担任他的领航员——赫卡特湾就是以该领航员的名字命名的——夸德拉后来换乘由胡安·曼努埃尔·德·阿亚拉船长指挥的“索诺拉”号。据说，陪同他们到达旧金山湾的第三艘船的船长阿亚拉，传闻发疯了被转移到另一艘船上，夸德拉顺理成章地成为“索诺拉”号的指挥官。弗朗西斯科·莫雷列成为夸德拉的领航员。

7 月，他们的船员在华盛顿州海岸——一个当时被称为蓬塔·德洛斯·玛蒂雷斯的地方，即现在的格伦威尔——遭遇暴力抵抗，7 名西班牙和墨西哥水手被 200 多名印第安人屠杀。夸德拉和莫雷列坚持驾驶他们的小帆船，忍受着坏血病的威胁和一名不配合的船员的阻挠，远达克鲁佐夫岛、锡特卡湾以及威尔士王子岛上的布卡雷利湾，向北航行至北纬 58°，并绘制了航海图。

西班牙人在锡特卡北部发现了一座建造简陋的房屋。他们在太平洋西北地区海岸上竖起了第一个西班牙十字架。其间，他们并没有遇到任何俄罗斯人，于是便以西班牙国王卡洛斯三世的名义，正式宣布西班牙对北部海岸与西印度群岛享有主权。1775 年 8 月 18 日，他们在阿拉斯加的索尔兹伯里湾，被西班牙人叫作波多黎各·德洛斯·雷梅迪奥斯的地方，举行了一项基督仪式。因为船长病倒，仪式由莫雷列来监督。人们至今还记得夸德拉，主要是因为他在不列颠哥伦比亚航行后期的与乔治·温哥华船长在努特卡湾的一次著名会晤。

三年后，即 1778 年，詹姆斯·库克船长来到太平洋海岸的努特卡湾，为当时的英国当局占领该"有用之地"。1779 年，夸德拉带着两艘船第二次向北航行时，西班牙人仍然没有意识到库克的所作所为的意义。夸德拉与莫雷列一起从圣布拉斯起航，由伊格纳西奥·德·阿尔特卡担任副官向北航行远达威廉姆王子湾、库克湾以及阿拉斯加的科迪亚克岛，后因病被迫返航。

随即，夸德拉便在不列颠哥伦比亚担任了外交官，这也是夸德拉一生中扮演的最重要的角色。

1789 年 5 月 5 日，埃斯特万·约瑟·马丁内斯来到友谊湾，指挥西班牙人修筑城堡。随着詹姆斯·科内特船长将中国劳工带入此地，埃斯特万·约瑟·马丁内斯随即受到了骚扰。1789 年 6 月 4 日，马丁内斯逮捕了科内特并扣留了两艘英国船只，使其完全处于西班牙的控制之中。这就是著名的"努特卡事件"。

当马丁内斯登上一艘英国船只时，马奎那酋长穆瓦恰特的女婿，卡利卡姆首领乘坐一个独木舟追随而至，似乎还大声指责马丁内斯是一个小偷。被激怒的马丁内斯开枪射击，可偏偏他的枪失灵了，于是一名西班牙士兵开枪杀死了卡利卡姆。夸德拉的传记作者弗里曼·M. 托维尔写道，"无论是意外还是故意为之，这次枪杀事件使西班牙人在这里的整整五年都被笼罩在不安宁的乌云之中。"

征得安布罗斯·马奎那酋长的同意，这幅彩色玻璃窗户出现在西班牙政府在育阔特（友爱湾）建立的教堂里。描绘了乔治·温哥华船长和博迪格·夸德拉指挥官在1790年《努特卡公约》解决领土争端的会晤。分别在1793、1794年签订了后来的《努特卡公约》。教堂另外一幅彩色玻璃窗户描绘的是1793年出现在友爱湾的第一位西班牙牧师，帕德·马金·卡特拉。在树林里一座很少见的、杂草丛生的坟墓仍然标识着他埋葬的地方；墓碑上刻的字被厚厚的苔藓覆盖。当初，在一所基督教会学校旁边用栅栏围住的大理石墓碑是何等显耀。莫瓦恰特人，包括育阔特的守护人雷和特雷·威廉姆斯，在20世纪初期，都在这所学校上学。

西班牙获胜后，按照指示建造了一座小型的城堡或称“要塞”，以示西班牙的永久控制权。这是西班牙在加拿大西海岸上建立的第一个殖民地，也是建立永久欧洲殖民地的第一次努力。特维尔曾指出，西班牙殖民地的建立有赖于马奎那酋长，他利用西班牙人来维护他在众多敌对首领中的绝对优势。“没有一块土地是正式割让给西班牙的，也没有任何一块是捐赠或出售的，”特维尔在不列颠哥伦比亚省 2001 年的《历史见闻》第 34 卷第 4 号中写道，“该地的占有权始于马奎那酋长 1789 年给予马丁内斯的口头允诺，1790 年由弗朗西斯科·德·伊莱扎批准，1791 年亚历杭德罗·马拉斯皮纳短暂到访，最终于 1792 年由博迪格·夸德拉确定下来。”

守护者威廉姆斯清理友爱湾第一位基督教牧师墓碑上的杂物

马丁内斯在努特卡湾逮捕科内特导致了伦敦和马德里之间的一场严重的外交纠纷。1790 年 10 月 28 日，西班牙和英格兰签署了第一份《努特卡公约》，规定了双方的领土主权和使用权。两国分别任命乔治·温哥华船长和博迪格·夸德拉船长为各自的负责人，以防休战期间的不确定因素。

1789 年，博迪格·夸德拉船长被任命为圣布拉斯海军基地的指挥官。为了重申西班牙的突出地位，夸德拉于1791年画了西班牙人在加利福尼亚湾的航行图。这张普通地图显示了西班牙人向北探索北阿卡普尔科北端的最远点。1792年，博迪格·夸德拉船长向北航行时，在努特卡湾入口的育阔特与乔治·温哥华船长进行了著名的会晤。

博迪格·夸德拉于4月29日抵达努特卡湾。他准备充分。三艘舰船与之随行，分别是“活力”号、“公主”号和“圣热特鲁迪斯”号；此外，他还带了一位名叫费利克斯·塞佩达的英语翻译。温哥华的探险队到8月28日才抵达努特卡湾。由于温哥华没有随行翻译，也没有得到具体的指令，但是他们还是通过翻译反复通信往来，建立了友好的关系。据说博迪格·夸德拉作为外交官，给人留下了深刻的印象。这名西班牙小伙子写道：“我总是把马奎那作为一位朋友来招待，让他明显地感到自己最受尊重。在我的餐桌上，他总是坐在最尊贵的位置，我总是费尽心思招待他。”这给温哥华船长留下了深刻的印象，温哥华写道：“我禁不住带着惊喜观察到西班牙人在获得别人的好感与信任方面是多么成功，他们的行为举止是如此的有条不紊，对西班牙人来说他们的行为在所有的场合都如此引人注目。”

在努特卡湾的四个月中，博迪格·夸德拉运用外交手腕和他与马奎那的友谊阻止了一场暴动。这场暴动是由竞争对手维坎尼尼什酋长、塔图什酋长以及阿豪萨特的克里斯基纳酋长（又名“汉那船长”）共同策划的。当马奎那说服汉那船长在育阔特会见博迪格·夸德拉时，夸德拉船长蛊惑人心的魅力，竟使汉那船长放弃了暴动的计划。“这些人永远不能预料到夸德拉是他们身边最好的一个朋友，”“希望”号的船长——美国毛皮贸易商约瑟夫·英格拉汉姆这样评论道，“他对他们的关心与仁慈无与伦比，他们似乎对此是有所感知的，更是无比地喜欢他。”简而言之，博迪格·夸德拉树立了一个评判其他欧洲人的标准。

在东道主马奎那酋长的陪同下，夸德拉和温哥华一致同意称该岛为“夸德拉温哥华岛”，但他们却未能在《努特卡公约》的条款中注明。相反，他们代表各自的政府进行了艰难的谈判。

温哥华船长写道，“我坚信，素以慷慨著称的其他西班牙朋友们，他们一定会体谅我在谈及夸德拉先生言行时的热情措辞；在努特卡时产生的外交分歧，我们暂且不论，他为维系与我们之间的关系所表现出来的一贯品格，就算我极尽赞美之词也无法形容。他的仁爱善行不仅仅限于普通的好客，而在所有场合中都有表现，且落实到一言一行。他那优质的服务与我的身份和地位没有关系。”

夸德拉在9月下旬乘坐“公主”号离开了努特卡湾。随着欧洲各国逐渐接受从北太平洋到大西洋没有任何海上通道的观点，解决英国和西班牙领土争端的需求也没那么急切了。同样，在东方，由于大量海獭皮草的涌入，导致市场供过于求，价格暴跌。1794年1月11日，英国和西班牙签署了另一份协议，缓解了紧张的外交局势。

西班牙人建造的努特卡城堡于1795年3月23日被拆除，自此结束了西班牙在加拿大西海岸的统治。

1796年胡安·托瓦尔驾驶“苏蒂尔”号帆船，进行了西班牙最后一次向加州北部的航行。追随夸德拉航线的西班牙海事探险家包括何塞·玛丽亚·纳尔瓦伊兹，冈萨洛·洛佩兹·德哈罗，卡耶塔诺·瓦尔德斯·巴桑，弗朗西斯科·德·伊丽莎中尉，何塞·威迪亚，胡安·潘托哈，阿隆索·德·托雷斯，胡安·马丁内斯·札亚斯以及萨尔瓦多·菲达尔戈中尉。

博迪格·夸德拉船长于1794年在圣布拉斯去世。夸德拉岛是1903年以他的名字命名的。他的评论揭示了他的优良品格，“我把这些印第安人当作人对待，而并非认为他们低人一等，这使我感到欣慰，我也一直拥有自己恬静怡人的生活。”

参考书目：

Copies of Bodega y Quadra's journal have been found in the archives of the Ministerio de Asuntos Exteriores in Madrid and within the Revilla Gigedo Papers belonging to Irving W. Robbins. Publications include *Juan Francisco de la Bodega y Quadra: el descubrimiento del fin del moudo*, editado por Salvador Bernabeu (Madrid: Alianza Editiorial, 1990) and Nutka 1792, Viaje a la Costa N. O. de la América Septentrional por Don Juan Francisco de la Bodega y Quadra, del orden de Santiago, Captán de Navio... y Comandante del Departmento de San Blas en las fragatas de sumando Santa Gertrudis, Aránzazu, Ptincesa y Goleta Activo, año de 1792, des. Palau, Mercedes & F. Tovell, P. Spratz, R. Inglis, Madrid, 1998.

弗朗西斯科·莫雷列

不论男女，都非常温顺随和。

——莫雷列总结西班牙人与海达族人1774年相见的情况

1781年，弗朗西斯科·莫雷列1775年日志的一部英文译本神秘地面世，其中，丹尼斯·巴林顿编著的科学论文被命名为《杂记》。莫雷列的航海日志是怎样出现并被翻译为英文版本的，至今仍是无解之谜。它比约翰·里克曼的日志出现得还要早，是最早记录不列颠哥伦比亚的英文日志。

弗朗西斯科·莫雷列（1750—1820）在博迪格·夸德拉船队1775年和1779年的最初两次向北航行中担任领航员。1791年，他接受委派编写有关1774年约翰·佩雷斯航海的海事记录。尽管莫雷列的健康状况每况愈下，但他依然为总督康德·雷维利亚希赫多编写了西班牙人在太平洋海岸全部海事活动的概述。虽然莫雷列并没有与佩雷斯一同航行过，但他为佩雷斯拟定了航海概要和一份记载每日航海经纬度的“塔布拉行程”。

在描述1774年西班牙人和海达族人的首次接触时，莫雷列转述了佩雷斯当时的反应：“经我观察，他们身材魁梧，性情开朗，有美丽的眼睛和英俊的相貌，头发扎成一根辫子，当然也有些人只是简单地将其绑扎起来。他们留着中国式的胡须，皮肤白皙，大多是蓝眼睛。女性都很漂亮。她们在下嘴唇穿孔，插入不同尺寸的饰品，饰品的大小取决于她们年纪的长幼，但似乎只有已婚妇女才可以佩戴。他们不论男女，都非常温顺随和。女性穿着皮毛束腰外衣，佩戴着铜质或铁质的手镯和戒指。”

莫雷列提供的有关第一位到访不列颠哥伦比亚的西班牙人的证据，现被收藏在伯克利的班克罗夫特图书馆。加拿大国家图书馆珍藏着一份莫雷列1781年的回忆录，其中有对他与博迪格·夸德拉在一起相处的日子的记载。而莫雷列也毫不例外，成为阿曼西欧·兰丁·卡拉斯科一本1978年西班牙语出版物的主题。阿拉斯加的毛雷列群岛和内线航道上的毛雷列岛都是以他的名字命名的，不过莫雷列才是他名字的正确写法。

莫雷列编写的 1774 年佩雷斯每天航海的“塔布拉行程”的第一页

参考书目：

Miscellanies (London: J. Nichols, 1781) by Daines Barrington inexplicably contains Francisco Murelle's translated memoir entitled *Journal of a Voyage in* 1775 *to Explore the Coast of America Northward of California, by the Second Pilot of the Fleet, Don Francisco Antonio Maurelle [i. e. Mourelle] in the King's Schooner Called the Sonora and Commanded by Don Juan Francisco de la Bodega*. It is one of the earliest published memoirs of the Pacific Northwest.

何塞·马里亚诺·莫西诺

他是 18 世纪“新西班牙”出现的一位最引人注目的科学界人士。

——墨西哥历史学家，阿尔贝托·卡雷尼奥

我们拥有关于努特卡居民几乎所有的信息和记录，这得感谢莫西诺。

——阿尔卡拉·加里亚诺中尉

植物学家何塞·马里亚诺·莫西诺是不列颠哥伦比亚第一位有重大

影响的科学家。他陪同博迪格·夸德拉来到努特卡湾，并在1793年完成最全面的关于不列颠哥伦比亚的西班牙语书籍——《努特卡论述：1792年努特卡湾记录》。这是第一部关于不列颠哥伦比亚的人类学作品。

“在岛上四个多月的生活，”他写道，“让我了解到了当地人的各种风俗习惯，宗教信仰，以及他们的管理体制。我相信我是收集此类信息的第一人，这主要是因为我学会了他们的语言，可以和他们交谈。”

尽管莫西诺说自己在短短的几个月就学会了他们的语言可能有点夸张，但是他对努特卡人文化的潜心研究，在后来处理努特卡危机与马基诺船长争议的时候，的确让西班牙占了上风。

莫西诺对当地语言驾轻就熟，使他能够收集到资料，证明佩雷斯在1774年的确到访过圣洛伦佐(努特卡湾)。“当地人第一次看到轮船时感到很恐惧，甚至到现在，他们还证实说，当他们看见那艘巨大的“机器”从海平面一点一点地接近他们的海岸线时，他们都感到惊恐万分。他们都坚信是夸·伍兹(造物主)因人类所犯下的罪行再次来惩罚人类。许多人都躲到山里去了，其余的把自己关在屋子里，只有那些最大胆的人才会划着他们的独木舟，近距离地去观察那个从海洋中航行过来的“大家伙”。他们战战兢兢地来到它旁边，没有足够的勇气和胆量上船。直到过了一些时候，在西班牙船员热情友好的招呼下，他们才怀着好奇心登上船，探究出现在他们面前的新奇玩意儿到底是什么东西。他们收到了很多礼物，也赠送了一些水獭皮给船长作为回报。”

莫西诺指出，“努特卡”并不是一个印第安语词汇，或许是库克船长曾误解了“*Nui-ch*”这个词，它原本的意思是“山峰”。在众人之中，是他第一个提到生活在西北海岸的印第安人是实行一夫多妻制，也是他第一个报道当地的接生、生育和性行为等习俗的。“他们一出生就奔入大海，怀着巨大的勇气游泳；奇怪的是，如果是泰斯[酋长的意思]儿子，则必须关在屋子里，既见不到太阳又见不到大海——担心夸·伍兹(造物主)会因他的过错惩罚他，使父子俩命丧黄泉……人们要根据年龄更改名字，每次更改新的名字都要举行比前一次更加奢华和隆重的仪式……当女孩初次月经来潮时，他们会以同样的方式来庆祝，为她更改名字。如果碰巧是酋长的女儿，那么庆祝仪式与更名仪式将在同一天举行。我们出席了庆贺马奎那女儿伊茨托·科蒂·克莱莫的初潮庆祝仪式，此前她叫阿佩尼亚斯。”

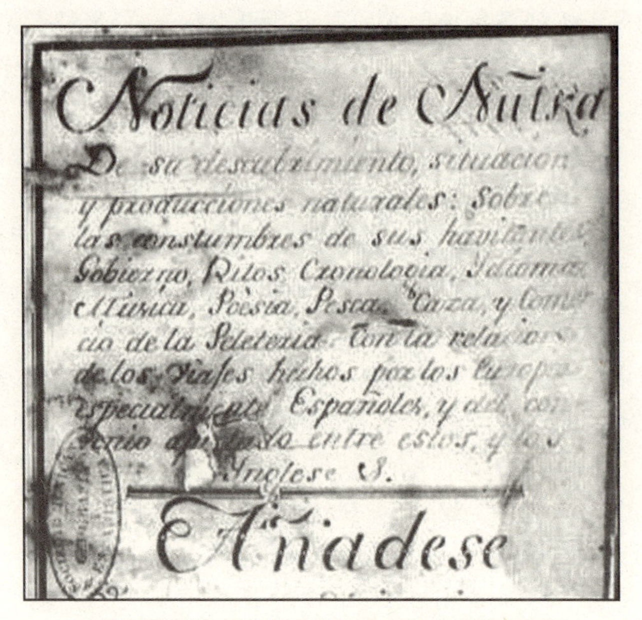
Noticias de Nutka
De su descubrimiento, situacion
y producciones naturales: Sobre
las costumbres de sus havitantes
Gobierno, Ritos, Cronologia, Idioma
Musica, Poesia, Pesca, y Caza, y comer-
cio de la Peleteria. Con la relacion
de los Viajes hechos por los Europe-
especialmente Españoles, y del con-
venio ajustado entre estos, y los
Ingleses.
Añadese

在墨西哥城找到的莫西诺记录卢特卡手稿的扉页

莫西诺1757年出生于墨西哥，他的父母是生活在特马斯卡尔·提佩克的西班牙人。1774年，他获准进入墨西哥城的特伦托神学院学习，并在20岁的时候获得了经院神学和伦理学学位。1778年，他与多纳·丽塔·里维拉·梅洛·蒙塔诺结婚。后来，他以教授和神学院学生的身份移居瓦哈卡州，由于对该州的教学氛围不满意，他回到墨西哥城，在主教大学完成医学学习的同时，在皇家圣卡洛斯学院完成了数学学习。他在各个领域都相当优秀，首先于1787年获得了医学学士学位，然后在皇家植物园参加了植物学的相关课程的学习，并成为年度优秀学生。他和同学何塞·马尔多纳多一起，为“新西班牙”的皇家科学探险队马丁·赛斯主任收集并命名了数百种植物标本。莫西诺、马尔多纳多和艺术家阿塔纳西奥·埃切维里亚被选拔加入博迪格·夸德拉船长的探险队，于1792年4月29日到达努特卡湾。

莫西诺真实地描述了西班牙人和努恰纳尔什人(努特卡人)之间的本质关系，也记录了西班牙人是如何“在不同的时代侮辱他们，残害他们，甚至杀害他们的。”阿豪萨特镇上的努恰纳尔什人(努特卡人)居民老彼得·

韦伯斯特证实了西班牙人是如何残酷地对待性工作者的。“他们过去常常把那些人拉到铁匠铺里，丝毫不会手下留情”他说道，“那里的铁匠总会准备好炽热的烙铁，以惩罚那些拒绝、或反抗的人。”

1792 年，一位西班牙天文学家报道，“当地居民已经开始遭受梅毒恐怖的侵害。这一疾病严重地威胁着这些居住在加州的古代原著居民的命运，几乎使其种族灭绝。”

1792 年莫西诺在温哥华岛上住了 6 个月，他的研究被收录在由阿塔纳西奥·埃切弗里亚编录的第一部卢特卡——西班牙词典的植物、动物和绘画等栏目中。

1880 年，墨西哥皇家图书馆复原了莫西诺的一份手稿——当然不是失踪的那份原稿。这份手稿中没有插图，1913 年小量再版发行，被英语学者长期忽视。目前已知的其他几份手稿分别存放在巴黎、马德里及耶鲁大学图书馆或者是被私人收藏了。耶鲁手稿版被编辑稍加改动并增加脚注后以《马萨雷多岛见闻》为书名出版。圣地亚哥历史学家希格比·威尔逊对他 1913 年在墨西哥城出版的那个版本进行了翻译、编辑，并配上了各种各样的插图。

何塞·马里亚诺·莫西诺接受过医学、神学和植物学的正规教育，他的著作还涉猎了医疗和哲学课题。他与导师马丁·赛斯一起合著的《墨西哥植物群》(1885)和《西班牙植物物语》(1889)都被刊登在《墨西哥社会的自然历史》上。

一直到 1803 年，莫西诺都受聘于皇家科学探险队，一直待在墨西哥、危地马拉和西印度群岛。1803 年，他和导师赛斯一起前往马德里游览。不幸的是，国王卡洛斯四世并不像其父亲那样高度重视自然历史。1808 年，法国入侵西班牙，卡洛斯四世被迫让位给他儿子。法国占领了马德里后，拿破仑的哥哥约瑟夫·波拿巴，任命当时仍被贬谪的莫西诺作为皇家自然历史博物馆的馆长和皇家医学会的动物学教授。然而这些都只是昙花一现。

1792 年莫西诺记录的马奎那女儿伊茨托·科蒂·克莱莫的初潮之喜庆祝仪式，此前她叫阿佩尼亚斯

法国一撤出西班牙，莫西诺就被爱国者作为叛徒逮捕起来。他徒步逃跑到了法国边境。他那些珍贵的手稿、图纸和植物标本集都装在一辆手推车上。他最终到达蒙彼利埃，在那里，瑞士科学家奥古斯汀·皮拉摩斯·德·康多勒一眼就看出了这 1 400 份动植物图样标本的价值。1816 年，莫西诺婉拒了瑞士提供的在日内瓦的工作，他说："不用了，我已经老态龙钟，且体弱多病。我真是太不幸了，你康多勒把这些带去日内瓦吧，我把它们都交给你了，我将来的荣誉就托付给你了。"

1817 年，莫西诺获准回到西班牙。他联系康多勒，要求他归还自己的图集标本。这位瑞士植物学家迅速雇用艺术家，在 8 天内复制了 860 份草图，此外还绘制了 119 份草稿。这真是不幸中的万幸。1820 年 5 月莫西诺死于巴塞罗那。尽管他最初的图纸早已不复存在，但在瑞士的精确副本却得以保留了下来。

参考书目：

Noticials de Nutka（Gazeta de Guatemala，1803 Volume Ⅶ，1804 Volume Ⅷ）；*Noticias de Nutka*，ed. Alberto M. Carrēno，Sociedad Mexicana de Geografia，1913；*Noticial de Nutka*：*An Account of Nootka Sound* in 1792，translated and edited by Iris Higbie Engstrand，McClelland & Stewert，1970；reprinted by University of Washington Press in 1991.

亚历杭德罗·马拉斯皮纳

有人听说过马拉斯皮纳吗？他的航海悲剧在于他当时没有把所搜集到的巨大物质财富公之于众。

——历史学家格林杜尔·威廉姆斯

亚历杭德罗·马拉斯皮纳出生于当今的意大利边境，是可以和博迪格·夸德拉、库克以及温哥华等船长比肩的18世纪晚期太平洋西北地区杰出的探险家。

1754年11月5日，马拉斯皮纳出生在穆拉佐的托斯卡纳北部地区，那里当时是西班牙所属的帕尔玛公爵领地。亚历杭德罗·马拉斯皮纳是马拉斯皮纳伯爵的第二个儿子。他在洗礼时被命名为亚历山德罗·马拉斯皮纳，可是后来人们一直采用他名字的另一种写法。18世纪60年代期间，他和家人在巴勒莫的舅公乔瓦尼·福利亚尼·索尔扎德·阿拉戈纳的家里住了几年，他舅公当时是西西里岛的总督。从1765年到1773年，马拉斯皮纳在罗马的克莱门泰因学院接受教育，该学院是加斯顿的教父们经营的。在被马耳他骑士团接纳后，他花了一年时间在马耳他学习基本的航海知识，于1774年加入皇家海军。他还参与了西班牙对外的各种战争并航行到了菲律宾。他的仕途一帆风顺。然而，在1782年，他被人告上法庭，并被怀疑为异端邪教分子，这些都是无中生有的指控。他在海军中的表现出类拔萃。在1783到1784年期间，他参加了西班牙攻击直布罗陀的作战，第二次航行到了菲律宾。他此时已经荣升至副指挥官了。1785年，他对西班牙海岸进行了绘图调查。从1786年9月到1788年5月，他代表皇家菲律宾公司，在“阿斯特莱”号护卫舰的护卫下进行航海，途经好望角并在返回途中绕过了合恩角。

1788年，马拉斯皮纳提出用两艘船组成探险队走遍几乎所有亚洲和美洲的西班牙领地。这一提议体现了他雄心勃勃的天性，也印证了何塞·德布斯塔曼特·格拉(1759—1825)对他的评论。这一“兼有科学和政治目的的环球航行计划”将会带给西班牙更多的荣耀，就像库克船长给英格兰带去的荣耀一样。马拉斯皮纳是一个有激情的唯理主义者，在都灵担任皇家科学院助理通讯员。库克的航行仅仅带来了一份3卷的报道，可是马拉斯皮纳则是瞄准8卷精选集的目标出发的。

亚历杭德罗·马拉斯皮纳

根据何塞·德布斯塔曼特·格拉的评论，1789年7月30日马拉斯皮纳乘坐“发现”号和“勇气”号从卡迪斯港出发。专门为了此次远征所建造的这两艘轻型巡航舰，是马拉斯皮纳为了纪念詹姆斯·库克船长的“发现”号和“勇气”号而命名的。在1789年下半年和1790年全年，当马拉斯皮纳和他的船员们航行到西属美洲领土时收集到了大量的科学和民族志数据。他到过的西属美洲领土有蒙得维的亚、埃格蒙特港口、瓦尔帕莱索、卡亚俄、瓜亚基尔以及巴拿马。后来，艺术家何塞·卡德罗和托马斯·德·苏利亚也加入了这支探险队。

然而，不幸的是，马拉斯皮纳过分的事无巨细最终导致他前功尽弃。在登船出发前，他已经派遣何塞·埃斯皮诺萨·特洛将之前所有的太平洋航行都进行了研究。埃斯皮诺萨发现了一份洛伦佐·费雷尔·马尔多纳多1609所著的《毁灭》的抄写稿，那本书描述了一个所谓的虚假航程，即通过戴维斯海峡到达阿利亚海峡。马拉斯皮纳对此置之不理，开始了他那志向高远的航海任务。此次航行中，他的科学家队伍阵容空前，涉及多个学科，船上装备有最新的测量和导航设备。可是好景不长，在1791年3月到达阿卡普尔科后，马拉斯皮纳便收到了来自西班牙国王的新指令，不允许再向西航行到夏威夷群岛，而是向北航行搜寻阿利亚海峡，而这主要是基于埃斯皮诺萨所发现的关于马尔多纳多的材料……

在敌对一方的领土上，库克的船员对他的忠诚是必要的，可是马拉斯皮纳的船员们是在西班牙的“飞地”游历，他们对马拉斯皮纳可没那么忠诚，当得知船队不准备前往夏威夷岛时更容易离职。就在阿卡普尔科，有超过十二名船员纷纷离去。马拉斯皮纳是一个无神论者，他憎恨到北纬59°和60°之间进行“野鹅追寻”海岸探索计划，但他还是尽职尽责地进入了早就被乔治·迪克森和库克船长探索过的阿拉斯加水域。他到达马尔格雷夫港口并绘制了亚库塔特海湾地图，后来沿着海岸向北探索远至威廉王子湾。

马拉斯皮纳长廊的加布里奥拉岛岩层

在6月底，画家托马斯·德·苏利亚兴奋地报道，他们发现了一个明显的入口——可能就是长久以来人们一直找寻的通往东方的入口，这让马拉斯皮纳也感到吃惊。7月2日，他们带着15天的供应物资驾驶着两艘船去探索潜在的大陆通衢，但受哈巴德冰川阻碍，无功而返。入口被冰川封死。马拉斯皮纳为西班牙正式占领了这一片冰川地区，并进行了详细的水文地理调查，记录下了与特领吉族会面中有价值的民族志信息。马拉斯皮纳给那片地区起名为代塞普雄（意为“欺骗”）湾。

马拉斯皮纳是个严谨的测量员，由于被马尔多纳多的诡计欺骗被迫绕道航行，他指责投机的学者们总是不断地阻碍水手们真正的努力，也包括他自己。更具有讽刺意味的是，那些对非科学地图最敏感的探险家们，亦饱受其害。8月份，感到气馁的马拉斯皮纳向南航行至努特卡湾，与马奎那船长和穆瓦恰特在育阔特待了一个月(在这段时间里,托马斯·德·苏利亚绘制了举世闻名的马奎那的铅笔肖像画)。马拉斯皮纳的维京大战船探索了努特卡湾,在努特卡湾抛锚休息时,马拉斯皮纳绘制了航海图表,这便是九张西班牙地图中的一张,后来提供给了乔治·温哥华。

在努特卡湾,马拉斯皮纳和他的军官们大量报道了关于西班牙驻军和穆瓦恰特的事,并这样描述马奎那酋长:"马奎那的性格令人难以捉摸。他个性粗暴,勇猛多疑。他的个性可能受两方面影响,一方面,欧洲人渴望与他建立友谊,他近几年积累了一定的财富,因谋求皮毛贸易垄断造成欧洲人自己之间的不和。另一方面,他的军队力量薄弱,饱受冲突之苦,贸易的作用以及欧洲船只过于频繁地出现在这些地区。"

马拉斯皮纳向南航行到蒙特雷、圣布拉斯和阿卡普尔科,报告称他没有找到阿利亚海峡。12 月份,他穿越太平洋来到关岛,然后继续航行到达菲律宾,在那里他们呆了九个月并做了大量的报道。布斯塔曼特乘坐"勇气"号航行到澳门后,进行了引力观测。在海上航行 62 个月后,马拉斯皮纳的探险队于 1794 年 9 月 21 日回到加的斯。在国外这五年,马拉斯皮纳的日记达 450 000 字。12 月份,他受到了国王查尔斯四世和首相曼努埃尔·戈多伊的接见,后来被提升为舰队准将,可是马拉斯皮纳追求进步的秉性以及自由提议的举动使他很快就与戈多伊发生了争执。由于看到了不列颠哥伦比亚海岸的潜在价值,马拉斯皮纳建议马德里当局在该地区建立定居点。在此前的自由言论时期,马拉斯皮纳还建议西班牙摒弃军事占领,建立一个自由贸易联盟州,一个可以在阿卡普尔科进行管理的环太平洋贸易区。

马拉斯皮纳的垮台主要缘于他给女王的一封信,信中暗示应该撤换戈多伊。当戈多伊得知马拉斯皮纳反对他时,于 1795 年 11 月将其逮捕,罪名是密谋反抗政府。未经判决,他从 1769 年到 1802 年一直被囚禁在西班牙北部的一个隐蔽而又偏远的城堡里。尽管被关押,马拉斯皮纳依然不失为一名积极活跃的作家,他的作品涵盖经济、文学和美学等领域。在此期间,经过拿破仑和弗朗西斯科·麦尔兹德·埃里尔成功的游说,马拉斯皮纳于 1802 年获释,但他必须离开西班牙。1803 年 3 月,马拉斯皮纳从热那亚旅行后回到他的家乡穆拉佐,在篷特雷莫里附近定居下来。他对国民事务产生了兴趣,甚至还有人委托马拉斯皮纳设法应对黄热病。

1805 年,他被任命为意大利王国行政委员会的提议审计员。他后来又获得更多的荣誉,其中包括 1810 年 4 月 9 日在篷特雷莫里去世前获得的佛罗伦萨哥伦布社会管理员的头衔。

在其有生之年,马拉斯皮纳的那本极其重要的日志被禁止出版发行,其中的一小部分在 1802 年曾出现过,但所有提及马拉斯皮纳的内容都被删除了,直至 1885 年,这本记述了他五年报道的完整文本才得以在西班牙发表。为了哈克鲁伊特学会和海事博物馆的合作,马拉斯皮纳的日志被翻译成三卷版,最后一卷是关于西北海岸的。达里奥·曼菲迪创作的一部西班牙语的马拉斯皮纳传记,经特蕾莎和唐·盖基勒翻译后,已经在互联网上可以查阅;温哥华的约翰·肯德里克在 1999 年出版了一本关于他的传记。人们都正在翻译马拉斯皮纳的政治著作,其中最著名的是他的《美洲政客法则》。

鉴于马拉斯皮纳的启蒙角色和他在物理学、天文学和政治哲学上的追求探索——尽管很大程度上未被承认过,纳奈莫的马拉斯皮纳学院还是以他的名字命名,以表敬意。受马拉斯皮纳的指引,双桅纵帆船“苏蒂尔”号和“墨西哥”号,在船长迪奥尼西奥·阿尔卡拉·加利亚诺和船长盖伊塔诺·巴尔德斯的指挥下,探索了乔治亚和胡安·德富卡海峡,正是这次远征催生了特克塞达岛和塞谢尔特半岛之间的马拉斯皮纳海峡这一名字,尽管马拉斯皮纳从没进入乔治亚海峡。亚历杭德罗·马拉斯皮纳研究中心于 1999 年在纳奈莫的马拉斯皮纳学院创建。

参考书目:

Salvá(*Miguel*) *y Baranda* (*Pedro Sainz de*), *Colección de documentos inéditors, etc.*, 8°, *Vol XV*, Madrid, 1849; *La Expedición Malaspina* 1789—1794, *Diario General del Viaje por Alejandro Malaspina*, *Tomo* Ⅱ *-Vol. Ⅰ & Ⅱ*, Ministerio de Defensa, Museo Naval, Madrid, 1991; *The Malaspina Expedition 1789—1794, The Journal of the Voyage of Alejandro Malaspina*, *Vol. Ⅰ. Cadiz to panamá*, edited by Andrew David, Felipe Fernández-Armesto, Carlos Novi & Glyndwr Williams, London: Hakluyt Society, third series, no. 8, 2001; *The Malaspina Expedition 1789—1794, The Journal of the Voyage of Alejandro Malaspina*, *Vol. Ⅱ. Panamá to the Philippines*, *edited* by Andrew David, Felipe Fernández-Armesto, Carlos Novi & Glyndwr Williams, London: Hakluyt

Society, third series, no. 10, 2003. Also see bibliography section for Malaspina.

托马斯·德·苏利亚

它(苏利亚的日志)拥有新水手般的新奇与天真。

——历史学家唐纳德·C.卡特尔

亚历杭德罗·马拉斯皮纳从1789年到1795年在西北海岸科学考察的航程中,艺术家托马斯·德·苏利亚一直与之相伴。他描述道,西班牙人用枪支换取那些未成年的奴隶,表面上是给他们施洗礼,把他们从所谓的噬人同类中拯救出来。"其中一个孩子,水手们称他为普利莫……他告诉我们,他已经注定要成为一个受害者,将和其他一些人一同被马奎那酋长吞噬,这个习俗是针对那些年轻的战俘,以及被用在这个既可恶又可怕的祭祀仪式上的祭祀品。"

为马拉斯皮纳探险队收集信息的其他人,还包括首席科学家安东尼奥·派恩达,出生法国的植物学家路易斯·尼和布拉格的博物学家塔迪奥·汉恩克。汉恩克是一位天资非凡的语言学家、音乐家、内科医生、矿物学家、植物学家和化学家。何塞·埃斯皮诺萨·特洛和西里亚科·塞瓦洛斯这两位天文学家的名字被用于给温哥华岛上的泽巴洛斯镇和附近的埃斯皮诺萨入口命名,从而被人们铭记。

马奎那的主要对手特卢帕纳努尔首领(德·苏利亚画)

德·苏利亚1791年画的努恰纳尔什妇女

随马拉斯皮纳进行北太平洋探索的其他艺术家还有来自西班牙南部埃希哈的客舱服务生何塞·卡德罗。马拉斯皮纳最初只雇用了两名西班牙艺术家,塞尔维亚的何塞·德尔波索和马德里的何塞·吉欧。吉欧只画科学图纸,并且健康状况不佳;德尔波索太懒惰,在秘鲁被解雇后就在当地开了一家艺术工作室。尽管被称为"小佩佩"的卡德罗的技艺日显精湛,但马拉斯皮纳船长在墨西哥城就已给总督写信,请求从西班牙增派两位艺术家。马拉斯皮纳最终只能将一位墨西哥雕刻师托马斯·德·苏利亚带上船,以作临时之用。

德·苏利亚的那份航海日志是整个航程中唯一的私人航海日记。虽然德·苏利亚并未得到权威的记录以核实他所记叙的内容,但是他的报道为马拉斯皮纳留给后人的报告提供了一个公正的对照。

德·苏利亚是这么描述他在努特卡湾的第一天的:"他们要的第一样东西是贝壳,嘴里说着'贝壳',同时还交替说着'西班牙,努特卡',接着说了些表示联合和友谊的单词。我们惊讶地听到从他们嘴里说出的拉丁语,如'西班牙'。我们推断得出,或许他们在和英国人做交易的时候就已经学过了这个词……"

那天下午晚些时候,一些乘坐长艇的西班牙水手和德·苏利亚打招呼。这些水手们是乘坐"康塞普西翁"号护卫舰从圣布拉斯出发先期到达的。他们是唐佩德罗·阿尔伯尼的部下,温哥华岛上的阿尔伯尼港就是以他的名字命名的。阿尔伯尼在努特卡湾和新西班牙的"加泰罗尼亚志愿者"一起共事后,成为加利福尼亚州临时州长,后于1803年去世。

德·苏利亚日志的原稿被保存在耶鲁大学图书馆。1936年,亨利·罗普·瓦格纳为创作《太平洋历史评述》一书,将德·苏利亚的日志翻译成英文。这个版本又被胡斯蒂诺·费尔南德斯反过来翻译成西班牙语,编成一本简小的书,并在1939年添加了传记细节。紧随其后的是1972年瓜达拉哈拉的阿格达·希门尼斯·帕拉约一篇在唐纳德·C.卡特尔指导下的关于德·苏利亚的硕士论文。

1761年4月,德·苏利亚出生在西班牙的巴伦西亚。他曾就读于圣费尔南多的皇家艺术学院,17岁时陪同他的老师赫罗尼莫·安东尼奥·吉尔来到墨西哥。他1788年结婚,住在墨西哥城,在铸币厂雕刻室工作。在征得妻子同意后,他自愿加入马拉斯皮纳探险队。他就重返工作岗位时能够保留他的薪水，报销旅费开支，获得舒适居所，持续晋级等事宜顺利地达成协议。在 1791 年 3 月 27 日，年仅 30 岁的德・苏利亚就登上了"侦察"号，加入了马拉斯皮纳探险队。当探险队从阿拉斯加和不列颠哥伦比亚省回到阿卡普尔科的时候，德・苏利亚又被委以一项为期 8 个月的任务——起草图纸。后来这些图纸被送到了西班牙。

何塞・卡德罗绘制的"苏蒂尔"号和"墨西哥"号帆船

虽然德・苏利亚的工作受到了马拉斯皮纳的赞赏，但他得到的奖励却微乎其微。在他的上级吉尔 1798 年去世之前，他一直从事的是先前雕刻师的工作。此后，德・苏利亚担任首席雕刻师一职直到 1806 年。他晚年创作了一些宗教艺术作品，于 1844 年去世。

参考书目：

Tomás de Surís' Quaderno que contiene el Ramo de Historia Natural y diario de la Expedition del Circulo de Globo... 1791 (unpublished); Justino Fernández, *Tomás de Suría y su viaje con Malaspina*, 1791, Mexico City : Editorial Porrúa, 1939; *Journal of Tomás de Suría of His Voyage with Malaspina to the Northwest Coast of America in 1791*, ed. Donald C. Cutter, Fairfield,

Washington：Ye Galleon，1980；*Tomás de Suría：a l'expedició Malaspina-Alaska 1791*，Valencia：Generalitat Valenciana，1995.

迪奥尼西奥·阿尔卡拉·加里亚诺

1792年夏，迪奥尼西奥·阿尔卡拉·加里亚诺乘坐“苏蒂尔”号双桅纵帆船对温哥华岛进行了首次环岛航行。随行的是乘坐“墨西哥”号双桅纵帆船的加耶塔诺·瓦尔德斯·德弗洛勒斯。

在弗朗西斯科·安东尼奥·莫雷列生病，无法执行总督雷维亚·希赫多的命令完成早已计划好的胡安·德富卡海峡航行之后，加里亚诺和瓦尔德斯便脱离了探索西北航道的马拉斯皮纳探险队。两位西班牙指挥官在远离格雷角的“西班牙海滩”附近遇见了英国船长。1792年6月27日，在交换信息后，经验丰富的水道测量者加里亚诺与瓦尔德斯和乔治·温哥华船长和睦相处，携手奋战了两个星期。尽管乔治·温哥华是名副其实的不列颠哥伦比亚海岸制图第一人，但加里亚诺也绘制出了优质地图，被温哥华用来完善西北海岸的地图。加里亚诺1792年的探险经历于10年后的1802年，被西班牙政府按照惯例秘密出版，与1798年乔治·温哥华出版的区域广阔绘制精准的地图形成对比。多少年来，西班牙海滩上一直立着一块匾上面写着“那曾是英国的黎明，西班牙的黄昏”，用以见证他们的合作精神。直到1984年3月，准备迎接西班牙国王的到访时，这些字迹才被清除掉。

瓦尔德斯于1767年9月28日出生在西班牙塞维利亚，1793年回到西班牙指挥战舰，在特拉法加海战中负伤，因持自由主义观而入狱，后被流放，于1835年2月6日在西班牙加的斯去世。阿尔卡拉·加里亚诺1805年10月21日死于特拉法加海战，他时任“巴哈马”的指挥官。加里亚诺岛以其名字命名，该岛北端的一个自然保护区也被命名为迪奥尼西奥公园。

迪奥尼西奥·阿尔卡拉·加里亚诺

加耶塔诺 ·瓦尔德斯

参考书目：

Dionisio Alcalá Galiano，*Relación del Viage hecho por las Goletas Sutil y Mexicana en el año de* 1792 *para Reconocer el Estrecho de Fuca*，Madrid，1802；*The voyage of the Sutil and Mexicana* 1792：*The Last Spanish Exploration of the Northwest Coast of America*，ed. John Kendrick，Clark Co.，1991.

曼纽尔·坎佩尔

曼纽尔·坎佩尔获准两个月的时间，在经验丰富的领航员洛佩兹·德哈洛和胡安·卡拉斯科的陪同下乘坐一艘叫作"皇家公主"号(西班牙在1789年将该商船没收，更名为"里亚尔公主"号)的英国毛皮贸易商船，去勘查胡安·德富卡海峡南北两岸大部分在地图上未标注的地方，曼纽尔绘制的地图和他关于哈洛海峡的报告(现收藏于马德里国家历史博物馆)激励西班牙人进一步探索。尽管他的航行终于华盛顿州的波多黎各·坎佩尔(邓杰内斯湾)，但是他已成为看到贝克雪山的第一个欧洲人。

1790年5月31日，坎佩尔一离开努特卡湾便去了奥匹特萨特。他鼓励马奎那酋长重返努特卡湾。他还绘制出了克拉阔特湾的地图。根据格兰特·凯迪在他的优秀研究成果《桑吉画报》(不列颠哥伦比亚皇家博物馆，2003)里的描述，坎佩尔1790年6月18日将船停泊在苏克入口外，他称这里为波多黎各·雷维亚希赫多群岛。他用铜币换取海獭皮，记录了卡玛厦鳞茎的收成和交易，还亲眼目睹了三场独木舟葬礼。在这里，坎佩尔看到了大约500位和温哥华岛西部边缘的印第安人穿戴有些不同的印第安人。他们的衣物包括"海獭和海豹的皮毛,海鸥和鸭毛等。他们的帽子不是锥形体……跟那些在澳门的中国人穿戴很像"。

坎佩尔也到达了波多黎各·德圣胡安(圣胡安海湾)和拉达·德瓦尔德斯·巴桑(皇家大道),并穿越胡安·德富卡海峡进入了圣胡安岛。他在那里绘制了两个邓杰内斯村庄的地图,并于1790年7月4日宣称西班牙对其的所属权。7月8日,他将停泊地命名为巴伊亚·德·坎佩尔(新邓杰内斯湾),在海图上标出了迪斯卡佛里港和尼亚湾。7月18日,坎佩尔起航前往努特卡湾,这期间他发现了波多黎各·德·科尔多瓦(埃斯奎莫尔特港)。

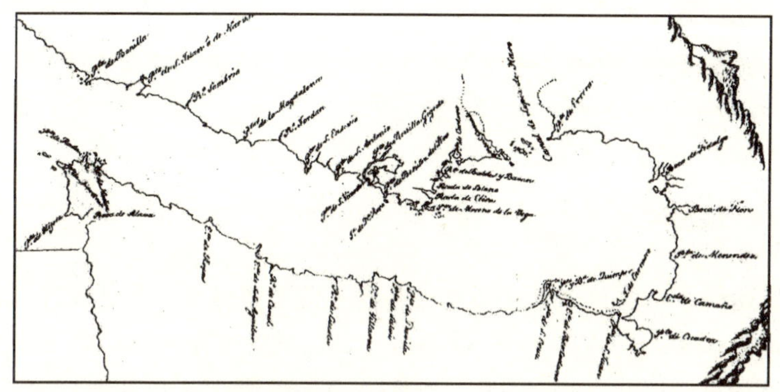

1790年,曼纽尔·坎佩尔的领航员洛佩兹·德哈洛错误地把胡安·德富卡海峡的东端画为封闭的海盆地,乔治·温哥华证明了它不是封闭的。

1790年7月,他宣称现在的维多利亚地区为西班牙属地。接着,他向南航行到奥林匹克半岛,于1790年7月21日停泊在埃尔瓦河附近的弗雷什沃特湾。在坎佩尔的日志里,他记述自己遇上了坐在两个独木舟里的印第安人,这些人指引西班牙人找到淡水并送给他们北美大树莓。

坎佩尔在华盛顿州为贝克雪山"施礼授名"为"卡梅丽塔山",因为这让他想起了卡梅丽塔人那飘逸的白色长袍。此后不久,1792年,这座山峰就被乔治·温哥华船长重新命名,他是根据约瑟夫·贝克中尉——第一个从"发现"号上看到白雪皑皑的山峰的人的名字命名的。

8月初,坎佩尔回到努特卡湾,但由于大雾持续六天无法入港。他于9月1日回到蒙特雷。菲达尔戈在圣卡洛斯加入其中,他们于1790年11月13日到达了圣布拉斯。坎佩尔的生卒年代不详。他的航海图都保存在马德里国家历史档案馆。

参考书目:

Spanish Exploration in the Strait of Juan de Fuca, ed. Henry R. Wagner, Santa Ana, California, 1933.

哈辛托·卡马尼奥

在探索不列颠哥伦比亚海岸的探险家中,哈辛托·卡马尼奥是一位鲜为人知,身世最为高贵的西班牙探险家。1792 年 7 月 22 日,他与他的海员发起首次横穿夏洛特皇后岛和格雷厄姆岛的行动。

卡马尼奥在其远征途中详细记载了他与海达族人和钦西安人会面的情况。关于卡马尼奥航海日志,只有 1938 年的一份不完整的 70 页的英译本,收藏于马德里外务部档案馆,图和原稿却很少被英国历史学家查询。之前,卡马尼奥曾指挥过一艘 1780 年于菲律宾制造的 205 吨位的护卫舰,该舰以巴斯克人的"圣母玛利亚"神庙命名,取名为"荆棘丛中的圣母玛利亚"。

博迪格·夸德拉船长计划在与乔治·温哥华船长会面之前确认西北航道是否存在。1792 年 7 月,哈辛托·卡马尼奥被派去重新探索布卡雷利海湾和道格拉斯海峡。经历了恶劣天气和钦西安人的重重阻挠之后,他得出结论,与哈德逊海湾相连的丰蒂海峡并不存在。西班牙人此前被英国毛皮商詹姆斯·科内特所绘制的一副海图所误导。

卡马尼奥返回努特卡湾后,将这一消息汇报给博迪格·夸德拉船长,从而促成了与英国人的和解,避免了一场国际性的冲突。

1792 年,在努特卡,卡马尼奥与乔治·温哥华船长共同进餐,并为其提供了一份自己绘制的海图副本。正因为如此,许多由卡马尼奥命名的地名被保留下来。

卡马尼奥一回到西班牙,当局便按照西班牙最古老的骑士制度——军事骑士制度给他授予爵位。他担任圣布拉斯军事指挥官的时间很短暂。他于 1800 年结婚,先后生育 8 个子女。1809 年他 50 岁时,出任厄瓜多尔瓜亚基尔市的港务长。

1792 年当哈辛托·卡马尼奥到达时,1789 年修建的圣米格尔炮台仍然控制着努特卡湾的入口

19 世纪 30 年代,哈辛托·卡马尼奥在瓜亚基尔去世。19 世纪 80 年代,卡马尼奥的孙子成为厄瓜多尔的总统。

1985 年,两名来自马塞特的渔民在兰加拉岛东海岸近海处发现了卡马尼奥探险队的遗迹——一只西班牙橄榄油罐子。经查询马德里的卡马尼奥海图,海事历史学家约翰·克罗斯得出结论:这只罐子制造于 1720 年到 1790 年间——这只可能是马卡尼奥探险队遗留下来的。“该区仅有的另一只西班牙船位于兰加拉岛一侧”。

参考书目:

Collections de Diarios y Relaciones para la Histora de los Viajes y Descubrimientos, *VII:Comprende los viajes de Arteaga en 1792 y de Camaño en 1792, por la costa NO. de America*, *Consejo Superior de Investigaciones Ceintificas*, *Instituto Historico de Marina*, 1975 [UBC Special Collections]; *The Journal Don Jacinto Caamaño*, *eds.* Henry R. Wagner &W. A. Newcombe, *British Columbia Historical Quarterly* 2.3:189—222&2.4:265—301,1938.

何塞·埃斯皮诺萨·特洛

何塞·埃斯皮诺萨中尉是被马拉斯皮纳在阿卡普尔科选拔出来，与天文学家奇利亚科·塞瓦洛斯一起加入马拉斯皮纳探险队中的。埃斯皮诺萨能够操作从伦敦带来的两个小型阿诺德天文钟来计算经度，这是他身怀的重要技能之一。

在努特卡湾，埃斯皮诺萨与塞瓦洛斯被马拉斯皮纳派出去探索穆恰拉特支流与特鲁帕纳支流的内河航道。冬季时，他们终于到达位于塔西斯入口最前端的马奎那村庄。西班牙人提到，马奎那曾有座装备了14部滑膛枪的军械库，美国人约翰·肯德里克在马奎那酋长屋里装了四扇窗户。

他们被引荐给马奎那最爱的妻子，纳查普酋长的一个20岁左右的妹妹，“她的美貌给我们的惊异程度并不亚于哨兵和滑膛枪……如果经历一段漫长的航行，一个人还具有准确的判断美丽的标准的话，”埃斯皮诺萨写道。“我们敢说这位充满活力的女性比众多小说中的女主人公还美丽，尽管她们只存在于那些富有诗意的想象中……”到访的西班牙人给马奎那的四位妻子赠送了礼物，参观了其他的房间。他们估计马奎那统治下的穆瓦恰特的总人口约4 000人。（在遭遇疾病与战争前，18世纪后期的温哥华岛约有28 000努恰纳尔什人[努特卡人]。到20世纪90年代后期，他们的数量已从20世纪30年代的仅有的2 000名陡增至6 000名左右。）

参考书目：

Memorias sobre las observacions astronómicas hechas por los españoles en distintos lugares del globo, los cuales han servido de fundamento para las cartas de marear publicadas porla Dirección de los Trabajos Hidrográficos de Madrid, Madrid: Imprenta Real, 1809.

Ⅲ　法国人

让·弗朗索瓦·德·拉佩鲁兹

面对眼前的皑皑白雪，我们感到眼睛生疼，目光游离不定。

——拉佩鲁兹

海军上将让·弗朗索瓦·加劳普，孔特·德·拉佩鲁兹的声望与詹姆斯·库克船长的相比相形见绌。

——翻译家朱利叶斯·S. 加斯纳

让·弗朗索瓦·德·加劳普，孔特·德·拉佩鲁兹是第一个看到不列颠哥伦比亚的法国人。尽管他从未真正在那里登陆，可是他却负责编纂了法国第一本记载不列颠哥伦比亚见闻的书籍。

拉佩鲁兹1741年8月23日出生于法国阿尔比附近，15岁参加海军，在北美海岸参与了与英军的“七年之战”，因在1782年两次成功地偷袭英国在哈德逊湾的贸易站而声名远扬。他力排家人的阻挠娶了一位名叫路易斯·艾丽诺·布鲁多的克雷奥尔（今天的毛里求斯）女子为妻。拉佩鲁兹极度崇拜詹姆斯·库克船长，他的船员们也非常爱戴他。

路易十六渴望法国能够找到西北航道，于是派遣让·弗朗索瓦·德·拉佩鲁兹和114名船员驾驶两艘舰船——“拉布索尔”号和“阿斯特罗拉贝”号（德·兰格尔是指挥官），从布雷斯特出发，途经好望角、复活节岛和夏威夷对西北太平洋地区进行探索。由于拉佩鲁兹对外宣传的是进行科学考察，所以他可以分派部队途经西班牙回到巴黎。他预言：“尽管俄罗斯人占领了北部，西班牙人占领了南部，但是他们相会还要经历几个世纪。很长一段时间内他们之间必然会存在一些中间地带，这些中间地带完全可能会被其他国家占领。”

“阿斯特罗拉贝”号是让·弗朗索瓦·德·拉佩鲁兹指挥的两艘船之一。让·弗朗索瓦·德·拉佩鲁兹是被招募执行环球科考航行的,他完全比得上詹姆斯·库克船长。

1786年6月23日，这些法国人见到了北纬59°的圣伊莱亚斯山。拉佩鲁兹写道："经过漫长的航行后终于见到这片陆地，按常理应感到兴奋；但我们丝毫也兴奋不起来。皑皑白雪刺得我们眼睛生疼；贫瘠的土壤寸草不生，即使偶尔有一两棵树也丝毫起不到点缀的作用。"6月24日，他们到达阿拉斯加的亚库塔特，与在那里的特林吉族人进行了交易。拉佩鲁兹看到当地妇女穿着宽大的唇形的衣服，感到十分恶心，他还注意到特林吉族人对赌博情有独钟。"这理所当然是他们发生纠纷的根源所在，我敢毫不犹豫地说，如果他们改掉这些毁灭性的恶习，再加上些烈酒，这个部落必将彻底消失。"

向南航行，他看到了夏洛特女王群岛。他以法国海军部长加布里埃尔·德·萨尔迪恩，阿尔比伯爵(1729—1801)的名字把它命名为萨尔迪恩岛。这里现在是斯科特角西北地区的一个生态保护区。由于8月25日拉佩鲁兹无法进入努特卡湾，所以他未在不列颠哥伦比亚登陆。他此次的航行极大地刺激了英国和西班牙政府，促使他们努力达成协议，共同探索该地区并进行商业控制。

让·弗朗索瓦·德·拉佩鲁兹

在1786年9月24日前往澳门之前，这群法国人继续向南航行到达加利福尼亚的蒙特雷。他们在太平洋上又探索了两年，并在东方(亚洲地区)做贩卖皮毛的生意。1787年12月，该探险队的11名船员以及"阿斯特罗莱布"号的指挥官德·兰格尔遭到了萨摩亚群岛居民的谋害。

1788年，抑或是1789年，在所罗门群岛的瓦尼科罗岛附近的一场风暴中，他的两艘船和所有的船员都消失了。直到1826年，一名叫彼得·狄龙的英国船长发现了此次海难的残骸，后来定位了沉船的地点。一位曾与拉佩鲁兹一起航行的法国学者M.德拉马伦后来写道，"……此次航行与众不同之处是，在所有的哲学家、我们同辈以及子孙后代眼中，真正让法兰西民族感到光荣的是，我们没有流一滴血就与那些恶名昭彰的野蛮国度有了交往。"拉佩鲁兹的航海日志于1787年和1788年分别经过西伯利亚和植物学湾送回法国。

参考书目：

In 1797 the French government issued an elaborate report, with an atlas, entitled *Voyage de La Pérouse, Autour du monde*. This formed the basis for *A Voyage Round The World, Performed in the Years 1786, 1787 and 1788*, London, 1798; *Voyages and Adventures of La Pérouse*, University of Hawaii Press, 1969.

埃蒂恩尼·马尔尚

紧随拉佩鲁兹之后，18世纪法国最重要的探险家埃蒂恩尼·马尔尚曾到达过西北太平洋地区。埃蒂恩尼·马尔尚以商船海员的身份完成了法国第二次环球航行，也成为前往不列颠哥伦比亚省进行贸易航行的第一个法国人，并且，他还是对海达族中首个纹章雕刻进行详细描述的第一人。(1769年，路易斯·安东尼·布干维尔首次完成了法国环球航行。)

1755年，马尔尚出生于格林纳达的西印度群岛。1789年，他与皮毛贸易商纳撒尼尔·波特洛克在圣海伦娜岛上会面后，得知海獭毛皮生意是个赚钱的买卖，便对西北太平洋地区产生了浓厚的兴趣。马尔尚一回法国，就在马赛建造了一艘300吨位的"索里德"号的船，1790年12月起航。外科医生克劳德·罗布莱与之随行并记录了他们航行20个月的日志。当他们在现今的阿拉斯加锡特卡地区附近停泊时，马尔尚探险队与特林吉特人交换了100件毛皮，但在发现对方有被天花感染的迹象之后便离开了。马尔尚的船员们一到达夏洛特皇后群岛北端就沿着各个岛屿的海岸线劫掠。1791年8月4日，"索里德"号到达温哥华岛，马尔尚在巴克利湾进行了三天交易后于1791年9月8日驶向夏威夷。乘坐“哥伦比亚”号的罗伯特·格雷发现了“索里德”号,但马尔尚和格雷并没有任何接触。

在夏威夷短暂停留后,马尔尚横跨太平洋来到了澳门,结果却发现那些中国官员都不买毛皮。他还遇到了贸易商约瑟夫·英格拉哈姆,他的生意境况不佳。外科医生罗布莱认为他们现在是“在同一条船上了”。马尔尚载着皮草极不甘心地驶向毛里求斯(当时称为法兰西王国)。他于1792年1月30日抵达毛里求斯,在那里停留11周后,他经过大西洋于1792年8月14日抵达土伦港。马尔尚的此番探险是史无前例的平安,虽然一名船员因中风而死,可是他回来时满载着他换来的毛皮。他的销售公司把皮草送到了里昂后被革命政府扣押,最终腐烂掉。马尔尚后来驾驶“桑索希”号继续航行,于1793年5月15日死于马达加斯加东部的留尼汪岛(法属波旁岛)。

马尔尚航海的最主要成就,是在他死后由查尔斯·皮埃尔·克拉雷·德弗勒里耶编辑发表的四卷航海日志。其中包括船副沙纳尔和外科医生罗布莱的航海日记,记录了在特林吉特和海达村庄的所见所闻。

马尔尚在参观了兰加拉岛上的海达村庄后,这样描述其中一座华丽的住宅及入口:“入口是用一棵大树桩做成的,垂直地伫立在房屋前方的正中间,有整个房屋那么高,与其说它像一个张开嘴的人,倒不如说更像一头张开嘴的猛兽,它向上拱起鹰钩鼻,长约两英尺,就其尺寸而言,比例刚刚好,长在它那瘆人的脸庞上。”

“门上可以看到按照婴儿在子宫中的姿态雕刻的男人的图像。值得一提的是,在极其细微的雕刻中显示出了性别。在图像的上方,高耸着一座巨大的雕像,像是一挺拔站立的人,这使人们很容易忽略门上的装饰图像;雕像的头上戴着塔糖状样式的帽子,帽子几乎跟雕塑本身一样高。在那些没有被主要雕刻占据的表面上,点缀着雕刻的青蛙、蟾蜍、蜥蜴以及其他动物,还有人体的手臂、小腿、大腿以及其他部分……”马尔尚所见到的那些图腾都是用亮色装饰的,如红色、黑色以及苹果绿等。在格雷厄姆岛上的住所里,很难见到类似的艺术品。

参考书目：

Charles Pierre Claret de Fleurieu，*Voyage Autour du Monde*，*pendant Les Années 1790*，*et* 1792 *par Etienne marchand*，*précédé d'une Introduction Historique*：*Auquel on a Joint des Recherches sur les Terres Australes de Drake*，*et un Examen Critique du Voyage de Roggeween*，4 vols.，Paris，1798—1800；*Voyage Round the world*，*Performed During the years* 1790—1792，2 vols.，London，1801.

弗朗索瓦·佩龙

西班牙伟大的科学家莫齐诺在世时及去世后的几个世纪都名不见经传。法国伟大的动物学家弗朗索瓦·佩龙和他一样，一个多世纪以来也都默默无闻，甚至一度遭到西北海岸历史学家H. R. 瓦格纳的质疑，怀疑他是否存在。

虽然人们普遍认为佩龙是游历澳大利亚的第一个训练有素的动物学家，但是很少有人认为他在1796年6月曾短暂地到访过努特卡湾。实际上，佩龙是在1796年2月18日从悉尼搭上美国"水獭"号贸易商船进行免费航行的。"水獭"号于1795年8月20日从波士顿开往澳大利亚；船主是道尔和桑恩斯；指挥官是先后在"霍普"号和"费里"号担任大副的埃比尼泽·道尔。经过四个月的航行，"水獭"号横跨太平洋后到达了温哥华岛。佩龙写道，"在21日的中午，我们来到了礁石滩中的一个入口，通过这里我们可以看到一个点缀着许多大小不一的岛屿的宽阔的海湾，这就是英国人所说的努特卡湾。我们进入海湾后，发现在一大片嶙峋险峻的岩石的西边停泊着一艘船。这就是在巴拿马地峡以北，圣布拉斯的西班牙双桅纵帆船'苏蒂尔'号。船长古巴派遣一名军官将我们带进被他称为友爱湾的港口。这位官员告诉我们，英国和西班牙之间旷日持久的谈判导致西班牙最终准备放弃该港口所有权，而'苏蒂尔'号此次的任务是查除英国是否已遵守约定也准备放弃。西班牙王室现在有理由进行质疑了，因为在附近出现了两艘英国军舰。我们到努特卡湾的目的是为了采购新鲜补给品，但未能如愿。船长古巴极为热情友善，但并未给我们提供任何实质的帮助。"

弗朗索瓦·佩龙(动物学家的朋友查尔斯·亚历山大·兰伯特·勒苏尔画)

“水獭”号在西北海岸进行了六个月的商贸交易,1797 年 1 月 1 日在夏威夷作短暂停留后于 1797 年 2 月 13 日到达澳门。在佩龙(1775 年 8 月 22 日他出生在塞里伊,是一位马具制造商的儿子)最终回到法国时,他已为继续他的冒险做好了准备。1792 年,他参加了革命军,在 1794 年回家之前被俘虏,并失去了一只眼睛。此时他决定加入“地理学家”号和“博物学家”号上由 22 位民间科学家组成的小组,于 1800 年前往特拉·澳大利斯。佩龙和博丹之间矛盾颇深,在他们的回忆录中是有记载的。许多科学家由于生病被迫在毛里求斯离开了那两艘船。因此,许多诸如佩龙以及他的艺术家朋友查尔斯·亚历山大·兰伯特·勒苏尔等资历浅的人,才华才渐渐得以显露出来。

由于接受过专门的医疗培训,佩龙开始着手研究解剖学、人类学、植物学、动物学、气象学、海洋学和海事卫生学。这位多才多艺的自然博物学家也教授勒苏尔一些植物学和动物标本剥制术,以及如何按他绘制的图设陷阱捕获动物的知识。在澳大利亚的乔治王湾,佩龙作为首席动物学家搜集了 1 000 多种贝壳和海星。佩龙和勒苏尔猎杀动物,并用装满酒精的罐子保存了无数标本。最终,在 1804 年,这 100 000 多件标本被装在 33 个货箱里,由“博物学家”号运回了法国。

1806年，拿破仑大帝批准勒苏尔和佩龙准备撰写他们的成果《特拉·澳大利斯航行中的发现》。佩龙负责撰写，勒苏尔负责插图。他们撰写的第一卷于1807年出版发行，可是1810年12月14日佩龙死于肺结核。由于受到地图制造商路易斯·德·弗雷西内特的控制，该书第二卷直到1816年才得以出版。佩龙固执己见的回忆录在1824年才问世。由佩龙和勒苏尔所撰写的自然历史集大部分都没有出版。勒苏尔等到1846年才重新得到他的图样和佩龙的研究成果。他们的自然历史集花了将近200年时间才得以与公众见面。

参考书目：

Memories du Capitaine Françoi Péron, Tomes I et II, Paris: Brissot-Thivars, Libraire Bossange Frères, 1824; Colin Wallace, The Lost Australia of François Péron, London: Nottingham Court Press, 1983.

Ⅳ　库克和他的船员们

詹姆斯·库克

詹姆斯·库克船长通常被认为是第一个踏入不列颠哥伦比亚的欧洲人,可是他的记录直到他死后才得以出版。这是第四份最早记述首批英国人来到不列颠哥伦比亚的英文材料。

就勘查领土范围之广而言,詹姆斯·库克的第三次,也就是1778年3月30日抵达努特卡湾的最后一次太平洋航行,在航海史上都是史无前例的。这位沉着冷静的伟大航海家在南北极之间航行,向南抵达南纬49°,向北到达北纬70°,搜集了关于五大洋的民族、海岸线以及岛屿的新信息。

斯里兰卡人类学家加纳纳什·奥贝赛克拉曾在《库克船长颂辞》中质疑过詹姆斯·库克经久不衰的盛名,文中他推翻了夏威夷人把库克当成是拉农神回到他们身边的想法。奥贝赛克拉称库克是一个自恋、忧郁而又令人讨厌的人。他在国内看起来很开明,可是在航海中却极其残暴。他蔑视原住民,看不起他们"野蛮的行为方式",放火烧毁村庄,因为一些小错鞭打他的下属。

库克的手下在得知中国富裕的官员愿意出高价购买海獭毛皮后,详细编辑的库克航海日志便成为他们进行北太平洋毛皮贸易的主要催化剂。库克观察到,"毫无疑问,我们会与这片广袤海岸上的居民进行一次获利颇丰的毛皮交易。"

故事记载:库克同样也负责搜集努特卡族人的词汇。停泊在布莱岛对面的雷索卢申湾,与育阔特保持了一定的距离,库克和他的船员们看着穆瓦恰特族人乘着独木舟向他们驶来,并喊道,"这是努特卡!这是努特卡!"

他们要求库克船长带着他的两艘船绕行布莱岛,驶到离他们村落更近的一处锚地。库克猜想他们在进行自我介绍,说他们是努特卡人,或者是在告诉他们自己村落的名字。1789 年 9 月 30 日,荣升为西班牙城堡指挥官的马丁内斯在一篇日志中证实了他们的经历,他写道,“英国人将这个港口起名为努特卡,是源于他们和当地人之间在沟通上的困难……库克船长的手下通过手势询问当地印第安人这个港口叫什么时,他们用手围成一个圆圈然后松开,当地人回答这就叫努特卡,其意思是“绕行”。库克在他的日记里把它命名为“努特卡海湾的入口”。其余的船只都只知道努特卡这个名字,也是出于该原因,他们迫使印第安人也叫它努特卡;然而起初,新名字似乎总是显得那么奇怪,当地人所起的真正名字是育阔特,意思是“为此”。比利时传教士 A. J. 布拉班特后来推导出 noot-ka-ch 是一个动词,意思是“绕行”。

在维多利亚内港、女王大酒店和不列颠哥伦比亚议会大厅外,
詹姆斯·库克占据了一个傲人的位置。他在 1778 年到达努特卡湾。

库克船长对于友爱湾的称呼反倒是无需负责的。为马奎那酋长在育阔特的避暑村庄起的这个名字,是因为英国皮毛贸易商詹姆斯·斯特兰奇在 1786 年到访过此地的缘故。尽管库克船长特意将锚地选在远离育阔特的地区,但是他的船员却多方面地记录下了他们跟马奎那酋长的人接触和被指责应该为传染性病负责的情况。

继续向北航行通过白令海峡进入北冰洋后,库克船长发现一块块巨大的冰墙挡住了他寻找西北通道的航线。库克掉头返航,回到了较为温暖的三明治群岛(夏威夷)。众所周知,他于1779年2月14日在那里被刺身亡。他们丢失了一艘大型船只,怀疑是岛上居民所为。库克调查了很长时间未果,他倍感沮丧,俘获了凯阿拉凯夸湾的夏威夷国王,希望他们能够用那艘船来赎回国王。在几千岛民汇聚起来之前,库克察觉到了危机,便释放了国王。岛上一居民做了一个威胁的手势被库克看到,他一怒之下开了火。库克的行为在何种程度上最终导致他的死亡是个让人猜测不透的谜。人群蜂拥而上,就是在这场风波中,库克被刺伤,在海中被淹死。他的人在逃回船上的过程中,有四位船员也被杀了。人们一直都没弄清楚库克船长是不是被刺在后背的。

虽然詹姆斯·金中尉没有亲眼目睹此次杀戮,他报道称,“据说他当时是面对着当地人的,他们中没人想对他动武。就在他下命令时,局势发生了变化,他被刺中了后背,面朝下落入水中。”有一种猜测是库克当时生病了,他是过于担忧当时的形势不慎落入水中的。关于他对手下船员极其残忍的证据,是约翰·莱迪亚德在他的航海回忆录中所写的。三明治岛民当时把库克的尸体砍分成一块拿走了,几天后送回了一些尸体残骸和头皮。库克的船员们暴跳如雷,开枪射击岛民,还放火烧了他们的村庄。一周后,詹姆斯·库克船长的遗骸被葬入大海。

在1784年至1785年年间,英国海军部发表一份三卷四开的,关于库克航海的编辑报道以及一份大型的地图集,现在一般称之为《太平洋航行》。索尔兹伯里主教,约翰·道格拉斯博士为编辑这些航海日志做了大量的工作。接到海军上院的授命,道格拉斯参考从库克手下的军官们那里搜集到的资料,对库克的原始航海日志做了大幅度的修饰润色。特别值得一提的是,道格拉斯根据库克被努特卡人肢解的报告推测,并逐渐相信,在库克描述当地人秉性“善良、礼貌、和蔼”之时,事实上,这些印第安人正面对着同类相食的惨状。文中还增添一些更加骇人听闻的信息,旨在鼓励在野蛮的异教徒中传播“文明开化的祝福”和增加书的销量。

近200年来,道格拉斯版本的库克著作就像库克本人一样被广大读者们误读。詹姆斯·金编辑的库克日志的结局是血腥的，但实践证明备受欢迎。1784年，首次印刷的书在发行后的三天内就售罄了，那一年就加印了5次，在世纪之交时又印了14次。该日志的翻译版本在整个欧洲都盛行。20世纪60年代，学者J.C.比格尔霍尔编辑出版了库克航海日志的原始版本。据该书披露，库克作为一个报道者是有些沉闷的，他对地理学比对人类学更有兴趣。

詹姆斯·库克的关于西北太平洋的原版日志1976年才得以出版

出版库克日志所获的利润都用在了库克、詹姆斯·金和查尔斯·克拉克（“发现”号的指挥官）的庄园上了，威廉·布莱（“勇气”号的船长）占了八分之一的利益份额，因为他的勘查工作是至关重要的。脾气暴躁的布莱用墨水在自己的那本副本封面上写道，“这份出版物中没有一张地图或一份图表是来自亨利·罗伯茨中尉的原始图纸，他只不过是复印了库克船长的原始图纸，而库克船长才是我身边唯一乘坐‘勇气’号进行了探索，沿着海岸一直航行下去的人。库克船长死后报告的每一个计划和图纸都是我的作品。”

紧紧跟随库克船长的航迹，英国人在不列颠哥伦比亚地区所进行的主要航行都是在以下人员的指挥下进行的，其中包括汉娜（1785—1786），斯特兰奇（1786），劳里和吉斯（1786—1787），米尔斯和提彭（1786—1787），波特洛克和迪克森（1786—1787），邓肯和科尔内特（1781—1788），巴克利（1787），米尔斯和道格拉斯（1788），道格拉斯和芬特（1789），科尔内特和哈德逊(1789)。

从几十本传记(见附录)和网站www.captaincooksociety.com上,我们可以很容易地获得关于詹姆斯·库克的生平和时间履历的信息。

约翰·里克曼

金夸大了里克曼中尉在凯阿拉凯夸湾南端的影响力,并把该事件“致命的变化”归咎于里克曼。

——历史学家加文·肯尼迪

正如前言中所提到的,英国海军部要求他们在此次科学勘探航海结束后,必须上交在途中所写的日记的副本。1780年10月,库克结束了他的第三次航行。1781年,里克曼匿名出版了第一份英文版的不列颠哥伦比亚见闻。詹姆斯·库克船长到访努特卡湾时,里克曼还是“发现”号上的一名鲜为人知的船长。他在1781年出版的那份见闻被印了三次;1783年在费城重印,1785年在英格兰修订,相继还出现了德语版和法语版。

里克曼冒着风险第一次向公众披露了库克船长在夏威夷被害和肢解的令人发指的细节。他曾准确地预料,詹姆斯·金中尉可能会在官方版本的航海记录中含沙射影地提及里克曼应该为库克船长遭到攻击担负一些责任。

在1779年2月14日的海滩近战中,里克曼曾率领一队人,在离库克遭袭大约只有一英里的地方杀了一位叫作卡里莫的首领。“是里克曼的人开的枪,”詹姆斯·金写道“他们就在索尔莫斯特海湾杀了一名举足轻重的首领。”

安德鲁·希匹斯和牧师威廉·埃利斯所创作的衍生作品也赞同金的观点,认为是里克曼的手下造成了此次危机。再后来,牧师埃利斯写道,“……一个人从海湾的另一边,气喘吁吁地跑进人群中叫道,‘这是一场战争!——那些外国人已经开始对我们采取敌对行动了,他们的船已经向我们的一艘独木舟开火了,还杀了一名我们的首领’。这激怒了我们中的一些人,也让我们的首领警惕起来,他们担心库克船长可能会杀死国王。于是,人们纷纷拿起石头、棍棒和长矛,所有的首领也不例外。”

里克曼用英文书写和出版了第一部不列颠哥伦比亚见闻的书。詹姆斯·库克在夏威夷被刺的场面作为里克曼日志的卷首插图。它是弗朗西斯·朱克斯根据约翰·克里夫里的画而创作的一部分。约翰·克里夫里是依据他的兄弟詹姆斯·克里夫里，"决心"号上的木匠，所画的图而作的。

威廉·布莱强烈暗示里克曼根本不应受到谴责。詹姆斯·伯尼、大卫·桑姆威尔和托马斯·埃德加的报道也都证实了这一观点。历史学家加文·肯尼迪在《库克船长之死》中总结道："库克船长的命令与他的行为不可避免地导致了一场冲突。"库克船长的随同警卫在惊慌中胡乱开枪后逃之夭夭，把库克丢在一旁，任由暴民摆布。这也很有可能使金、埃利斯以及其他人认为，让里克曼来充当替罪羊可以维护库克船长的声誉。

在英国海军内部，较少受到政治影响的美国人莱迪亚德提供了一些更尖锐、更加独立的新闻报道。他的观点倒是来了个大转弯，认为库克自己应该负主要责任——而不是那些夏威夷人，更不是里克曼。

当这位极度自信的船长警觉到卡里莫的兄弟发誓要报仇时,“库克就在现场,希望他能够为自己指出那个胆敢尝试要与自己进行决斗的印第安人。就在他指出那个人后,库克就开枪射击,可惜没打中。当那个印第安人意识到自己并没有受伤后,一溜烟的功夫冲出了人群。库克则认为他的一颗枪弹打到了那个印第安人的腹股沟里,那人倒下了并被淹没在人潮中。”

很多年来,人们推测约翰·莱迪亚德是约翰·里克曼匿名出版的那本回忆录的作者,因为莱迪亚德曾使用里克曼的这本回忆录作为自己真实信息的来源。1921 年,多产的不列颠哥伦比亚历史学家弗雷德里克·豪维以“对库克船长最后航行进行匿名报道的作者身份”为题给《华盛顿历史季刊》撰稿,澄清了此事。

参考书目:

John Rickman, *Journal of Captain Cook's last voyage to the Pacific Ocean on Discovery; performed in the years* 1776, 1777, 1778, 1779, *illustrated with Cuts, and a Chart, shewing the Tracts of The Ships employed in this Expedition. Faithfully Narrated from the original MS*, London: Printed for E. Newberry, at the corner of St. Paul's Church Yard, 1781; *An Authentic Narrative of a Voyage to the Pacific Ocean Performed by Captain Cook, and Captain Clerke*, *2vols.*, Philadelphia: Printed and sold by Robert Bell, in third, in third Street, 1783.

海因里希·齐默尔曼

齐默尔曼是德国人,居住在荷兰施派尔小镇(施派尔现在在德国境内)。他对夏威夷群岛的描述激起了人们的兴趣,他还提供了一些描述西海岸印第安人的第一手资料。齐默尔曼出版了第一本记录努特卡语言的书,特别抄录了努特卡语言中关于“铁”的词语:tsikimin,sikeeminnee,sikemaille 和 sicka-minny。他将“大钉子”记录为 Tschikimli。

海因里希·齐默尔曼是库克船长进行第三次航行时“发现”号上的一名舵手。他曾秘密地记了一本简略的航海日志，后来以《与库克船长环球航行》为名（曼海姆，1781）出版。这本航海日志的出版比官方英文版《库克的航海》早三年，比约翰·莱迪亚德的报道早两年。

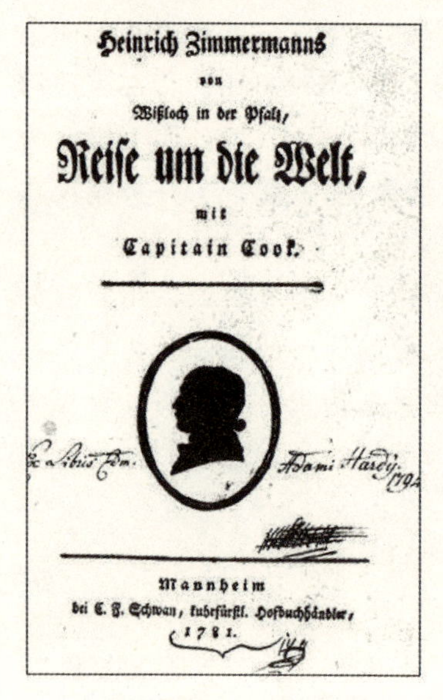

Heinrich Zimmermanns
von
Wißloch in der Pfalz,
Reise um die Welt,
mit
Capitain Cook.

Mannheim
bei C. F. Schwan, kuhrfürstl. Hofbuchhändler,
1781.

齐默尔曼的书使欧洲人意识到了西北太平洋的存在

根据豪维对齐默尔曼航海日志的翻译，他是这样描述穆瓦恰特族人的：“善使用弩，总体来说，非常骁勇好战。而就我们的观察而言，他们民族内部一直处于混战之中，那些被杀死的人将被其他人吃掉”。他甚至还说他们把人肉风干成“他们最喜欢吃的食物，同时还希望我们也试试”。

像齐默尔曼和莱迪亚德这些人都了解，关于“新世界”里食人案的报道不乏狂热的读者。在德国，汉斯·斯塔登的著作，如《真正的历史和一个野蛮国度的描述》《一个赤裸可怕的民族》《人肉掠食者》《生活在叫作美洲的新世界》（1557），都成了畅销书。斯塔登在20岁时，从黑森州的洪贝格登船，踏上他前往巴西的第一次航行。遭遇海难后，他在伊塔尼亚恩被冲上岸，并指挥着一小拨葡萄牙人，后被图皮南巴的印第安人俘获。据称印第安人会吃掉他们的囚犯，“吸收”他们身上好的本领。斯塔登凭借他的智慧在那里生活了八个月，然后逃到了一艘法国船上。他那本记录详细并配有很好插图的回忆录已经有80个版本，被认为是一份经典的巴西历史档案。在英国海军部的请求下，齐默尔曼那本100页的书在德国被禁售。1782年出现了一个法语版本，随即又出了荷兰语译本。

参考书目：

Heinrich Zimmerman, *Reise um die Well*, *mit Captain Cook*, Mannheim, 1781; *Zimmerman's Captain Cook*, 1781, edited by Frederic W. Howay, Toronto: Ryerson, 1930.

威廉·埃利斯

最早回忆描述不列颠哥伦比亚太平洋海岸的人是外科医生威廉·埃利斯，他先后在“发现”号和“勇气”号上担任助理。由于需要钱，他违反了海军规定，私下以50个金币的价格把他的故事卖给了一名书商。尽管晦涩难懂，但他的日志比库克船长的故事早两年出版。

1776年7月，“勇气”号驶离普利茅斯，“发现”号也于8月起航。11月30日，他们绕过好望角，在向北航行发现拉罗汤加岛和库克群岛之前，先到达塔斯马尼亚岛（范迪门斯地）和新西兰。船员们在塔西提岛休息了四个月。库克船长和克拉克发现了夏威夷岛屿并将之命名为三明治群岛，然后继续前往不列颠哥伦比亚和阿拉斯加海岸。

据威廉·埃利斯回忆，他们返航回夏威夷的途中库克船长被杀害，紧接着克拉克船长被任命为指挥官，但从阿拉斯加的彼得罗巴普洛夫斯克出发后不久他便死于肺结核。“发现”号的船长金和“勇气”号的船长戈尔也都回到彼得罗巴普洛夫斯克，他们将克拉克下葬后回到了英格兰。尽管埃利斯的文章被大量重印，但是埃利斯却未从中获利，因为他的版权被一次性买断了。

加拿大国家图书馆保存了一份埃利斯的两卷本《库克船长和克拉克船长航海故事之真实记述》（伦敦：G. 罗宾逊，J. 斯维尔和J. 德布雷特印刷，1782）。

参考书目：

An Authentic Narrative of A Voyage Performed by Captain Cook and Captain Clerke , in his Majesty's Ships Resolution and Discovery, During the Years 1776,1778,1779 and 1780; In search of a North-West Passage Between the Continents of Asia and America. Including a Faithful Account of all their Discoveries, and the Unfortunate Death of Captain Cook, Illustrated with a Chart and a Variety of Cuts, London: G. Robinson, J. Sewell and J. Debrett, 1782; reprinted 1783, 1784.

约翰·莱迪亚德

约翰·莱迪亚德是18世纪游历经历最丰富的美国人，托马斯·杰斐逊曾称他是“很有天赋，有科学头脑，英勇无畏和极具进取心的一个人”。

尽管莱迪亚德写了一些关于不列颠哥伦比亚最早的印象的文章，但是他在加拿大还是名不见经传，也许是因为他的原籍是美国而不是不列颠的缘故。

莱迪亚德是一个居住在康涅狄格州的美国人，他在年轻时就赢得了“美国马可·波罗”的头衔。莱迪亚德1751年出生在康涅狄格州的格罗顿，他一心想成为一名传教士，于1772年在达特茅斯学习法律和神学，可是在他父亲死于海难后，他的家境每况愈下。

他在达特茅斯的一个印第安同学教会了他如何划独木舟。1773年，莱迪亚德砍倒一棵松树，在康涅狄格河的河畔上造出了一只长达50英尺的独木舟，带上希腊版圣经和奥维德的诗作便起航出发了。他划了140英里来到哈特福德，然后到达纽约。

1773年年末，他作为一名水手，游历了巴巴里海岸和西印度群岛。1776年，他在直布罗陀加入英国海军，成为一名下士。在普利茅斯，他签约受雇于库克船长，为库克的第三次航行服务。他在这次航行中到达了加那利群岛、佛得角群岛、好望角、塔斯马尼亚岛、新西兰、塔希提岛、加利福尼亚、俄勒冈、白令海、阿拉斯加岛、亚洲东海岸和温哥华岛西海岸等地区。莱迪亚德记述了他与库克船长1778年3月30日抵达努特卡湾的重要之行。

“我们在下午4时左右进入入口。入口宽约2英里，我们预想着这里应该是一个良好的港湾。我们中的很多人都怀疑在这里见不到当地居民，但我们一进入入口，就看到了坚强、勇敢、值得称道的当地人从岸边向我们靠近……夜幕降临，我们在距东部一个岛屿约四分之一海里的地方抛锚。夜晚，满满几只独木舟的当地人来参观了我们的船只；他们与我们的船并排保持两杆的距离，整个晚上都没什么动静，既没有靠得更近，也没有离得更远，甚至都没有跟我们交谈。清晨，他们悄然离开了。第30天，我们终于如愿以偿，派了几艘船到对面海岛的一个小海湾去勘查，把船开到距海滩几竿远的地方”。

18世纪，莱迪亚德提供了一份关于穆瓦恰特族人行为习惯和观念的记录，这是第一次，也是最好的相关记录。

“他们免费向我们提供淡水和木材，库克船长在第一次听到这个消息时根本不相信，还亲自去确认。一个印第安人拉着他的胳膊，用手戳了戳他，为他指了条做生意的门路。库克当时很吃惊，然后转身面向他的手下，面带微笑并饱含敬佩之情地称赞道：‘真不愧是个美洲人！’库克立即给了这位勇士适当的奖赏；随后，这名印第安人把库克和他的手下带到了他的住所，拿出自己吃的东西来款待大家。”

1780 年，莱迪亚德一回到英国，就按规定把自己记录的航海日志递交给了英国海军部。

莱迪亚德后来在英国海军又服了两年役，于 1782 年 12 月，在美国独立战争接近尾声时到达美国。在一次七天的假期中，他回家探望了足足八年没见的母亲和兄弟姐妹们。由于不愿意再为英国效劳对抗自己的美洲同胞，莱迪亚德在亨廷顿离开了部队。

1783 年，莱迪亚德在哈特福德托马斯·西摩的家中度过了前四个月。当朋友们劝他说说他当年跟随库克船长的冒险经历时，他倒是不反对用约翰·里克曼记叙的那些内容来重拾他当时的记忆。

更具有讽刺意味的是，莱迪亚德的那本书对美国的著作权立法具有里程碑式的意义。以前学习的法律知识成功地帮助他向康涅狄格州议会申请了独家版权。书中虽然没有指定版权，但莱迪亚德的回忆录还是成了美国第一本受现行著作权法保护的书。其他州很快就仿效了康涅狄格州的著作权法，并在 1790 年成为国家性法律。

莱迪亚德的回忆录原原本本地记录了自己亲眼目睹库克船长在凯阿拉凯夸湾被刺杀的经过。遇害人员还包括皇家海军下士约翰·托马斯，列兵西奥菲勒斯·欣乐思，约翰·艾伦和汤姆·福切特和许多夏威夷人。莱迪亚德跟大多数同时代的英国人明显不同，他更愿意站在夏威夷人的角度来看待此次冲突。他在文中记述，伟大英雄库克的死源于他对夏威夷人傲慢的态度，而他的傲慢是出于对维他斯·白令的嫉妒。

莱迪亚德的回忆录是第一部由美国人编写的在美国出版的旅游文学巨著。他的出版商是哈特福德一位叫作纳撒尼尔·潘腾的印刷工。他把这本书献给了乔纳森·特朗布尔州长，该州长在独立战争时曾被称作是乔治·华盛顿的“乔纳森兄弟”。

不久，雄心勃勃的莱迪亚德想成为徒步穿越大陆的第一个美国人。托马斯·杰斐逊这样描写他们1786年在巴黎的会面："我建议他在从事探索西部大陆这项伟大的事业时，应该经过圣彼得堡到达勘查加半岛，在那里乘坐俄国船只找到一条通往努特卡湾的通道，然后穿过大陆到达美国；我答应弄到所需的俄罗斯皇后的许可证。"

莱迪亚德制定了一个穿越俄罗斯和西伯利亚，到阿拉斯加，然后到密西西比河的计划。他随即启程，同行的只有两只猎狗。他在从斯德哥尔摩到阿博的途中未能穿过波罗的海冰块覆盖区。他重新调整计划后，从斯德哥尔摩走到了圣彼得堡。1787年到达的时候，他光着双脚，身无分文。莱迪亚德毫不气馁，他成功地陪伴一位叫布朗的苏格兰医生来到了西伯利亚。在巴尔瑙尔与布朗医生分手后，他继续前行，到达了托木斯克和伊尔库茨克，游历了贝加尔湖，沿勒拿河而下到了雅库茨克。但是，凯瑟琳大帝此时下令逮捕他。在伊尔库茨克，他被指控是法国间谍，被驱逐出境，送回了波兰。

1788年，莱迪亚德对亚洲和美洲原住居民的种族关系相似性做推测，为相近人类学推论提供了样本，该推论在接下来的两个世纪被进一步完善。

莱迪亚德的游历热情继续膨胀。回到伦敦后，他与约瑟夫·班克斯爵士以及"非洲联盟"签约，完成从亚历山大经陆路到尼日尔的远征。1789年1月10日，年仅37岁的约翰·莱迪亚德在开罗去世，死于过量使用硫酸。

贾里德·斯帕克斯的《约翰·莱迪亚德的一生》一书，摘录了莱迪亚德和托马斯·杰斐逊以及与其他人的私人信件。莱迪亚德对女人的评述显示出了他认真严肃的态度。

"我总认为，所有国家的女性都是温柔善良、仁慈厚道；她们总是性格开朗，活泼愉快，却又谦逊卑恭；她们不像男人那样支支吾吾，故作慷慨。女性们绝不傲慢，也不会刚愎自用，更不会目空一切，她们总

A
JOURNAL
OF
Captain COOK's
LAST
VOYAGE
TO THE
Pacific Ocean,
AND IN QUEST OF A
North-West Paſſage,
BETWEEN
ASIA & AMERICA;
Performed in the Years 1776, 1777, 1778, and 1779.
Illuſtrated with a CHART, ſhewing the Tracts of the Ships employed in this Expedition.
Faithfully narrated from the original MS. of
Mr. JOHN LEDYARD.
HARTFORD:
Printed and ſold by NATHANIEL PATTEN, a few Rods North of the Court-Houſe,
M,DCC,LXXXIII.

约翰·莱迪亚德的书的扉页

是贤惠善良，谦恭有礼；有担当，行为举止得体，善于社交。这些都是男人比不上的。我对女人——无论她文明开化还是野蛮愚昧——从来没有使用礼貌友好的语言来称呼她，当然也从来没有得到礼貌友好的应答。”

“对男人而言，情况往往相反。漫步在荒凉而又贫瘠的丹麦荒原，穿过一望无际的瑞典和冰冷的拉普兰，粗暴的芬兰，不道德的俄罗斯，以及广袤蜿蜒的鞑靼之地，如果我饥饿，口渴，寒冷，潮湿或是生病了，女人总是对我很友好，并且一直都是这样。她们赢得仁慈心善的美誉是如此的实至名归，她们的一言一行是那么自然，那么亲切，如果我口渴了，我会喝到最甜美的泉水，如果我饿了，我会吃到美味的干粮。”

参考书目：

John Ledyard, *A Journal of Captain Cook's Last Voyage to the Pacific Ocean, and in Quest of a North-West Passage, between Asia & American; Performed in the Years* 1776, 1777, 1778, *and* 1779, Hartford, Connecticut: Nathaniel Pattern, 1783.

詹姆斯·金

詹姆斯·金中尉是库克船长第三次航海时的船员，他曾把毛皮运到了广东，并发现了其巨大的商业价值。一个商人出价 300 西班牙元（或称作“西班牙古币”）想购买 20 张海獭皮毛和一些丝绸，金开价 1000 元，最终以 800 元成交。回到澳门后，他发现一名船员的一张头等皮就卖了 120 西班牙元，詹姆斯·特里韦宁准尉在努特卡湾用一个坏皮带扣换来的一张毛皮居然卖了 300 西班牙元，威廉·布莱在威廉王子湾用几颗玻璃珠子换来的六块毛皮也获利 15 英镑。这些信息的披露刺激了不列颠哥伦比亚海岸的皮毛贸易。

在努特卡湾，金记载了音乐在马奎那民族文化中的重要地位。他们到达努特卡湾时，他注意到，“大量的独木舟不断聚集在我们周围，直到 10 点钟才散去，他们没有武器，显得十分友好，我们并不在乎他们会自娱自乐多久，或许他们是为了取悦我们：他们中的一个人一直用一个调子重复着几个字，通过拍打独木舟的两侧来表达不同的意思，之后他们又一起唱了一首歌，那绝对是天籁之音。

一个有着惊人的柔软缠绵嗓音的青年男子唱了起来。令人感到意外的是,随着一个特殊的手势,他的歌声戛然而止。这惹得我们哄然大笑,他在发现我们对他的表演有点感兴趣后,又重复唱了几遍那首歌。

由于他们当时都在非常专注地聆听自己的音乐,我们猜测他们也许会喜欢我们的音乐,便让手下用横笛和鼓演奏了一首曲子;他们是我们见过的唯一不对我们或任何除了鼓以外的乐器感兴趣的人,其原因在于鼓的声音与他们的声音相似。他们都保持着最深沉的静默,我们感到遗憾,因为天太黑了,我们看不到他们的表情,也看不到这首音乐对他们的影响。出于礼貌,他们也回赠了另一首歌给我们,然后我们就为他们吹奏了法国号角,他们依旧是同样的专注,但并没有回赠任何歌曲,很快便离去了,仅仅留下几只独木舟,在那个冰冷的夜晚一直游弋在我们周围。"

詹姆斯·金

詹姆斯·金生于1750年,卒于1784年。2004年,他成为约翰·博尔顿·金所撰写的一篇传记的主角。

詹姆斯·金对詹姆斯·库克的《航海日志》的完成做出了重要贡献。

詹姆斯·伯尼

詹姆斯·伯尼是"发现"号上的第一个中尉,他绘制出了库克船长造访不列颠哥伦比亚的地图，并记录了进入努卡特湾的第一个入口时的情景。在描述第一个英国人接触不列颠哥伦比亚时，他这样写道：“……晚上，几艘较大型的独木舟围着我们的船绕行并向我们致敬，在离开的时候船上的人还向我们高呼了三声。他们桨划得非常平顺，最前排的那个人每划两三下就挥舞起他的桨。人们便一起发出一声吆喝作为回应的唯一信号，声音在船的中间部分越变越大，然后便渐渐消失。一会儿，群山环绕，一派宁静。这一景象让我们感叹，如此简单的表象竟会让我们产生如此无限的幻象。”

在库克去南海第二次航行(1772—1775)时，伯尼首次与15岁的乔治·温哥华一起为库克船长效力。而他也正是伟大的英语日志作者以及作家范妮·伯尼的兄弟，范妮将库克船长描述为“航海探索中有史以来最谦逊，最人道和最绅士的环球航海家”。

在詹姆斯·伯尼自己的航海日志中，他就曾证实库克船长并未找到胡安海峡的入口，并对库克船长最后的日子进行了详尽的描述。库克船长在夏威夷被杀后，正是伯尼指挥“发现”号。詹姆斯·伯尼几乎在海上终其一生，退休时是一名海军少将，并发表了一部名为《南海以及太平洋航海探险编年史》的五卷著作，原稿被保存在大英博物馆和悉尼的米切尔图书馆。

参考书目：

G. E. Manwaring, *My Friend the Admiral, the Life, Letters, and Journals of Rear-Admiral James Burney, F. R. S.*, London: George Routledge & Sons, Ltd., 1931; *Journal of James Burney*, 1778, Canberra: National Library, 1975.

大卫·桑姆威尔

身在船上犹如身在监狱，还有被淹死的风险。一个人在监狱里拥有更大的空间，更多的食物，通常也会有更好的伴侣。

——塞缪尔·约翰逊

威尔士人大卫·桑姆威尔是不列颠哥伦比亚第一个欧洲内科医师，他深知在航海生活中最大的危险就是性病。他曾在库克船长的第三次航海中和一个外科医生搭档，先后服务于“勇气”号和“发现”号，身为牧师儿子的桑姆威尔在他回忆录冗长的标题中提到了性病。

桑姆威尔曾注意到并记录下了库克的船员们把性病传染给夏威夷人所带来的毁灭性打击。尽管库克船长是一个纪律严明的人，崇尚贵格教会的许多观点，尽量减少或限制他的船员们和塔西提岛、夏威夷和温哥华岛的土著妇女发生性关系。但是就在库克船长进行首次游历的十个月后，当他的船员们在冬天回到夏威夷时却发现，“他们突然遭受灾难，阴茎发炎红肿”。与此同时，詹姆斯·金也处在惊慌之中。

库克自己在夏威夷看到载着“猪和女人”的独木舟划向船边时这样评论：“不让后者上船是不可能的，我从没见过不享受性交欢愉的女人。”在上个月，桑姆威尔就记录了库克船员和夏威夷女性之间的交往，“当我们中任何一个人看上独木舟上心仪的漂亮姑娘时，就会向她挥手，而她也会立即纵身跳下船，向我们游来，我们会伸开双臂拥抱她，就像从‘海浪’中升起的另一个维纳斯女神；此时许许多多的男女们都聚集到船的甲板上，在他们进行交易的整个过程中，其场景只不过是大家围着他们形成一个‘嘈杂与混乱’的局面罢了。”

艾略特·福克斯·波维曾在努特卡湾对性交易进行了一次深入的调查，并将成果发表在《不列颠哥伦比亚历史见闻》2003 年夏季版上。“向欧洲人进行有组织的卖淫活动，似乎已是一种适应而并非被迫……”福克斯·波维声明道。“当欧洲人提议与卖淫者进行性交易时，这种奴役性的活动使努恰纳尔什人（努特卡人）的精英们与卖淫者超越了努恰纳尔什人（努特卡人）对性忠贞的社会准则，她们只为钱工作。”

“发现”号上的桑姆威尔和查尔斯·克拉克都记录了，水手在做爱前会先将带上船的妇女擦洗干净。桑姆威尔同样也注意到了交易的总体状况，“虽然一有机会，她们还是会毫不顾忌地偷窃，但是总的来说，她们在与我们进行交易时仍是公平公正的；偷窃行为一旦被我们发现，她们会把所偷得的东西立即还给我们，再尴尬地冲着我们笑，她们认为这是一种随机应变的伎俩，这样他们的名声就不会被破坏，也不至于丢脸。”

桑姆威尔的日志出版发行时，库克船长的日志已成为炙手可热的畅销书。桑姆威尔写道：“他品质高尚，我无法用言辞来表达我对他的羡慕之情——我为他而感到自豪——每当想到他的命运时，我的心一直都在滴血。”人们通常认为桑姆威尔关于库克船长被杀事件的记录是几个已有版本中较为可信的。常被摘录，广为流传。英国作家安德鲁·希普斯曾在文学巨作《大英百科全书》以及人物传记《库克船长的一生》(1788)中使用这份资料。

回到英国后，桑姆威尔开始创作诗歌，支持威尔士运动。后来，他渐渐开始怀念他跟库克船长一起经历的非凡的探险活动。他曾这样写道，“我们每个人都有一种信念，总之，再也不会有让我们这些优秀的小伙子能够聚在一起的机会了，不会再出现像当年聚集在‘勇气’号和‘发现’号上的情景了。”1798年，他作为医生在巴黎救治英国战俘。同年，他回到了伦敦，死于酗酒和吸食鸦片酊。

尽管桑姆威尔在治疗性病方面取得的成绩微乎其微，但是他在帮助库克的船员免受坏血病的侵扰方面做出的成绩却相当骄人，“我们没有因疾病而损失一名船员——这种情况在航海史上也是史无前例的。”

参考书目：

A Narrative of the Death of Captain James Cook to which are Added some Particulars, Concerning his life and character, and Observations Respecting the Introduction of the Venereal Disease into the Sandwich Islands, London, 1786; *reprinted within Sir Maurice Holmes' Captain and Hawaii: A Narrative by Samwell*, San Francisco: David Magee; London: Francis Edwards, Ltd., 1957.

约翰·韦伯

约翰·韦伯是库克船长努特卡之行的绘图员，他绘制的图出现在海军部官方版本的库克日志中，对日志的传播做出了巨大的贡献。他是此次航行中排名第二的多产艺术家。他在1793年去世前，绘制出了326幅油画和肖像画，其中包括一些草图。然而，直到摄影技术出现，库克船长所进行的第三次探险航行仍是航海史上拥有最多文献记载的航行。

1778 年，约翰·韦伯在努特卡画的妇女的肖像

1778 年，约翰·韦伯在努特卡画的男人的肖像

韦伯一生中给库克船长画了三次肖像，1776 年画了两次，1777 年画了一次。第三幅肖像画是在塔希提岛画的，被库克船长赠给了他的朋友图(奥图)酋长。那幅画后来消失了。前两幅作品分别被收藏在伦敦国家肖像美术馆和惠灵顿的国家艺术馆。约翰·韦伯死后 1782 年出版的库克船长的肖像画是 18 世纪保存下来的 5 幅肖像画作之一；与颇具代表性的纳撒尼尔·丹斯的肖像画相比稍逊色一些。伦敦国家肖像美术馆在 2000 年收购了该画。

约翰·韦伯 1752 年出生于伦敦，是一名瑞士雕刻家的儿子。他给瑞士景观艺术家约翰·阿伯利当了三年学徒，然后在法国巴黎求学。他 24 岁时考上了伦敦皇家学院，1776 年举办了第一次画展。他受瑞士博物学家丹尼尔·索兰德尔的推荐，作为艺术官员登上“勇气”号。丹尼尔曾随库克船长的第一次航行前往南海。韦伯在普利茅斯成为库克的船员，后来创作出了几幅举世瞩目的努特卡人画像。

韦伯 1793 年离世，15 年后，他的一些作品被重新制作成铜版画册出版。

参考书目:

Views in the South Seas, from drawings by the late James Webber, Draftsman on board the Resolution, Captain James Cooke[sic], from the year 1776 to 1780, London, 1808.

威廉·贝利

威廉·贝利出生于1737年,他是一名自学成才的天文学家、数学家,在给库克船长第二次和第三次的航行担任天文家以前,他曾是皇家天文台的助理。贝利的工作成绩都被载入国王版的《库克的最后一次航行》。他后来把自己的计算结果编辑成了一本书。马拉斯皮纳拥有的两位西班牙天文学家中的一位,何塞·埃斯皮诺塞·Y.特略,同样在1809年出版发行了《西班牙人在环球航行中的天文观察之回忆》。从1785年到1807年,贝利一直是朴次茅斯皇家海军学院的院长。贝利卒于1810年。他的几幅航海图都陈列在温哥华海事博物馆里。

参考书目:

The Original Astronomic Observations Made in the Course of a Voyage to the Northern Pacific Ocean, London,1782.

詹姆斯·特里韦宁

人们对库克船长的最后一次航行极度着迷,后来几个世纪连续出版了很多关于航海日志的作品和书籍。1760年出生的詹姆斯·特里韦宁先后在“勇气”号和“发现”号上担任海军准尉。他的航海笔记的一份手稿被存放在维多利亚省档案馆。这些资料成了创作《海军档案协会卷册》的基础材料,但它与省档案馆的版本又略有不同。在库克船长死后,特里韦宁对他自己的那份詹姆斯·金的航海官方版本卷册作了评注。后来,他和他的朋友,詹姆斯·金船长一起在西印度群岛航行。他在担任俄罗斯海军的舰长后,于1790年死于抵抗瑞典的军事行动。他在订婚前就已经在圣彼得堡立下了遗嘱。他的姐夫,海军中将查尔斯五世·彭罗斯爵士,带走了特里韦宁的那本库克船长航海的日记，在特里韦宁死后将其出版。这份彭罗斯爵士的手稿被存放在格林尼治国家海洋博物馆。

1778 年 4 月停泊在努特卡湾布莱岛雷索卢申角的
“勇气”号和“发现”号(M. B. 梅塞尔根据约翰·韦伯的画而作)

参考书目：

A Memoir of James Trevenen, eds. Christopher Lloys & R. C. Anderson, London: Navy Records Society, vol. CI, 1959.

乔治·吉尔伯特

乔治·吉尔伯特非常慎重，他的著作不偏不倚，让人回想到年轻的詹姆斯·库克在“奋力”号航海日志上的记载“极度缺乏想象”。

乔治·吉尔伯特是库克船长 1776 年航海时的一名水手，在航行途中被提升为海军准尉。他的父亲乔治·吉尔伯特曾担任“勇气”号前往太平洋航行时的船长。其间，为了纪念吉尔伯特，库克把火地岛海岸对面的岛屿命名为吉尔伯特岛。他的父亲一退休，威廉·布莱便任命约翰·吉尔伯特接替他父亲担任船长一职，后来在“邦蒂”号叛乱期间被罢免。

在吉尔伯特20岁左右，库克船长到访努特卡湾，从1778年3月到4月27日在港内维修船，吉尔伯特乘机就上了“勇气”号。他做了大量记载，但没有出现在《库克船长航海日志》第3卷第1和第2部分关于“勇气”号和“发现”号的航行中，而是被同时代的安德森、克拉克、伯尼、威廉姆森、埃德加和金等人创作的日志摘录发表，因为吉尔伯特的325页的航海日志手稿很可能在18世纪80年代早期就完成了。

吉尔伯特的回忆录直到两个世纪以后才发表，是在吉尔伯特兄弟的一个后代，理查德·吉尔伯特1912年将手稿送到大英博物馆的80年之后。

在乔治王湾，吉尔伯特记述了他们当时察觉可能遭到两群独木舟袭击的危险。可是库克船长不愿意向他们开火。

“最终，我们发现原来这是两群独木舟之间有争执，其目的就是获得与我们的交易权；在几番长时间的相互指责和带有威胁性的比划后，双方都很高兴地达成了一致意见，避免了进一步激化矛盾，和我们进行交易的双方从此和睦相处，”吉尔伯特回忆道，“他们以前通常会为小事相互争吵，拉扯对方的头发，僵持将近半个小时，直到其中一方对非常顽固的对手服了输、认了软才算结束。当他们双方的争斗还不至于使用武器来一决雌雄时，这是他们解决争斗的唯一方法；令人非常吃惊的是他们没有拳脚相加，因为通常打斗是大多数印第安人所用的方法。”

1779年1月17日，当“勇气”号和“发现”号回到夏威夷的凯阿拉凯夸湾时，正如故事所述那样——一些夏威夷人最初认为库克船长可能是远古神明“拉农”回到了他们身边。有人已经预言神明“拉农”会在这些漂浮的大岛屿上回来。然而，这也使过多的岛民极力登上“发现”号，致使船差点倾覆。

“当我们想开工时，”吉尔伯特写道，“如果不先把大部分夏威夷人赶下船的话，根本够不到那些绳索；他们这些人脾气都好，高兴地从船的各个地方跳进水中，尽快地游着离开了。他们看似注意力已不在这里，可是当船上工作一结束，他们又会再次上船。”

当詹姆斯·库克船长在凯阿拉凯夸湾被杀害时，乔治·吉尔伯特记录下了当时库克的手下的内心感受，其中一人还承认他们已经“失去了他们的父亲”。

“当我们回到船上的时候，才得知了库克船长的死讯。当时整艘船都沉浸在一片静寂之中，大约持续了近半个小时；我们感觉这像是一场梦，长时间无法释怀。每个人的脸上都充满了悲伤；有些人以泪洗面；其他人则是流露出一种悲观沮丧的神情：是一种只可意会不可言传的莫名悲伤，因为我们把所有的希望都寄托在他身上；我们的损失是不可挽回的，他铭刻在我们脑海里，久久不能忘却。”

1778 年在温哥华岛上收集到的努恰纳尔什人（努特卡人）箱子盖子

库克船长死后，克拉克船长把吉尔伯特调到“发现”号上，并于 1780 年 10 月 21 日在伍尔维奇付清工资将其解雇。1783 年，他成了“宏伟”号军舰上的第五任船长。他去世的时间及原因不详。吉尔伯特的航海日志原稿被存放在大英博物馆。

参考书目：

George Gilbert, *The Death of Captain Cook*, Honolulu: Hawaiian Historical Society Reprints, No. 5., 1926; Christine Holmes, *Captain Cook's Final Voyage: The Journal of Midshipman George Gilbert*, Horsham: Sussex: Caliban Books, 1982; University of Hawaii Press, 1982.

V 商人

詹姆斯·斯特兰奇

第一个用英语发布贩卖海獭皮获利匪浅这一消息的人是约翰·莱德亚德。约翰·莱德亚德在回忆中透露,库克的船员们从北太平洋带来的皮毛在广州的价格几乎是在勘查加半岛的两倍。人们对西北太平洋的狂热持续了40年,目的就是为了获取海獭皮。一张海獭皮价值十只海狸皮。海獭是獭类的唯一物种,也是鼬科家族——包括鼬鼠,臭鼬和獾中最大的成员。

第一艘到努特卡湾进行皮毛贸易的船是由詹姆斯·汉纳指挥的60吨位的“哈蒙”号,后改名为“海獭”号。该船1785年8月由澳门起航,它的到来标志着不列颠哥伦比亚现代经济(随后两个世纪以自然资源的开发为基础的经济)的开始。汉纳和其手下20名船员搞的恶作剧——引爆了装在马奎那酋长椅子下的火药挑起了欧洲侵略者和土著人之间长达两个世纪的不和。在一个印第安人偷了一个凿子后,20个印第安人在随后的冲突中丧生。汉纳的手下获得了560张海獭皮,1785年12月在中国高价出售,赚了不少钱。

1786年,一家美国商业贸易店在中国广州开业,至少有八艘船远航到太平洋西北海岸的毛皮贸易,其中包括汉纳指挥的一艘100吨位,也叫“海獭”号的船。1786年最先到达努特卡湾的是亨利·劳瑞指挥的350吨位的“库克船长”号和亨利·吉斯指挥的100吨位的“实验”号,他们都听从詹姆斯·斯特兰奇的指挥。

詹姆斯·斯特兰奇是东印度公司常驻孟买和马德拉斯的一名雇员,他在英国养病时阅读了有关库克船长航海的故事,于是劝说孟买商人大卫·斯科特赞助他前往努特卡湾探险。1785年12月8日,他登上“库克船长”号,与其他贸易商从孟买出发,在巴达维亚获取了更多的物资补给。他们1786年6月25日抵达靠近霍普海湾的温哥华岛,7月7日在友爱湾抛锚。

在18世纪的温哥华岛上，马奎那酋长是海獭皮毛贸易中最具影响的人物。托马斯·苏里亚在1791年完成戴着草帽捕鲸时的马奎那像(上图)之后，他注意到在努特卡有三位酋长。最受尊敬的是马奎那。他的父亲1778年死于抵抗特拉·尤马科族人的战争。弗朗西斯·辛普金森，一位18岁的准尉，在1837年给马奎那酋长画了像(小插图)。迈克·马奎那是21世纪努特卡湾努恰纳尔什人(努特卡人)的世袭发言人。

俄国人在18世纪40年代就开始捕捉海獭，称其为“软黄金”

“实验”号上一位叫亚历山大·沃克的士兵和印第安人贸易往来频繁，并在日志中记录下来。但是詹姆斯·斯特兰奇对此态度冷漠，他倾向于跟一位年长的名叫卡里古姆的酋长进行谈判，而不是马奎那酋长。在两艘船带着540张海獭皮向北航行的时候，众多生病的船员中一位叫约翰·麦基(或麦基)的助理外科医生自愿留了下来。

为感谢大卫·斯科特的资助，詹姆斯·斯特兰奇将温哥华岛北部岛屿命名为斯科特岛和斯科特角。他还命名了夏洛特女王湾。在进入威廉王子湾之后，詹姆斯·斯特兰奇惊奇地发现另外一艘船也叫“海獭”号。这是一艘由威廉·蒂平指挥的来自加尔各答的商船，在进入库克湾的途中，威廉和他的船就失踪了，此后再也没出现。詹姆斯·斯特兰奇的探险队于1786年9月14日离开了威廉王子湾。“实验”号于11月中旬抵达澳门，“库克船长”号在12月抵达亚洲。詹姆斯·斯特兰奇的远行并没有赚到很多钱，不算成功。他死于1840年。

詹姆斯·查尔斯·斯图尔特·斯特兰奇1753年生于伦敦，他的名字是他的教父邦尼·普林斯·查理赐予的。他很早就到过温哥华岛这一事实被其他更重要的航海事迹所掩盖，据记载他是第一个将欧洲蔬菜种植到西北海岸的人。

1933年，在长达五年的调研后，B. A. 麦凯尔维和 W. M. 哈利迪声称他们在尼格岛上的一棵树上发现了一个铜制气缸，并从20世纪20年代在印度出版的一本詹姆斯·斯特兰奇的日志中查明了其来历。

参考书目：

James Strange, *Journal and Narrative of the Commercial Expedition from Bombay to the Northwest Coast of America*, Madras, India: Government Record Office, 1928; A. V. Ayyar, *An Adventurous Madras Civilian*, *James Strange*, *Calcutta*, 1929; eds. A. V. Venkatarama Ayyar; John Hosie, & F. W. Howay, *James Strange's Journal and Narrative of the Commercial Expedition from Bombay to the Northwest Coast of America*: *With Introductory Material*, Ye Galleon Press, 1982.

亚历山大·沃克

不诚实的野蛮人装出一副小心谨慎的样子,在交易中勒索钱财。

——亚历山大·沃克

库克船长到访八年之后,亚历山大·沃克和詹姆斯·查尔斯·斯图尔特·斯特兰奇船长来到努特卡湾。编辑罗宾·费希尔和詹姆斯·巴姆斯提特指出:"斯特兰奇的日志关心的是贸易和自我辩解,而沃克的叙述是出于对科学的好奇,并将众多探险家吸引到太平洋。"

一些沿着太平洋海岸演变的奇努克语词汇,可以追溯到1785年努恰·纳尔什和诸如沃克这样的口译员之间最初的接触。他最初的日志丢失了,但他在1813年至1831年间重新完成了他的著述。直到1982年,人们才想起那部著作还没有出版。20世纪末,人们在苏格兰国家图书馆发现了该著作。这部回忆录反映了1785年至1786年间沃克谦卑的态度,那时,他正不遗余力地学习以克服语言障碍。

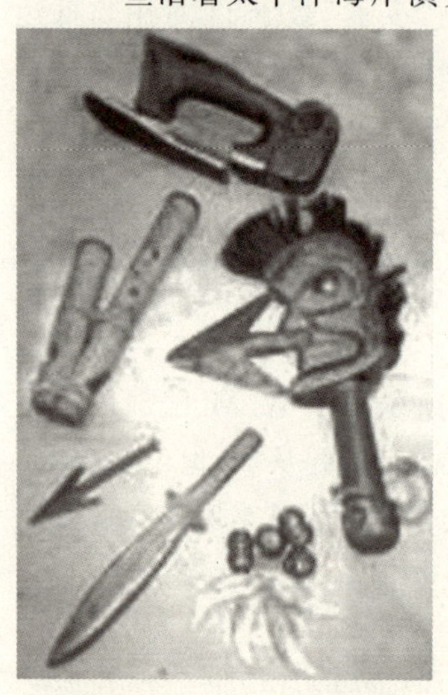

他们对我们的工具造型很不满意,购买后通常会改造

——亚历山大·沃克,1785年

他坚信,努特卡语似乎在代词上有所缺陷,非常需要冠词。例如,马奎那酋长想表达"我杀死了一只海獭",他会说"*Mokquilla kakhsheetl quotluk*, Mokquilla kill Sea Otter"。缺失的人称代词有时可以用符号来替代。我们经常发现,这些人无法用言语来表达他们的情感,尤其是无法表达尚未出现而又能感知的事情,或者说他们无法谈论过去或将来的事情。我们也许会追溯到婴儿及其简单的语言环境。一个未开化的人就是一个处在婴儿期的人。这些美洲人讲出来的话语短小,似乎频繁地用一个词去表达一个完整的主题。他们没有兴趣学习我们的语言,只是使用像"铜"和"铁"这样的词汇。但即使这些词汇,他们也经常无法习得,因为他们无法拼读出字母R,总是用字母L代替。

沃克将为人熟知的方言莫瓦恰特改编成英语，他的改编比较科学，当代语言学习者能够识别他记录下来的大部分单词。例如，*Kishkiltup* 是草莓的意思，*Klooweekmubt* 意指乏味的红莓，*Takna* 指小孩，*Keymess* 指血液，*Wakoo* 指尿液。有超过 12 种努恰纳尔什人（努特卡人）方言在温哥华岛上的巴姆菲尔德和库克角使用。莫瓦恰特和穆恰拉特是生活在努特卡湾的两群努恰纳尔什人（努特卡人）人。温哥华岛部落委员会于 1980 年采用努恰纳尔什人（努特卡人）这个名称来指居住在温哥华岛西海岸的所有土著人。它的意思是“依山而栖”。

沃克最早在他的日志里谴责一些马奎那人是食人族。像其他海员和贸易商一样，也有人给了他一只有“巨大价值的”断手。在沃克询问其意图之后，有个女人把手的碎片塞进了沃克的手里。西班牙人和英国人的探险日志中经常有关于儿童的腿和胳膊是如何被带到他们的船上进行交易的记录。沃克认为努特卡人的食人行为显然不是为了“食物”，而是为了“摧毁入侵之敌，而且很可能是无奈之举”。历史学家、编辑罗宾·费希尔总结道：“很显然，为达到刺激的效果，努特卡人确实实施了象征性的食人行为。撕咬胳膊和展示敌人的手和头骨成为努特卡人行为的一部分，但这并不是说人肉被吞食掉了。”

亚历山大·沃克于 1764 年 5 月 12 日生于苏格兰的法夫，他是家里五个孩子中的老大。他父亲是苏格兰一所教堂的牧师，死于 1771 年。尽管他有能力读大学，但由于家庭贫困，他不得不在东印度公司当实习生维持生计。1782 年他被提升为船长。他曾在马拉巴尔海岸同海德·阿里战斗，当他投降被当作人质时，他出名了。孟买议会鼓励沃克陪同詹姆斯·斯特兰奇一起远征。他随后写道：“我想只有去一个闻所未闻的国家，那样我才能生活得更好。因为去一个不知名的国家可以激发我的好奇心。”

沃克给他的船长留下的印象倒不是很深，他只能在日志上公开批评斯特兰奇。沃克随后有一个显赫的职业，他当过士兵和印度的行政官，和孟买总督参加过一场根除迫害女婴的运动。沃克成长为一名印度教学者，发表了几篇论文，旨在捍卫本土居民的权利。在出任圣·海伦娜州州长（1822—1828 年）之前，他在苏格兰边境小镇的一处住房赋闲十年。沃克死于 1831 年。

参考书目:

An Account of a Voyage to the Northwest Coast of America in 1785 & 1786 *by Alexander Walker*, eds. R. Fisher & J. A. Bumsted, Douglas & McIntyre, 1982.

约翰·麦基

麦基的证词……给人们留下了这些人是否是真正的食人族的疑问。

——亚历山大·沃克

如果有人从理想的角度提出一个可信的观点——莫瓦恰特人是否真的吃人肉,而非象征意义上的"食人族",这个人就是约翰·麦基——第一个提出温哥华岛是一个真正岛屿的欧洲人。

19 世纪初期被马奎那酋长抓住的约翰·吉维特(努特卡人的白人奴隶)并不是第一个全年住在不列颠哥伦比亚的欧洲人。那项殊荣属于生于爱尔兰的年轻孟买士兵约翰·麦基。在斯特兰奇探险期间,他跟随亨利·劳瑞和亨利·吉斯船长远航,于 1786 年 6 月 27 日抵达努特卡湾。由于得了一种叫作"紫热病"的疾病,麦基于 1786 年至 1787 年间被留下来和莫瓦恰特的酋长马奎那生活在一起。由于他成功治愈了马奎那酋长的女儿阿佩纳斯的结痂病,这个所谓的半路出家的医生一开始就受到了礼遇。他康复了,从一开始就非常适应那里的生活。

麦基得到两只山羊、一些种子和一杆枪维持生计。麦基用墨水和纸记录着"发生的所有事,不管多么琐碎,都或多或少给我们对这些人的习惯、风俗、信仰和政府的了解提供了一些灵感"。年长的首领卡利吉姆撕毁了他书写的材料,这使不列颠哥伦比亚的第一位非专业人种学家没能完成任务。马奎那酋长承诺要赐予他一个妻子,麦基觉得可以在这里扎根了,于是拒绝了汉纳船长于 1786 年带他提前离开努特卡湾的提议。麦基告诉汉纳说,他相信他的押运员詹姆斯·斯特兰奇会为他的恢复做一些必要的安排,就像他承诺的那样。

他本应该接受汉纳船长的建议。麦基允许莫瓦恰特拆除他的火枪,这使他后来无法重新组装。亚历山大·沃克记录:"失去了这个强大的武器之后,他变得不那么强大,安全感也少了许多。"当他无意间跨过马奎那酋长孩子的摇篮,打破了当地的禁忌时,更多的麻烦接踵而至。麦基遭到毒打并被流放了几个星期。当马奎那的婴儿死去时,麦基被驱逐出马奎那的家,靠自己维持生计。亚历山大·沃克继续写道“这件事情发生之后，他不可能从马奎那那里重新找回自信和尊严”。当这个村落为了过冬而搬迁后，麦基几乎不能养活自己。他以自己带的种子为食，得了“痢疾”而病倒。春天到来，他仍然在流浪，他主要和女人、孩子进行一些交往。沃克说“他的医药技术给他带来了一些帮助。这一职业也同样在当地女人的掌控之中，麦基提到这些女人对于植物和药草的知识是广博的”。麦基目睹了在海滩上对大约12个俘虏的恐怖屠杀。沃克随后对这起事件有大篇幅的描述。

“帝国神鹰”号于1787年6月抵达，麦基欣然同意担任查尔斯·巴克利船长的向导、翻译兼贸易经纪人，帮助他收购海獭皮。贸易进行得很顺利。一个月之后，另外两艘英国船只到达友爱湾，发现巴克利以最低的价格获得了最好的皮毛，麻烦就来了。在“帝国神鹰”号离开奥斯坦德之前，“威尔士亲王”号和单桅帆船“皇家公主”号就已经在英国整装待发，其船员都感觉形势不利。最后两艘船都由于坏血病而延时起航。两艘船的船长都不知道“帝国神鹰”号在一个外国港口不仅被重新命名和整修，而且悬挂澳大利亚的旗子躲避了东印度公司垄断亚洲所收取的高额费用。带着不快，船长科内特和邓肯发现麦基在损害他们利益的情况下，完成了自己的工作。“威尔士亲王”号船主的兄弟，艾切斯先生也在探险队中，他负责看守货物。正是他向船长乔治·狄克逊报告了麦基的阴谋。听到这一非法贸易的消息后，狄克逊打算将麦基带上镣铐押回广州，控告他非法捕猎，但最后未能抓住他。

在爱尔兰人约翰·麦基被鞭笞和驱逐前，他在努特卡湾的育阔特与马奎那共住这样一所房子（库克远征队的约翰·韦伯画）

船长乔治·狄克逊的日志记录了“艾切斯先生”对麦基带有偏见的看法。“他名叫约翰·麦基，生于爱尔兰，船长汉纳指挥的‘海獭’号于1786年8月从中国出发，抵达乔治王海湾。汉纳船长主动邀他登船，但却被他拒绝。他声称他开始品味干鱼和鲸油，满意现在的生活方式，打算继续待到明年。此时，他并没有对斯特兰奇先生对他的派遣产生疑惑。汉纳船长于9月离开了该海湾。当地人脱去他身上的衣服，要求他穿戴当地人的服饰、按当地污秽的行为方式行事。他现在完全掌握了他们的语言，熟悉他们的秉性。他经常闯入乔治王海湾内部某些村落，他并没有想到除了一系列分离的岛屿，一些地方其实是属于美洲大陆的……艾切斯先生(从他那里我得到了启示)向我肯定地说他不会太依赖麦基的故事来进行写作。作为一个非常无知且经常自我矛盾的人，他整个给人的感觉是他接受了当地人的行为方式，因为他和当地所有人一样变得懒散且卑鄙下流。他对当地语言的了解远非像他吹嘘的那样，他对自己现在的处境也不是非常满意。他愉快地接受了巴克利船长带他上船的提议，看似高兴地认为他即将离开这个让人如此不舒服的地方。然而，他承认自己能力一般，和这里的人相熟，是因为他在这里和他们一起生活了一年多的缘故，是其他偶尔的到访者所不能比拟的。毫无疑问，巴克利船长发现他在和本地人一起管理贸易运输的时候，他的作用非同小可。”

麦基从来没有被狄克逊船长起诉。他和巴克利船长成功地抵达东方诸国，然后启程去印度。他之前的一位同船船员，亚历山大·沃克于1788年在孟买遇见了他，发现他衣着更加破旧，简直就是一个憔悴的酒鬼。麦基是第一个整个冬天都居住在努特卡的欧洲人，而这个冬天也是莫瓦恰特在塔西斯举行他们最重要的仪式的时候。因此沃克找到了他可能获得的一切信息。

沃克说，“他不相信他们真的吞食俘虏和杀死了的敌人。他们仅仅用鲜血洗手并品尝其血腥的味道。他坚持认为风干的手是被当作战利品和魔咒来保存……麦基的证词证明了我们粗略的观察，至少让人怀疑这些人是否真的是食人族”。

亚历山大·沃克，一个不太具有同情心的采访者，设想了以下在孟买和麦基的对话情景。

问：当舰船离开之后，这些野蛮人在“友好村落”待了多长时间？

答:当舰船离开海湾后,他们大概待了三个星期。

问:当他们离开这个村子之后去向何方?

答:他们沿着海湾一路向上走了大概三十公里,远离舰船停泊的地方。

问:他们是何时返回村庄的?

答:直到紧接而来的冬天快要过去时才返回湾口。

问:他们为什么离开海岸?

答:他们离开海岸是为了在冬天有一个更加舒服的住所,也是为了获得像鲑鱼形状和大小的一种鱼。这种鱼到河流上游产卵,数量众多。当恶劣的季节让他们无法出门时,这些没有盐和海豚油的烟熏干鱼就是他们的食物。他们的娱乐活动非常少,仅有的娱乐是力量的对抗而不是技能的对决。

问:在他们打猎期间,他们选择什么动物作为目标?

答:他们经常猎取的动物是熊、鼠鹿、浣熊和马。这些动物的皮仅次于海獭的皮。熊是用鱼叉捕获的,有时也用陷进,约两英尺高的两排石头围成一个半圆,中间设置交叉的木棒,当拉动串着诱饵的细绳时,动物被诱饵吸引过来,木棒正好卡住它的脖子,他们利用这个有利时机冲出去抓住它。

1792 年阿塔纳西奥·埃切维里亚画的努特卡贵妇人和小孩

问:你是怎么抓住海獭的?

答:海獭极其胆怯,经常躲在水中。海獭以鱼为食。当它被箭刺伤后会拼命挣脱以求自保,同时,土著人用鱼叉袭击受伤的海獭以免它逃入深水处。

问:留给你的山羊怎么样了?

答:斯特兰奇先生留给我的山羊,在一个缺乏食物的严酷的季节中死了。

问:你和这些人待在一起的时候发生了什么?

答:十月中旬我生病了,腹泻,持续了大概三个星期。在我恢复之前,又突如其来地发烧了,我不确定它会持续多长时间,我几乎失去了知觉,我也不知道当地人是怎么治疗我的。

总体来说,导致他们死亡的疾病源于消化不良,比起男人或者儿童,女人尤其抱怨肠道不畅,在我看来这是由于暴饮暴食且缺乏运动造成的。

问:你能描述一下你觉得不同凡响的习俗吗?

答:他们在举行婚礼时,要向所在地区的首领行礼致敬,并送给首领一个小礼物(铜或是铁制的),告诉首领所送的东西是自己没有的。他们的女人们很少或从不在丈夫面前主动表现,我也认为即使他们这样做了,也不会使他们在本质上有所不同。他们相信来世。

问:在上面提到的事情中,女人显得拘谨吗?

答:我深信,女人们表现出来的羞怯来自内心的观念而不是出于对丈夫的恐惧。对于女孩来说,婚前"裸露"身体是不正常的。

参考书目:

Alexander Walker, *A Voyage Round the World: But More Particularly to the North West Coast of America*, London: George Dixon, 1789; Alexander Walker, *An Account of a Voyage to the North West Coast of America in* 1785 & 1786, Douglas & McIntyre, University of Washington Press, 1982.

弗朗西丝·巴克利

弗朗西丝·巴克利是第一个到访不列颠哥伦比亚的欧洲女人,她于1787年和丈夫一起抵达不列颠哥伦比亚,那年她18岁。她也是第一个用文字记载不列颠哥伦比亚的女人。大约两个世纪过后,她关于不列颠哥伦比亚的回忆被命名为《回忆录》,发表在贝斯·希尔编辑的《弗朗西丝·巴克利的非凡世界》一书中。

此外,很少有人知道,弗朗西丝·巴克利是第一个公开露面环游世界的女人。法国女人珍妮·巴雷特曾陪同自己的爱人——植物学家菲利贝尔·考莫森于1769年第一次法国远征期间环航世界,但她不得不将自己伪装成一个男仆以便顺利环航。在由路易斯·安托万·布甘维尔完成的一次科考航海途中,她的女性身份才被发现。

类似地,法国女人罗丝·弗雷西内1817年到1820年间和丈夫路易斯克劳德·弗雷西内共同谋划,成功地藏匿于她丈夫的"乌拉尼亚"号科考船上环航世界。

弗朗西丝·巴克利于1769年生于英格兰萨默赛特郡的布里奇沃特。她和弗朗西丝·霍恩比·特雷弗都是一名英国牧师的女儿。该牧师于1775年举家搬迁到欧洲,并于1783年成为奥斯坦德一所新教教堂的教区长。受教于一所法国天主教修道院,她作为一名法国学生也学习缝纫,刺绣和做饭。她的一个姐姐和詹姆斯·库克船长结婚了。1786年10月17日,在弗朗西丝·巴克利17岁的时候,她在奥斯坦德嫁给了一位26岁的船长查尔斯·威廉·巴克利。

年轻的巴克利船长选择了在奥地利东印度公司的庇护之下远航以避免两个英国垄断公司征收的高额费用。两个公司分别是查尔斯·巴克利的前雇主东印度公司和南海公司。前者控制着亚洲的贸易,后者控制着从好望角到北极的北美洲西海岸太平洋上的贸易。

在1786年11月24日弗朗西丝夫妇登船之前,巴克利船长的船由"劳登"号更名为"帝国神鹰"号。尽管巴克利船长因风湿病发烧了,但他们的航行一切顺利,很快抵达了南美洲海岸的巴西。

在三文治群岛上,弗朗西丝·巴克利遇到了一个名叫维尼的女仆,她后来成为第一个抵达不列颠哥伦比亚的夏威夷人或"肯纳卡人"。关于这个女仆的一生,鲜为人知。她跟随巴克利到过努特卡湾,随后到过中国,但是在澳门的时候她想返回夏威夷。她于1788年春季跟随船长约翰·米尔斯踏上了返回努特卡湾的航道。船长约翰描述她身体极度虚弱。维尼于1788年2月5日死于回程的路上,她的尸体被葬于深海。

巴克利夫妇于1787年6月乘"帝国神鹰"号抵达努特卡湾。该船400吨位,是当时进入友爱湾最大的舰船,但是印第安人似乎对巴克利的金红色头发更感兴趣。对巴克利夫妇来说,这几乎就是个传奇,因为当巴克利夫妇被有敌意的南海土著人抓获的时候,正是弗朗西丝的头发救了他们。故事说的是他们中那些好奇的女人们散开了她如同"黄金流星"的

“帝国神鹰”号(1800年前，友爱湾最大的船)

头发，于是，一群吃惊的旁观者们推测她是天赐圣女，所以弗朗西丝被释放了。这起事件从来没有被弗朗西丝·巴克利记录在日记里。她的《回忆录》大多是在她66岁高龄时写的。

在努特卡湾停留一个月左右后，弗朗西丝·巴克利对马奎那酋长和他对皮毛贸易的管理印象深刻。“帝国神鹰”号收购了700套极好的皮毛，更多的都是劣质品，但在东方诸国都可以卖个好价钱。他们是在爱尔兰人约翰·麦基的协助下办成这些事的。麦基是在夏天来临之前，因病留在努特卡湾的。巴克利向南航行并命名过巴克利湾、霍恩比峰、弗朗西丝群岛、特雷弗海峡、劳登海峡、比尔角以及帝国神鹰海峡。为了表示对当地首领的尊敬，巴克利船长还命名过维基尼尼什湾，现在称为克拉阔特湾。1787年7月24日，他的六个同伴在胡安·德富卡海峡入口处被印第安人杀害，带着悲痛，巴克利起航驶往广州，同年12月抵达澳门。

在澳门的正常贸易期间(后来被证实是一次成功的贸易)巴克利买了一个豪华的竹制座椅并在整个旅途中完好的保存了下来。这把椅子现在成为温哥华世纪博物馆的藏品。

为其赞助人获得一万英镑利润之后，巴克利船长继续前往马达加斯加岛外的毛里求斯岛，在那里，他得知东印度公司正开始发起一场针对“帝国神鹰”号船主的法律诉讼。包括约翰·米尔斯在内的船主们，决定卖掉“帝国神鹰”号以避免法律制裁，于是便终止了和巴克利船长之间的合约。巴克利夫妇在法国殖民地毛里求斯停留了一年多。在这里，弗朗西丝·巴克利生下了他们的第一个孩子，是个男孩。随后，巴克利船长航行到印度，正是在印度，“帝国神鹰”号被充公了。舰船的常规配备花了他很多钱，巴克利船长起诉要求赔偿损失，随后便收到了关于他十年合约所造成的损失的仲裁协议，但这不足以安慰他受伤的心灵。

阴险的米尔斯获得了巴克利的航海装置以及有价值的航海日志的所有权。弗朗西丝·巴克利后来写道："极其厚颜无耻的米尔斯船长，出版了航海日志，夺走了我丈夫的发现所具有的价值。此外还制造了谎言：用最令人厌恶的品行来诋毁为他创造剽窃成果的人。"米尔斯的书没能适当地把巴克利船长的航海图编辑进去，罗伯特·汉斯威尔和乔治·迪克逊也开始谴责米尔斯。对于迪克逊来说，"没有任何东西比混淆矛盾和歪曲事实更让人困惑。"因此，酋长马奎那，也是一个精明的法官，称米尔斯为"Aita-aita Meares"，意思是"爱撒谎的米尔斯"。被米尔斯欺骗，在毛里求斯陷入困境，失去了"帝国神鹰"号，又多了个新生儿的负担，巴克利夫妇登上一艘来自美国的舰船打算返回英国，但是这艘船在荷兰附近海域失事，所以他们暂时留在荷兰谋生。最后，他们在离开奥斯坦德两年之后回到朴茨茅斯。

在没有受到任何阻碍的情况下，巴克利夫妇于七个月之后计划了第二次航海之旅，经由印度抵达阿拉斯加。他们经历了 11 个月的航行之后，抵达加尔各答。在 1791 年绕行好望角的一天，狂风大作，弗朗西丝·巴克利在"弗雷德里卡王妃"号上生下了一个女孩。传记记者贝斯·希尔写道"在这种复杂情况下，连洗尿布都是一个挑战。淡水总是短缺，所以用海水冲洗是最正常不过了。沾有盐的尿布会让婴儿生疮，不容易治愈，经常感染"。

购买了 80 吨位的双桅横帆船"哈尔西恩"号以及一艘更小的补给船"维纳斯"号后，巴克利于 1791 年 12 月 29 日离开了加尔各答。弗朗西丝·巴克利本可以选择留在孟加拉，她写道"在孟加拉，我可以拥有仆人，可以坐轿子和使用奢侈品"，但是她坚持要陪同丈夫，而这"又满足了丈夫的意愿，丈夫从来没有想过要和我分开"。其他人认为这是愚蠢的行为，还在襁褓中的婴儿会在接下来的航海中死去，"成为我们愚蠢行为的受害者"。"一个铅灰色的盒子用来装她的遗骸，以便保存到我们可以将她葬在某些荷兰人居住的神圣土地。"

现代历史学家贝斯·西尔根据模糊的印象画的弗朗西丝·巴克利

对船员来说也并不容易，许多海员因为恶劣的条件而死去。贝斯·希尔写道，“斑疹伤寒和痢疾都是欧洲海岸的疾病。在热带地区，海员们得了疟疾、黄热病、十二指肠病和斑疹伤寒病。虱子和跳蚤也非常多，斑疹伤寒病是由虱子携带的。性病被认为是18世纪海员们无法有效治疗的职业病。在港口，满载妓女的小船摆渡到船边，甲板下面的情景就可想而知了，因此梅毒和淋病泛滥也就不足为奇了。”杀死一个人经常会使有罪的一方和受害者都脱不了干系，都会被从船上扔下去。

在第二次航海期间，他们曾试图在西伯利亚进行贸易，但被俄国官方阻止。当他们意外地进入可怕的特林吉特人的领地时，遇到了阻碍。然而，弗朗西丝·巴克利成为了第一个于1792年到访阿拉斯加的欧洲女人。他们在夏威夷岛度过了冬天，但是“哈尔西恩”号的航行却雪上加霜。获得的毛皮比预期的要少，巴克利夫妇于1793年3月抵达中国，然后又驶往毛里求斯。此时他们并不知道法国和英国正处于战争之中，法国人没收了“哈尔西恩”号，巴克利夫妇暂时成了囚犯。一位美国人驾驶着“哈尔西恩”号到了美国，巴克利夫妇却留在了毛里求斯。

他们最后找到了一艘船带他们去了美国，那时候他们自己的船却找不到了。他们于1794年11月随“安菲翁”号抵达英国。得知“哈尔西恩”号在波士顿后，巴克利船长返回波士顿，重新获得了这艘船的所有权。

巴克利夫妇随后在英国养家糊口，巴克利船长于1832年5月16日死于英国。四年后也就是1836年，弗朗西丝·巴克利开始写一些零碎的个人回忆录。其《回忆录》的原稿——大都是凭着记忆写下来的——收藏在维多利亚档案馆里。贝斯·希尔是在研究一本关于岩石雕刻方面的书籍的时候才发现该原稿的。那个时候，希尔只知道弗朗西丝·巴克利到不列颠哥伦比亚度蜜月的时候才18岁。

希尔不久返回档案馆，在巴克利文档里阅读其他信件和文件，她发现沃尔布朗船长将该文件命名为《"帝国神鹰"号之旅》，以及W.凯耶·兰姆在《不列颠哥伦比亚历史日志》一书中对丢失的弗朗西丝·巴克利日记之谜的探讨。

贝斯·希尔写道"让我吃惊的是，我在其他地方很少读过巴克利的故事"。

1901年，约翰·T.沃尔布朗船长，一位海岸测量员，主要研究不列颠哥伦比亚地名的作家，为《维多利亚殖民者》写过一篇研究文章，该文章是根据巴克利第一次航海的原始日记来写的。这本日记被认为在1909年温哥华岛上韦斯特霍姆的一场房屋大火中烧毁了，但希尔随后发现了一些证据，认为它很有可能在1953年之前还存在。沃尔布朗的文章提供了一些关于巴克利船长探险的主要细节，而这些细节在弗朗西丝·巴克利的回忆录里并没有被提到。

先后两次随丈夫航海，弗朗西丝·巴克利总共在海上度过了六年半。在这个过程中，她失去了一个孩子，但是在回忆录里并没呈现她对所遭遇的恶劣条件或失望的抱怨。她的活力就可想而知了。

弗朗西丝·巴克利死于1845年。

参考书目：

The Remarkable World of Frances Barkley, 1769—1845, ed. Beth Hill, Sidney, British Columbia: Gray's Publishing, 1978; The *Remarkable World of Frances Barkley*, 1769—1845, eds. Beth Hill and Cathy Converse, Heritage House, 2003; MANUSCRIPTS: Charles W. Barkley's "Log of Imperial Eagle, 1786—1787"; Charles W. Barkley's "Log of the Halcyon, 1792."

约翰·米尔斯

她们的性格矜持且高雅;很少有散漫和骄傲的行为。

——约翰·米尔斯

约翰·米尔斯被认为是海上皮毛贸易的“马基雅弗利”。作为担负大肆渲染努特卡湾事件责任的英国人,他是一个不值得信赖的共盟者。他于1788年在不列颠哥伦比亚建造了第一个欧洲人居住地,并监督中国劳工建造第一艘欧式风格舰船“美洲西北”号。

生于1756年前后,在皇家海军服役,米尔斯和众多英国人一样希望同日本建立海獭皮的贸易。作为孟加拉皮毛协会的代表,米尔斯从加尔各答出发,途径马德拉斯,于1786年3月抵达努特卡。可能是得到了东印度公司和印度总督约翰·麦克弗森的许可,以J. H. 考克斯为首的一群商人于1786年1月成立了孟加拉皮毛公司。

另一位前皇家海军中尉威廉·蒂平,奉命与米尔斯一道驾驶“海獭”号起航,取道日本。米尔斯指示威廉·蒂平在把鸦片运到马六甲后要“尽力和朝鲜半岛或日本抑或是北方或南方岛屿上的居民建立起友好的往来关系”。米尔斯在夏天到达阿留申群岛,在威廉王子湾度过了一个绝望的冬天,23名部下死于威廉王子湾。

10月,他的一位军官和当地首领西诺威交换了一个年轻的令人着迷的女人。据米尔斯描述,他是用一把斧头和少量的玻璃珠子换来这个女人的。他这样写道“这个女人和我们待在一起近四个月,她对自己现在的生活非常满意”。根据船长波特洛克和狄克逊的记载,米尔斯是个臭名昭著的骗子,他并没有提起这个女人后来选择了逃跑,而不是和这些海员们生活在一起。

米尔斯的船因冰块搁浅了,他的部下在这个冬天里一个个相继死去。到1787年春,他有30名部下得了坏血病。该船的外科医生和领航员也死了,安葬在岸上,冰块之间的窟窿就是他们的坟墓。

卑鄙的米尔斯像

装备不良的探险队于5月19日被其贸易对手乔治·狄克逊船长指挥的“夏洛特女王”号所救。米尔斯的船也获得了狄克逊的上级,“乔治王”号的船长纳撒尼亚尔·波特洛克的帮助。跟随库克船长远航的狄克逊和波特洛克都不喜欢米尔斯,他们认为米尔斯进行了非法皮毛贸易竞争。

当米尔斯于1788年从澳门返航到太平洋西北部时,他在船上挂上葡萄牙旗帜从而躲过了英国东印度公司和南海公司的管制。米尔斯于1月份带着50名随从登上了“菲利斯·埃文切尔”号。他的前任同伴蒂平与其指挥的“海獭”号在大海中消失,所以米尔斯这次选择了同曾指挥“依菲琴尼亚·努比阿拉”号的威廉·道格拉斯并肩作战。这两艘船结伴而行,在通过菲律宾后,道格拉斯驶往阿拉斯加水域。道格拉斯于1788年6月16日抵达库克口,直到1788年8月27日在努特卡才与米尔斯汇合。

欧洲人在不列颠哥伦比亚建造的第一艘船是 40 英尺的纵桅船"西北美洲"号，建造者是米尔斯的下属罗伯特·丰特，1788 年 9 月 19 日在努特卡湾下水。

米尔斯于 1788 年 5 月 13 日到达努特卡湾。凭借交换了八或十件铜器和一些白蜡之后，米尔斯从马奎那酋长那里获得了在友爱湾建立基地的许可。一位铁匠建立了一个铁匠铺，米尔斯下令开始建造"西北美洲"号舰船。随后米尔斯多次声称为该舰船的建造购买了 50 到 70 名中国劳工。而埃斯特万·马丁内斯和威廉·科内特则说只有 29 名中国劳工，包括：七名木工、五名铁匠、五名泥瓦匠、四名裁缝、四名鞋匠、三名海员和一名厨师。

尽管他的雄心只在贸易上，但米尔斯也记录了一些他对莫瓦恰特人的看法。"从外表来看，他们没有其他印第安民族所具有的那种匀称的身材或优雅的气质。他们的四肢，尽管结实有力，但略显弯曲和病态；他们的皮肤，洗净污秽后呈浅黄色。我们见过一些纯洁无瑕女人，但毫无疑问这并不多见。这些女人不仅有欧洲人那样优美的外表，其精致美丽的身材也吸引了不少人注目，这是对她们气质的最好诠释。""她们的头发跟男人的一样乌黑发亮，眼睛也具有同样的神色。从外表来看，并不能立即把她们和男人们区别开来。然而，她们的性格矜持且高雅，很少有散漫和骄傲的行为。"

米尔斯给马奎那酋长提供武器，试图以错误的信息阻止其新的美国贸易竞争对手。1788年9月，他带着皮毛登上“菲利斯”号，前往中国。

1789年，米尔斯和他的新合作伙伴“伦敦与印度贸易协会”派出的船只在努特卡湾被马丁内斯船长扣押，引发了“努特卡湾事件”。科内特船长和其“阿尔戈诺”号上的船员被当作囚犯强行运到圣布拉斯特区。马丁内斯也扣押了“西北美洲”号并将其重新命名为“圣·热特鲁迪斯·拉·麦格纳”。

回到英国后，米尔斯获得了西班牙对他所遭受的损失的赔偿，他通过发布不可信的消息激起了人们反西班牙情绪。除了加深西班牙和英国的外交困境之外，米尔斯又极力争辩，认为中国、日本和朝鲜应该被当作英国毛织品和其他加工品的市场，尤其是在自荷兰人每年派遣四艘舰船前往日本长崎以后。

米尔斯死于1809年。乔治·狄克逊船长很讨厌他，曾控告他篡改其航海成就且剽窃他们的成果，尤其是查尔斯·巴克利船长的成果。

克拉阔特湾拖菲诺的米尔斯岛就是以米尔斯的名字命名的。

参考书目：

Voyage Made in the Years 1788 *and* 1789 *from China to the North West Coast of America*, London, 1790; Amsterdam: N. Israel, 1967.

乔治·狄克逊

即使在英国她都会被认为是俊俏端庄的

——乔治·狄克逊

船长乔治·狄克逊给夏洛特女王群岛命名。他是继胡安·佩雷斯之后第一个同海达人进行贸易的欧洲人之一。

他的职业生涯始于1778年在“发现”号上给詹姆斯·库克当军械士。之后，他和同伴们于1785年创立了“乔治王海湾”公司，靠买卖海獭进行资本积累。

纳撒尼尔·波特洛克是“乔治王”号的船长，狄克逊是“夏洛特女王”号的船长。1786年狄克逊在阿拉斯加水域取得的成绩令人非常不满意。两人带着从东印度公司获得的相关执照，驾船离开了。正是狄克逊在阿拉斯加南部度过第二个夏天时，他遇到了这个岛屿，并根据他的船名把它命名为夏洛特女王群岛，夏洛特女王是国王乔治三世的妻子。

狄克逊之后离开了努特卡湾，前往中国进行皮毛交易，完成了一次环球之旅，后于1788年到达英国。在他日志的描述中包括了他对所遇的印第安人的观感。1787年在亚库塔特村，他写下了以下特别的字句："他们大体上中等身材，四肢笔直且有型。他们跟我们在岸上见到的其余居民一样喜欢给自己脸上涂上多种颜色，很难发现他们的本来面目。我们用一个小礼物说服了一个女人，她同意洗净自己的脸和手，洗净之后面部的改变着实让我们大吃一惊，她的面容好似带着英国挤奶女仆愉悦的红晕，脸颊也因兴奋而变红了，与浅黄色的颈部形成鲜明的对比。她黑色的眼睛看起来炯炯有神，黑色的眉毛漂亮地弯成一个拱形，她的前额连静脉及其最细小的血管都明显可见，她就是那个即使在英国也会被认为是俊俏端庄的人。"

同年，狄克逊这样描述夏洛特女王群岛上的海达人："他们大体上是中等身材，四肢笔直，健康有型；大部分老年人都很瘦弱，我从来没有在他们中间看到一个肥胖的人；明显区分他们性别的标志是非常突出的脸部骨骼和小眼睛……关于他们的肤色，很难判定那是什么特征，但是如果我从所见过的少有的十分干净的人来判断的话，这些印第安人总体上不比欧洲人黑多少。

狄克逊和波特洛克于1789年在伦敦出版了《一次环游世界的航行：美洲西北岸之旅》一书。书中内容主要是船员威廉·贝瑞斯福特写的、由狄克逊编辑的49封信件，前言和附录是由狄克逊所写。该书于1968年由纽约达·卡波出版社重印。

狄克逊出版的日志描述了约翰·麦基的命运，约翰·麦基是第一个居住在不列颠哥伦比亚一整年的欧洲人。为了纪念狄克逊，夏洛特女王群岛北部被命名为狄克逊入口。狄克逊也与马尔格雷夫港口和诺福克湾的发现与命名有关。同时也暗示着狄克逊和写《航海家的助手》一书的乔治·狄克逊是同一个人，但尚未有证据证明。

参考书目：

A Voyage Round the World: But More Particularly to the North West Coast of America, etc. edited by George Dixon, London: George Goulding, 1789.

纳撒尼尔·波特洛克

1785年,纳撒尼尔·波特洛克作为“乔治王”号的船长,从英国起航,于1786年夏季开始在太平洋西北海岸探险。他在三明治群岛度过了冬天,然后在春天离开了乔治·狄克逊和“夏洛特女王”号。波特洛克在中国卖掉了他的毛皮,于1788年6月完成了环航世界返回英国。他于1788年加入了英国海军。1789年,他和狄克逊出版了《环航世界》一书,波特洛克在书中描述了在阿拉斯加格雷汉姆港附近发现的露天煤矿,格雷汉姆港就是他命名的。波特洛克大约生于1748年,1812年9月12日在英国伦敦去逝。

纳撒尼尔·波特洛克

参考书目:

A Voyage Round the World: But More Particularly to the North West Coast of America etc. edited by George Dixon, London: George Goulding, 1789.

约翰·尼科尔

约翰·尼科尔是一个冷静且喜欢诵读圣经的男人,他曾两次环航全球。尽管他到访努特卡湾并未取得任何成就,但他是一个纯朴且善于察言观色的故事讲述者。

生于1755年的他曾于1776年到1801年间随12艘船远航。他在海洋上度过了25年，到访过所有有人居住的六块大陆。他在纳撒尼尔·波特洛克船长指挥的“乔治王”号上担任过修桶匠，那时正值1787年5月，在威廉王子湾救助过约翰·米尔斯和其被搁浅的船员。他这样描述米尔斯所处的困境，“他们甚至不能掩埋死去的同伴的尸体，尸体仅被从船上拖出一小段距离后就被扔到了冰面上。他们把火枪固定在绞盘上，扶手绳一直延伸到船舱，如果有土著人试图登船，他们就会开枪驱离。他们有一只大的纽芬兰犬，名字叫‘大狗’，仅此一只狗便使他们的船免受印第安人的干扰。它昼夜守候在船舱窗户前的冰面上，不允许印第安人靠近一步。当土著人过来交易的时候，他们将会大喊‘莱利大狗’，赏给它一块肉皮，然后再和船长米尔斯交易。船长从窗户上吊下交易物品，以同样的方式再从窗户上收回毛皮”。

约翰·尼科尔

尼科尔到访过夏威夷和太平洋西北部，和格林纳达的奴隶以朋友相待，他记录下了他们的歌曲，并把牙买加的奴隶制记录在案。在一艘前往澳大利亚的流放罪犯的船上，他爱上了莎拉·威特兰(一个被押往植物学湾殖民监狱的罪犯)。她在长达一年的航海期间为尼科尔生下了一名男孩，但尼科尔的航海责任迫使他们不得不分开。尼科尔在“朱莉安娜”号上的职责，被当作是锡安·里斯的非小说研究《流动的妓院：一艘18世纪舰船和其女性罪犯的离奇的真实故事》的有价值的材料。该书探讨了将罪犯流放到异国土地上是如何以及为什么会成为死刑的最新替代品。

当尼科尔67岁高龄的时候，他在爱丁堡偶遇一位慷慨的装订商、出版商、自称为“多样艺术家”的约翰·豪威尔先生。豪威尔把他当作一名穷困的海员，让他口述自己的经历，整理成回忆录并出版。豪威尔的行为为他同时代的其他工人阶级做出了榜样。尼科尔在晚年过得很舒适，在他的遗嘱中留下了30英镑。

尼科尔的故事于1973年被法勒和莱因哈特再次出版，宣称是一个普通海员最早的回忆录，“值得流传后世的文学作品”。1999年重新发行，编辑蒂姆·弗兰诺雷这样描述尼科尔，“他并不是一个沉溺于朗姆酒、鸡奸和赌博的海员”。

参考书目：

The Life and Adventures of John Nicol, Mariner (1822); *John Nicol's Life and Adventures*, Edinburgh, 1832; *The Life and Adventures of John Nicol, Mariner*, edited by Tim Flannery, *Atlantic Monthly*, 1999.

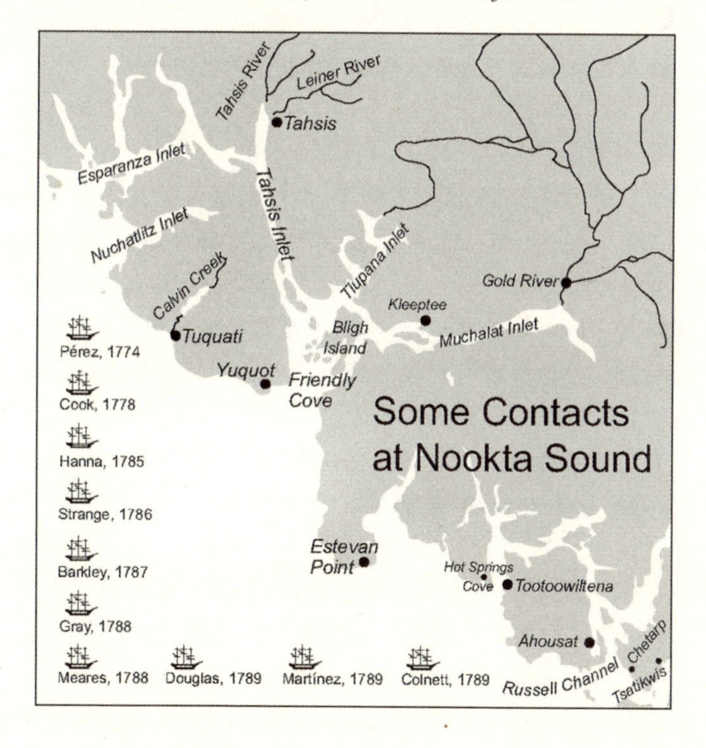

威廉・贝瑞斯福特

威廉・贝瑞斯福特于1785年到1787年间，在乔治・狄克逊船长指挥的“夏洛特女王”号上担任押运员，很少有人认为他是《环航世界》一书的主要作者，尽管该书主要由他写的信件组成。纳撒尼尔・波特洛克船长也出版过同样书目的著作。

参考书目：

A Voyage Round the World: But More Particularly to the North-West Coast of America: Performed in 1785, 1786, 1787 and 1788, in the King George and the Queen Charlotte... edited by George Dixon, London: George Goulding, 1789.

詹姆斯・科内特

我现在才明白西班牙人的虚伪，但为时已晚。

——詹姆斯・科内特

詹姆斯・科内特于18世纪末到19世纪初进行了五次太平洋航海之旅，历时13年，他成为第一个到过夏洛特女王群岛南部部分岛屿的欧洲人。

尽管胡安・佩雷斯曾在1774年到过夏洛特女王群岛（亦称海达・哥威夷）北部岛屿，但他并没有冒险登陆。所以科内特和他的船员是第一批踏足夏洛特女王群岛的欧洲人。科内特也是第一个与钦西安人和南部黑特萨克人有往来的英国人。尽管他在1787年到1788年的航海中取得了一些成就，但比起他的成功，詹姆斯・科内特的一次失败更能让他名声大震。

1753年科内特生于英国德文郡，1770年加入了皇家海军成为一名水手，1771年获得了在库克船长指挥的皇家海军舰艇“蝎子”号上见习船员的职位。为了重新加入库克船长指挥的皇家海军舰艇“雷索卢申”号，他花了三年半的时间在史上最伟大的一次航海中接受库克船长的训练。作为一名经验丰富的航海家，他在1786年跟海军部协商，离开了海军部，加入了一个叫“理查德·加德曼·伊奇”公司的商贸企业，从事商业活动。同年9月，他指挥着由两艘舰船组成的远征队，从伦敦出发，前往不列颠哥伦比亚西北海岸，收购皮毛到中国进行交易。他此次离开英国长达6年之久。

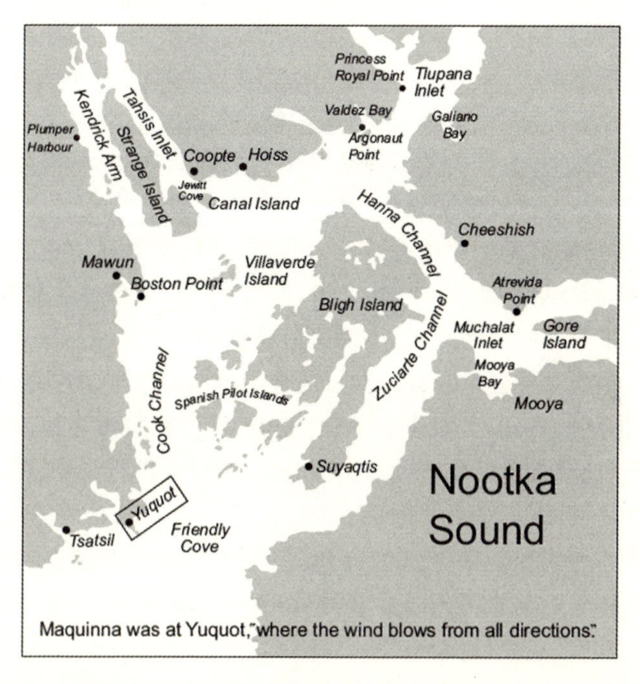

Maquinna was at Yuquot,"where the wind blows from all directions".

科内特从那时开始写日志，一直到1788年8月，也就是他乘“威尔士亲王”号离开西北海岸，经由夏威夷和广州返回英国。该日志由罗伯特·伽罗瓦编辑、出版，取名为《美洲西北岸航海之旅：詹姆斯·科内特的日志，1786—1789》。科内特182页的日志被大量篇幅的注释扩展为一本长达441页的书。这本书包含安德鲁·布雷西·泰勒保留的第二本日志中所记载的摘要。安德鲁·布雷西·泰勒是科内特指挥的一艘船上的二副。尽管该日志偏向学术，但是伽罗瓦编辑的这本书一点也不枯燥，它描述了性交易和其他物物交易的情景。

跟其他英国人一样，詹姆斯·科内特也直接牵涉到努特卡事件中。作为“阿戈诺特”号的船长，带着建造一座英国贸易站的命令，科内特于1789年4月从澳门起航，于7月3日到达努特卡湾。科内特是在托马斯·哈德森船长指挥“皇家公主”号离开之后到达的。敏锐地洞察到西班牙指挥官埃斯特万·马丁内斯的敌意之后，哈德森于7月2日便离开了。西班牙人于1789年5月12日就已经抓住了船长威廉·道格拉斯，扣留了“依菲琴尼亚”号，全体船员被扣押为人质，几个星期之后才得以离开。

科内特拒绝承认马丁内斯于1789年6月24日在努特卡湾宣示的西班牙拥有的主权。他决定建立一个“稳固的，而不是随意放弃的权力机构”。他把此地命名为“皮特”城堡，这一前哨基地由罗伯特·达芬(于1788年随米尔斯远航)管理。“阿戈诺特”号直接停泊在西班牙的炮台下。科内特于7月4日和马丁内斯发生了激烈的争吵，科内特的船员立即被带到岸上，等待被遣送到墨西哥。

据说科内特后来变得精神错乱，他从自己船舱的其中一个舷窗跳到了水中。在9年后写的一本回忆录中，科内特回忆了他被逮捕的情景。

“当我走进他船舱的时候，他说他想看看我写的日志。然而当我递给他的时候，他仅仅是瞟了一眼而已。尽管他不认识这种语言，但他却说看完了，然后傲慢地扔到了桌子上，同时嘴里还说，我应该在他高兴的时候才起航。在他违反了对我所做承诺的时候，我对他进行规劝，但他一脸怒气，夺门而去。”

“我现在才明白西班牙人的虚伪，但为时已晚。我正在和翻译交谈着，当我的背靠向船舱门的时候，我碰巧看到一面镜子，从镜子里看到一群全副武装的人从我后面冲过来。我立即伸手去摸我的短剑，但在我做好防御姿势之前，我被猛地打倒在地。我被投入库房，并且受到严密看守，随后，他们接管了我的船和货物，囚禁了我的军官，把我的人都铐上了镣铐。”

“他们派遣自己的船出海，截获了单桅帆船‘皇家公主’号，将它带到港口，在岸上进行贸易。如果欧洲国家在这些地方进行贸易的话，西班牙人会极其嫉妒，因而会违反协议。但是这并不能为马丁内斯开脱罪责，马丁内斯不满足于绑了我和我的船员，还把我从一艘船上带到另外一艘船上，让我像动物一样从缆绳爬到桁端。他还经常用立即处死来威胁我，把我像海盗一样吊起来。”

西班牙人对“阿戈诺特”号进行了维修，强迫科内特和他的下属像囚犯一样航行到圣布拉斯。尽管他们没有受到伤害，但他们在1790年5月之前一直被西班牙人监禁。直到7月，科内特才被允许驾驶“阿戈诺特”驶离圣布拉斯。他一路向北朝克拉阔特湾驶去，重新开始贸易往来，1791年再次到访努特卡，1792年航行到加拉帕戈斯群岛。西班牙和英国花了5年时间来处置努特卡事件，1794年1月11日，男爵圣海伦斯代表英国，公爵阿尔库迪亚代表西班牙最终在马德里签署了协议，两国同意彼此都有进入努特卡湾的权力。

代表海军部，也出于个人的捕鲸爱好，科内特于1792年再次航行到太平洋海域，带动了加拉帕戈斯群岛附近捕鲸业的发展。随着在法国的被捕和入狱，科内特说服英国海军部突袭太平洋海岸的西班牙对手。随后在1802年，他将400多名罪犯带到了澳大利亚。他于1806年9月死在伦敦的寓所，终身未娶。

《詹姆斯·科内特船长的日志，加州，1787—1792》一书收藏在洛杉矶加利福尼亚大学图书馆精品部。《詹姆斯·科内特船长在“阿戈诺特”号上的日志，1789年4月26日到1791年11月3日》一书包括了“埃斯特万·乔斯·马丁内斯从1789年7月2日到14日所写日志的翻译”。

参考书目：

A Voyage to the South Atlantic and Round Cape Horn into the Pacific Ocean, London, 1798; *The Journal of Captain James Colnett Abroad the Argonaut from April 26, 1789 to November 3, 1791*, ed. F. W. Howay, Toronto: Champlain Society, 1940; *A Voyage to the Northwest Side of America: The Journals of James Colnett*, 1786—1789, ed. Robert Galois, Vancouver: UBC Press, 2004.

埃斯特万·何塞·马丁内斯

一位狂热、鲁莽的二流探险家。

——历史学家吉姆·麦克道尔

埃斯特万·何塞·马丁内斯和其他一些人一起制造了努特卡事件，差点导致西班牙和英国之间爆发一场战争。马丁内斯是第一个居住在努特卡湾的西班牙人，尽管他原本的职责是军人而不是商人，但他和莫瓦恰特以及努恰特拉特部落有频繁的往来。

1774年,马丁内斯在第一次从西班牙航海到不列颠哥伦比亚期间担任副指挥官一职。1788年远航到阿留申群岛后,马丁内斯在新西班牙总督曼纽尔·弗洛雷斯的指示下,在不列颠哥伦比亚建立了第一个永久性的具有欧洲文明的基地。曾有人让他在努特卡湾建造一个“大的临时营房”,“伪装为正忙于修建”。

马丁内斯于1789年5月5日抵达努特卡湾,从一开始就不满意。他发现附近停靠有两艘美国船只,分别是约翰·肯德里克和罗伯特·格雷指挥的“哥伦比亚”号和“华盛顿夫人”号。更令人紧张不安的是还出现了威廉·道格拉斯船长指挥的贸易船“依菲琴尼亚·努比那”号。这艘船正等待英国商人约翰·米尔斯的到来。

埃斯特万·何塞·马丁内斯

出于对英国人和马奎那的担忧,马丁内斯一直等到5月12日第二艘西班牙战舰,洛佩兹·迪哈罗指挥的“圣卡洛斯”号到来时,才夺走“依菲琴尼亚”号上的货物和给养。在完成建造新城堡之际,马丁内斯于6月8号扣押了“西北美洲”号以及船上所有的皮毛,随后于7月初俘虏了科内特指挥的“阿戈诺特”号及其船员。

马奎那的女婿卡利库姆对西班牙人对待英国人的方式怀恨在心,于是一场令人费解的口舌之战于7月13日在马丁内斯和卡利库姆之间上演。马丁内斯试图射杀卡利库姆,但他的枪失灵了,附近一名西班牙士兵帮他射杀了卡利库姆。杀死卡利库姆后,西班牙人留用了科内特的中国劳工,把“阿戈诺特”号船及其全体船员押送到了圣布拉斯,说服罗伯特·格雷带着“西北美洲”号全体船员去中国。

在获得无与伦比的优势之后,马丁内斯出人意料地收到了放弃友爱湾的命令。遵照补给船“阿兰扎朱”号上墨西哥总督的指示,马丁内斯毁掉了他所修建的防御工事，于10月底离开了友爱湾。

1789年，马丁内斯在不列颠哥伦比亚开始修建第一个欧洲人居住地

当约翰·米尔斯在欧洲法庭上成功诋毁马丁内斯后，西班牙的新总督康德·瑞维拉·吉嘎多二世命令船长夸德纳解除了马丁内斯的职务。

1790年，在中尉萨尔瓦多·菲达格和海军船长曼纽尔·坎佩尔的支持下，弗朗西斯科·伊莱扎带领西班牙人重申了他们在努特卡湾的地位。

马丁内斯离开努特卡湾时，带着几个以物物交换方式得到的年轻的印第安人。他们被赐予了西班牙名字，并且成为新兴宣传运动中的人质。这场宣传运动由西班牙牧师们主导，旨在说服西班牙官方为异教徒转变为传教士筹集更多的资金。当获得肯德里克收集到的情报时，有人告诉马丁内斯的领航员何塞·托巴尔·塔米瑞斯：马奎那酋长关押着从战争中俘获的年轻囚犯，这些囚犯有时被屠杀、肢解并贩卖。

四个牧师中的其中一个曾跟随马丁内斯远征且随后做过记录，正如沃伦·L.库克《汹涌的帝国》一书中所记载，“马奎那会吃掉敌人中那些不幸沦为囚犯的小男孩。正因如此，他先将囚犯像动物一样养肥，当他们长到一定年龄的时候，再将他们所有人召集到一起围成一个圈（他在我们的人离开那条航道前八天做出了这种事），他自己拿着武器站在中间，带着狂怒的面容环视所有这些悲惨的囚犯，决定谁会作为他灭绝人性大餐的一道菜。这个不幸的受害者激发了他贪婪的食欲。只见他一下子就打开腹腔,砍下胳膊,开始吞食鲜嫩的人肉。他看上去异常血腥,似乎这样才能满足他那残暴的贪婪"。

1501 年韦斯普奇在航行中遇见的杀人事件

吉姆·麦克道尔在《哈马特萨:太平洋西北岸食人族之谜》一书中对太平洋西北岸的食人族做了广泛的探究。在书中他将此事件追溯到1501年佛罗伦廷商人航海家亚美利哥·韦斯普奇抵达以他的名字命名的大陆的时候。韦斯普奇写道,"我与一个人交谈,他告诉我他已经吃掉了三百个人"。他同时也指出:和自己同船的船员都看到一个海员被送到岸上去勾引或招揽本地妇女,结果被她们攻击并吃掉了。

参考书目:

Edited by F. W. Howay for the Champlain Society in 1940, *The Journals of Captain James Colnett Abroad the Argonaut from April* 26, 1789 *to November* 3, 1791 *includes* "A translation of the Diary of Esteban José Martínez from July 2 till July 14, 1789"; *Dairy of the Voyage, in command of the frigate Princesa and the packet San Carlos in the present year of* 1789 *by* Martínez was translated by William L. Schurz in 1900. A copy is in the University of B. C.'s Special Collections.

安德鲁·布雷西·泰勒

努特卡人家居住的小屋脏乱到了极致。

——安德鲁·布雷西·泰勒

18世纪在不列颠哥伦比亚海岸关于皮毛贸易最模糊的记载，是安德鲁·布雷西·泰勒的日志。他是威廉·科内特1786年到1788年航海到西北海岸期间“威尔士亲王”号上的三副。

除了科内特之外，他是唯一身负皇家海军委任的参与探险的成员。泰勒写有一份单独的日志，其日志的文化旋律能够与科内特的官方记载相媲美。泰勒的描述见于罗伯特·M.伽罗瓦的著作《美洲西北海岸航海之旅：詹姆斯·科内特的日志，1786—89》。

伽罗瓦写道：“泰勒也深谙或更关注海员的生活。尽管受家长式统治所影响且体现出阶级的差别，但他的评论却更接近于同情而非傲慢。”伽罗瓦提供了很多泰勒未曾发表过的日志，包括泰勒写的关于到阿尔比恩海岸旅行的长篇诗歌。在他们到达努特卡湾时，泰勒描述了看见的第一只独木舟的情景以及几个“麻烦的老年人”，其中有一个“怪僻”的家伙站起来“喋喋不休地谈了一个小时有关土著人的情况”。泰勒描述了在下午交易“水獭和其他皮毛”之后，众多船员由于坏血病而身体极其不适，他们不得不回到岸上呼吸新鲜空气，采集“一种被称为‘肥鸡’、类似于菠菜的蔬菜”。很可能该日志写作之时就瞄准了最终的出版，泰勒记载的东西超越了个人的感受。

“这个晚上，我目睹了一个土著人帮助一个病人翻越岩石到我们船上的情景。他年事已高且身为人父，他拥有自己的房子，离船很近。他的任务是照顾一个接一个虚弱的海员，他的悉心照料如兄弟或父子般亲切，以使虚弱的海员有能力自我行走。我用我能够给予的最好方式去回报他的仁慈。当漫步于夜色时，他和他的家人请求我让他打一枪。在随后得到允许的情况下他胆战心惊地开了一枪，引起了他的家人对他的安全的恐慌。他的小屋极度肮脏，日常生活全部集于此屋内，努特卡人家居住的小屋脏乱到了极致。他们用柴火上煮的鱼来招待我，这对于海员们来说是再客气不过了。”

在“巴克利海湾”停留期间(巴克利海湾是友爱湾或育阔特的另一个名字),泰勒发现了“马奎那”的优点,“马奎那偶尔讲点英语,非常好学,依照英国人的方式哼唱英文歌曲”。他也相信巴克利船长先前的到访有助于同“马奎那村庄”的人们建立友好关系。

“威尔士亲王”号继续前往夏洛特群岛,在夏威夷越冬之前到达阿拉斯加水域。该船1788年返回不列颠哥伦比亚海岸,1788年11月11日抵达澳门,开始贩卖他们收购的毛皮。在船长科内特不再履职的情况下,全体船员和泰勒在随“威尔士亲王”号返回伦敦之前,继续前往广州。由于在“威尔士亲王”号上担任的职务过高,泰勒有时对科内特船长和“皇家王子”号的邓肯船长吹毛求疵。他们俩都是在1786年9月底,代表由两艘舰船组成的商业企业“理查德·戈德曼·伊奇公司”从伦敦来的。

安德鲁·泰勒于18世纪60年代出生于一个海军家庭,年轻时便在美国独立战争和围攻直布罗陀海峡期间服役,随后又进入到西印度群岛。在“威尔士亲王”号抵达广州,最后返回伦敦时,他被任命为二副。他于1789年9月22日在家乡大雅茅斯结婚。在多变的海军生涯中他的职位始终在升迁,包括编制限额英国邮件和乘客前往荷兰和西印度群岛。他曾于1799年3月被法国武装民船抓获,但是很快于5月就返回了圣基茨岛。泰勒于1800年1月死于牙买加的皇家港口。

参考书目:

A Voyage to the North West Side of America: The Journals of James Colnett, 1786—1789, ed. Robert Galois, Vancouver: UBC Press, 2004; James Colnett, *A Voyage to the South Atlantic and Round Cape Horn into the Pacific Ocean*, London: A. Arrowsmith et al, 1798; Amsterdam: N. Israel, 1968.

Ⅵ　美国人

罗伯特·格雷

首位进行环球航行的美国人——罗伯特·格雷，在不列颠哥伦比亚的命名中扮演着重要的角色。不列颠哥伦比亚这个名字并不是直接源自于克里斯托弗·哥伦布。

1792年5月11日，格雷船长沿着俄勒冈州的哥伦比亚河河口溯流而上，于1792年5月18日将该航道以其船只的名字“哥伦比亚·雷迪瓦”命名。

五个月后，按照船长乔治·温哥华的命令，中尉威廉·布劳顿登上“查塔姆”号护送两艘小船朝哥伦比亚河上游航行了100英里，途中他制作了一张地图，这张地图后来被英国制图师亚伦·阿罗史密斯复制。为了让搭乘去英国的船，汇报最近在努特卡湾与夸德拉会面的情况，在好友博迪格·夸德拉的支持下，温哥华船长安排手下威廉进行环新墨西哥之旅。威廉·布劳顿于1793年7月抵达英国。

当英国为了给领地取一个名字，希望遵守新的双边协议，保护北纬49°以北的岛屿时，将主要皮毛贸易河流和皮毛贸易区以“哥伦比亚”来命名也就变得适用起来。为了给“北哥伦比亚”命名，曾为维多利亚女王提供了很多可选择的名字。“新康沃尔”和“新加勒多尼亚”都被否决了。最终，她选择将其命名为“不列颠哥伦比亚”。

具有讽刺意义的是，该命名可以追溯至一位美国人。罗伯特·格雷的船就是为了纪念圣·哥伦布（爱尔兰的三个赞助人之一）而命名的。美国太空计划的航天飞船被命名为“哥伦比亚”同样是为纪念罗伯特·格雷的船。

格雷，1755年生于罗德岛的蒂弗顿，他通常被认为是在太平洋西北岸第一个挥舞着代表最初独立的十三个殖民地联邦星条旗的美国人。尽管也有不太确定的说法认为，有个名叫西蒙·梅特卡夫指挥的“埃莉诺拉”号纽约双桅横帆船，很有可能先于格雷抵达此地。不管正确与否，格雷同样被认为是哥伦比亚河的发现者。

美国独立战争期间，格雷作为一名武装民船船员在海军服役。1787年8月，他和1740年生于马萨诸塞州的约翰·肯德里克船长被波士顿商人雇佣去探索北美洲西北海岸，代表新英格兰开辟中国的皮毛贸易市场。这群商人很可能是受到曾跟随库克船长航行到太平洋西北岸的约翰·莱迪亚德怂恿。

罗伯特·格雷

很大程度上因为战争的停止，新英格兰的经济开始变得不景气。新英格兰人试图通过海洋寻找新的市场机遇，便组成了一支以商人为主的海军以抗衡英国人。1784年，约翰·格林指挥“中国皇后”号从纽约出发，经过六个月的航行，经由好望角抵达澳门。他们贩卖葡萄酒、白兰地、焦油和松节油，获利3万美元。自此，“波士顿人”开始了他们对不列颠哥伦比亚的第一次入侵。

格雷和肯德里克指挥212吨位的“哥伦比亚·雷迪瓦”号和90吨位的单桅帆船“华盛顿夫人”号经由佛得角群岛航行到福克兰群岛，在绕过霍恩角时他们分道进入太平洋。格雷的黑人男仆在邻近蒂拉穆克湾的地方被印第安人杀害，蒂拉穆克湾距离当时未曾见过的哥伦比亚河口北部仅30英里，格雷将这个地方称为“凶杀之港”。这起事件导致他后来在克拉阔特与印第安人之间的相互猜忌。

格雷继续前往巴克利湾，然后又到了克拉阔特湾——他们也将其称为汉考克海港——19岁的三副罗伯特·汉斯威尔曾在这儿记录下他们进行贸易的情况："这个部落的最高首领名叫维克纳尼什，在一名身着盛装的兄弟陪同下来看望我们。他说他们穿的衣服是米尔斯船长所赐。他们不仅仅提到米尔斯的名字，还曾提到过巴克利船长、汉纳船长、邓肯船长和道格拉斯船长，他们用一种我们不知道且不能理解的语言说出了这些名字。"

据商人米尔斯记载，格雷于1788年9月17日指挥"华盛顿夫人"号抵达努特卡。他和约翰·肯德里克是不列颠哥伦比亚"美国自由贸易"的先驱者。最后，美国人打破了东印度公司垄断的局面，一度主宰了太平洋西北岸的皮毛贸易。在格雷抵达之后，米尔斯试图劝阻美国人进行贸易。

罗伯特·汉斯威尔并没有被米尔斯欺骗。"船上的人总是时刻沉浸在回忆一些朦朦胧胧的故事中。这些故事是关于航海期间遇到的来自于岸上居民怪兽般野蛮的性情所造成的艰难险阻。这使我们与他们度过的这个冬天变得尤为疯狂。事实上，他们想恐吓我们离开海岸，以便他们可以垄断贸易，但是他们的计谋很容易就被识破"。

肯德里克船长乘"哥伦比亚"号到了努特卡，损失了两名得了坏血病的船员。船长格雷帮助米尔斯修补船只，以便秋初时分"菲利斯"号、"依菲琴尼亚"号和新建的"西北美洲"号都能离开友爱湾前往夏威夷过冬。

格雷与同伴肯德里克在1789年交换了船只。格雷指挥"哥伦比亚"号装载一船的海獭皮运往广州，但利润微薄。他一路西行，于1790年到达波士顿，完成了美国人的第一次环球航行。

1790年9月28日，格雷从波士顿起航，开始了太平洋西北岸的第二次远航；过冬之后，于1791年6月5日抵达温哥华岛上美国的贸易城堡克拉阔特。当航行到北部波特兰海峡时，"哥伦比亚"号上格雷的一些部下被印第安人杀害。肯德里克也返航到了夏洛特皇后群岛，也就是在这个地方，他和"华盛顿夫人"号上的船员都遭到袭击，肯德里克的儿子在此遇害。之后，两艘船都返航抵达克拉阔特。肯德里克带着皮毛去往中国，随后在夏威夷遭遇枪击，不幸身亡。

格雷在米尔斯岛上迪法恩斯城堡艰难地度过了冬天，在此地建造了一艘名叫“冒险”号的单桅帆船。

克拉阔特的印第安人远非友好之类。他们给格雷设计了一个圈套，但格雷预先采取行动，烧毁了他们在奥皮特萨特的村落。“哥伦比亚”号和“冒险”号于1792年4月2日离开了克拉阔特。“冒险”号被派往北方进行皮毛贸易，格雷和“哥伦比亚”号则向南行驶。在这次航行期间，他在一条巨大河流的河口外停留了九天，但并未进入该河流。

回到北方，格雷于1792年4月28日见到了乔治·温哥华船长，彼此交换了信息，包括提到的这条巨大的河流。温哥华船长对此表示怀疑，同时在自己日志里这样写道：“如果能找到这条河流，那么它一定是一条非常错综复杂的河流，我们这种型号的舰船无法进入。”

格雷再次朝南行驶，抵达位于华盛顿州海岸的格雷海港（他称之为“布尔芬奇海港”，是以他的一位赞助人的名字而命名，但后来温哥华船长重新将其命名为格雷海港）。格雷到达位于俄勒冈州海岸的失望角后，再次发现了那条巨大的河流的河口。1792年5月7日，他这样写道：“在距离陆地仅有6英里处便能看到这一河口，这个海港看起来很不错。……我们立即从我们的桅顶看到了通过沙洲的一条通道。我们三点半便起航，一路向东前行，再转向东北。海水深度4到8英寻，底部为泥沙。在我们接近两条沙洲之间的通道时，海水深度为10到13英寻，潮水汹涌。下午5点，我们来到了凭借长长的沙洲避开风险的安全的海港，水深5英寻，海底全是泥沙。”

1792年5月11日，格雷沿哥伦比亚河逆流而上。1792年5月18日，以他的船名命名了该航道。随后，哥伦比亚河被当作美国西部皮毛贸易的主要内陆航道。在1792年，格雷对他所看到的一切进行描述并没有多少热情。在完成太平洋西北部探险之后，格雷于1793年在中国贩卖毛皮，随后返回美国东海岸，继续自己的航海生涯。1806年，格雷贫困潦倒，死在查尔斯顿。

参考书目：

John Scofield, *Hail, Columbia: Robert Gray, John Kendrick and the Pacific Fur Trade*, Portland: Oregon Historical Society Press, 1993.

约瑟夫·英格拉哈姆

……海岸上一位天资出众、经验丰富且有才智的同道中人。

——船长博迪格·夸德拉对英格拉哈姆的评价

约瑟夫·英格拉哈姆,1789 年担任“哥伦比亚”号二副,是 1790 年罗伯特·格雷完成首次美国人环球航行的海员之一。

1792 年约瑟夫·英格拉哈姆所作的画

1790 年上半年,英格拉哈姆在努特卡给埃斯特万·何塞·马丁内斯寄了一封未注明日期的信件,确证了他认为最早到访努特卡湾的是西班牙人的船只:“我们此次停留,有充足的时间与当地土著友好交流,可以确定,在他(库克船长)到访之前,曾有一艘船只来过此地——他们无意透露了这一消息。”英格拉哈姆甚至重申西班牙人的证言:由库克船长的一位海员在努特卡湾购买的这两把银汤匙,只可能来自于先前到访的西班牙船只。美国人私下与土著人合作比英国人与土著人的竞争更有优势,这也阐述了夸德纳高度评价英格拉哈姆的原因。

1790 年至 1792 年间,一位波士顿商人雇佣英格拉哈姆,驾驶一艘双桅帆船——“希望”号,航行至太平洋西北地区,收购皮毛。1791 年 7 月,他到访了夏洛特皇后群岛,8 月驶往中国,希望可以将自己存积的皮毛销售出去。由于当时中国人与俄罗斯人之间关系紧张,此次贸易航行受阻。

第二年夏天,英格拉哈姆返回。1792年7月,他在努特卡湾与博迪格·夸德拉船长进行了友好的会面。1792年7月23日,英格拉哈姆在夏洛特皇后群岛会见了罗伯特·格雷。之后,他遭遇商业上的失败,于是返航到波士顿。

英格拉哈姆绘制了若干份地图,写了一本日志。其中一份地图简单地将温哥华岛认定为夸德纳岛。后来,夸德拉船长在努特卡湾会见了温哥华船长,同意将该岛命名为"夸德拉和温哥华之岛"。19世纪30年代,美国历史学家罗伯特·格林豪试图证实美国人对俄勒冈领地的主权时,一份英格拉哈姆"希望"号的航行日志便意义非凡了。

参考书目:

Journal of the Brigantine Hope on a Voyage to the Northwest Coast of North America 1790—1792, ed. M. A. Barre, Kaplanoff Imprint Society, 1971. Original in Library of Congress, Washington, D. C.

罗伯特·哈斯韦尔

美国人在太平洋上的贸易始于1784年——罗伯特·莫里斯派出"中国女皇"号与东方诸国进行贸易。三年后,约瑟夫·巴雷尔在与"华盛顿夫人"号的贸易中开创了三方贸易体系:用美国东海岸的商品交换印第安人的皮毛;把这些皮毛销往中国广州;用所得的利润来购买东方的纺织品、瓷器、茶叶以及其他一些商品。

1791年9月,罗伯特·格雷返回加拿大克拉阔特之后,修筑了一座城堡,建造了一艘名叫"冒险"号的单桅帆船。他委派自己的二副——可能是在1768年11月24出生于马萨诸塞州楠塔斯克特的罗伯特·哈斯韦尔——为该船的指挥官。哈斯韦尔以及他的同伴约翰·博伊特和约翰·霍斯金斯的回忆录,在他们生前都没有得到出版。

暴力与竞争使阿拉斯加的贸易困难重重。罗伯特·格雷发现了哥伦比亚河,哈斯韦尔和博伊特这样的水手们在日志中描述了他们对于哥伦比亚河地区贸易扩张的可能性推测,从而引起阿斯托利亚和俄勒冈领地的争端。

然而,“各代乔治国王们”——印第安人这样称呼他们——不但关心贸易,而且关心政治,而“波士顿人”——据美国人所知——仅对贸易感兴趣。事实证明,这对于美国人而言是非常有益的。美国人作为中立方,他们既可以影响一方来反对另一方,又能同时避开西班牙人与英国人之间的地缘政治竞争。

正如哈斯韦尔所记录的那样,美国人与英国人之间关系的恶化,缘起于约翰·米尔斯的图谋不轨,他 1788 年蓄意欺诈并试图误导美国贸易商,但未得逞。相反,美国人与西班牙人之间的关系却因约翰·肯德里克和努特卡指挥官马丁内斯永恒的友谊而得到进一步提升,他们于 1789 年 5 月 6 日初次会面(当时肯德里克在努特卡湾内维修了“哥伦比亚”号)。

罗伯特·哈斯韦尔,于海上遇难

在与努恰纳尔什的关系中,约翰·肯德里克具有很大影响力。莫齐尼亚记录道,肯德里克“以十支抢和一点火药交易了马奎那的一块土地用以过冬。他赢得了其他人无法得到的土著人的友谊。他不断地送给土著人各种礼物,燃放烟花取悦他们,学说他们的语言,学穿他们的衣服,总而言之,尽可能地适应他们的风俗习惯。我不能断言这是利己主义,还是与英国人的对抗致使美国人得出这一乖张的想法——教会野蛮人使用枪支弹药——一个对全人类充满危害的教训。肯德里克给了马奎那一把转盘机枪;他还给了维克纳尼什 200 多支枪,两桶火药,以及数量相当可观的沙弹，而这些都被印第安人用来对付船长布朗和贝克的那些令人不悦的船员们”。

哈斯韦尔、博伊特和霍斯金斯的这三部鲜为人知的航海日志，1941年才由 F. W. 豪威编辑成合成卷，首次出版发行。哈斯韦尔的日志名为《1787—1789 年“哥伦比亚·雷迪维瓦”号帆船与“华盛顿”号单桅帆船的环球航行》。在哈斯韦尔写信告知他同父异母的妹妹，说他的职业已经“严重地损害了我的身体，超越了我的承受能力”后，于 1798 年结婚，1799年加入海军。32 岁时，他离开海军，1801 年指挥“路易莎”号从波士顿起航，驶向太平洋西北地区，不幸的是，他与他的海员们最后全部遇难。

参考书目：

Voyages of the Columbia to the Northwest Coast, 1787—1790 *and* 1790—1793, *ed. F.W. Howay*, Massachusetts Historical Society Collections, Vol. LXXIX, Cambridge, Massachusetts: Havard University Press, 1941; *Robert Haswell's Log of the First Voyage of the "Columbia"* (1787—1789), *pp.* 3－107 *in Voyages of the "Columbia" to the Northwest Coast*, 1787—1790 *and* 1790—1793, ed. F. W. Howay, New York: Da Capo Press, 1969.

约翰·巴特利特

在美国水手约翰·巴特利特的日志中描述了 1791 年兰加拉岛上的一个 45 英尺高的海达族图腾柱。该图腾柱作为“科学界所知”的最早的关于图腾柱的文字记载被引用。根据罗宾·K. 赖特的观点，1791 年，约翰·巴特利特还在兰加拉或是北岛上的海达族达登斯村西北海岸绘制了首幅精雕细琢的屋前柱图绘。第二年，埃蒂恩尼·马尔尚首次对海达族竖立在房前作为大门入口的雕文柱做了详细描述。

吉姆·哈特雕刻的海达图腾，藏于不列颠哥伦比亚大学人类学博物馆

1791年7月，马拉斯皮纳的艺术家何塞·卡德罗绘制了一幅在阿拉斯加州马尔格雷夫特林基特族的由两个柱子支撑的停尸房脊的素描图。现该地被称为亚库塔特湾，人们发现这是一位女人的坟墓。他还绘制了几个火葬柴堆和一个由“松木”(阿拉斯加云杉)雕刻而成的“巨型怪物”看守的坟墓的素描图。

夏洛特皇后群岛上的第一幅图腾柱画(1791 年约翰·巴特利特作)

约翰·韦伯更早的素描图,是于 1778 年在努特卡湾绘制的雕纹室内房柱的素描图,出现在 1784 年出版的库克的日志中。

巴特利特曾是从英格兰起航的英国船只——“水星”号上的一位普通的水手,该船的所有者是约翰·亨利·考克斯,考克斯也是该船的指挥者。船一抵达太平洋,便更名为“古斯塔夫斯三世”号,船上飘扬着瑞典国旗。巴特利特于 1789 年 10 月和 11 月间到访了乌纳拉斯卡。巴列特湾和古斯塔夫斯是阿拉斯加州冰河湾国家公园内两个微小的前哨站,两者间相距 10 英里。

依据 F. W. 豪威的叙述,“古斯塔夫斯三世”号也曾于 1791 年 3 月在克拉阔特停留了约 10 天之久。船员们在 3 月到 7 月间,在托马斯·巴奈特的主导下在该海岸进行贸易。

参考书目:

John Barrlett's Journal of the *Gustavus*, 1791, appears within *A Narrative of Events in the Life of John Bartlett of Boston, Massachusetts, in the Years* 1790—1793, *During Voyage to Canton, the Northwest Coast of North America, and Eleswhere*, pp. 287—343, which is again within *The Sea, the ship, and the*

Sailor: Tales of Adventure from Log Books and Original Narratives, By *Charles H. Barnard*, *John Nicol*, *John B. Knights*, *William Mariner*; *John Bartlett* edited by Elliot Snow, Salem, Massachusetts: Marine Research Society, 1925.

埃比尼泽・约翰逊

船主忽视了食物给养,缺乏充足的储备,我们的处境十分痛苦。我们每天仅有三小块饼干、三品脱水,外加限额极少的牛肉,这种情况持续了三个月。

——埃比尼泽・约翰逊

在所有18世纪与不列颠哥伦比亚有关的日志中,埃比尼泽・约翰逊的叙述是最为谦恭的,也是最为稀缺珍贵的。尽管许多美国海员乘坐几十艘美国船只到达北太平洋,他们中有几位也坚持写日志,但在他们的有生之年并没有出版任何有关海上皮毛贸易的相关记载。

1974年,大学图书馆员巴兹尔・斯图尔特・斯塔布斯挑选出约翰逊的日志,由温哥华的阿尔昆协会复制了450份进行再版发行。据悉,如此珍贵稀缺的18世纪副本目前仅有三份尚存:一份现存于哈佛大学的霍顿图书馆,一份属于美国古文物学会,还有一份保存于不列颠哥伦比亚大学的精品馆。据斯图尔特・斯塔布斯说:"约翰逊的短篇记录,看来是当今已发布的那个时代美国航海尚存的唯一个人叙述的例证。1789年,该记录在马萨诸塞州出版,同年,温哥华的这份记录在伦敦出版。"

(17岁的美国人威廉・斯特吉斯1799年乘坐"伊莱扎"号到访此海岸的航行日志,由S. W.杰克曼编辑,1978年由索诺尼什出版社出版。见附录。)

约翰逊是一位年轻的普通水手,受教育程度并不高。1796年8月29日至1798年4月10日期间,在威廉・罗杰斯指挥的"印度班轮"号上,他遭受了坏血病的折磨。"印度班轮"号建造于1795年马萨诸塞州布伦特里,其所有者是波士顿的道尔及其儿子们。这艘班轮是一艘三桅方尾船,有两块甲板,仅有88英尺长,24英尺宽,12英尺深,226吨位。约翰逊在海上度过了一年半的时间,仅叙写了约1000个单词的航海日记,外

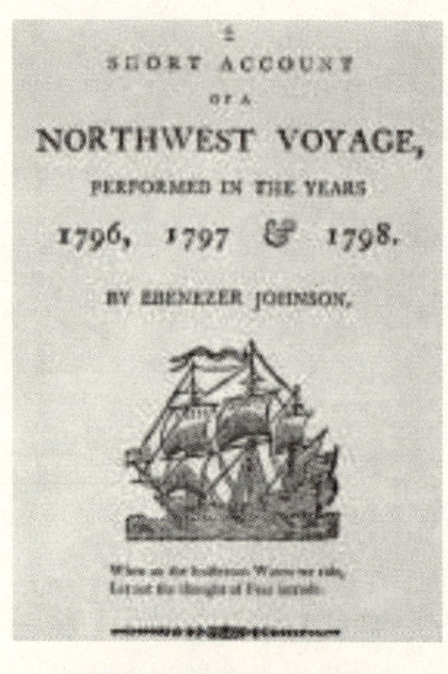
A SHORT ACCOUNT OF A NORTHWEST VOYAGE, PERFORMED IN THE YEARS 1796, 1797 & 1798. BY EBENEZER JOHNSON.

1789 年在波士顿印制的书

加一首总结性的原创诗歌——《海王星微笑见证我们飞驶》，表达自己能够安全返回的坚定信念。1798 年，在朋友们的大力鼓动下，他自行出版了 15 页的航行实录。

1797 年 2 月，约翰逊的船只抵达夏洛特皇后群岛。他简单描述了一些在"夏洛特岛"遇见印第安人的情况。他们最初的贸易因"恶劣的天气"受到影响，情况不太乐观。他写道，"我们当时认为最好的情况就是能驶向斯凯德盖特港，那是一个向南约 40 英里以外的地方。到达之后，我们抛了锚，才发现这里是一个巨大的村庄，而不是这个国家的一个宗主城市。我们在这里购买了 300 张海獭皮"。

参考书目：

A Short Account of a Northwest Voyage, Performed in the Years 1796, 1797 & 1798, ed. M. S. Batts, with an introduction by Basil Stuart-Stubbs, illustrations by Fritz Jacobsen, Vancouver: Alcuin Society, 1974.

约翰·博伊特

这里的女性并不纯洁，她们的嘴唇足以令文明人作呕。然而，有些海员却相当偏爱这些。

——约翰·博伊特，16 岁

约翰·博伊特，1774 年 10 月 15 日生于波士顿。1790 年至 1793 年，他在"哥伦比亚"号上服役。在"哥伦比亚"号帆船驶向美国西海岸和中国的第二次航行期间，16 岁的他对努特卡湾的情况进行了描述，使他成为 18 世纪哥伦比亚最年轻的编年史作者之一。

1792 年春天，"哥伦比亚"号到达努特卡湾和克拉阔特之间的陆地，在这里博伊特观察到：

“阿豪塞特的酋长汉纳登上船只，表情非常友好。一天中有300多名土著人围在船旁。他们的独木舟是用树干做成的，船头和船尾部分非常简洁。型号与我们在楠塔基特岛的捕鲸船没什么两样。这些印第安人的衣服要么是用一些动物的皮制成，要么是自己用一些毛发加工成的毯状物。衣服是直接从肩上垂挂下来的。他们都显得非常友好，送给我们大量的鱼和绿色蔬菜。我们在该海港一直逗留至6月16日。一到该地，我们立即将生病的船员安置在陆地上，为他们搭起帐篷。尽管其中有十个人已经处于坏血病晚期，但一闻到草的气息和进食各种绿色蔬菜，他们很快就康复了。我们将几个病人埋在土中，使土壤覆盖到臀部位置，并让他们在这种状态下持续几个小时，这种方法对治愈他们的病极为管用。该港湾最大的村庄叫奥皮特萨塔，由一位好战的酋长威卡纳尼什管理。他和他的家人经常过来看我们。这些印第安人带给我们几只鹿，鳕鱼、鲑鱼和其他鱼类，还有足够多的野欧芹和一种非常类似洋葱被当地人叫作伊索普的树根。我们用铜和蓝色布段作为交换，购买了很多海獭皮。这些印第安人体形高大，略显臃肿。除了前面提到的衣物，男人并没有其他的遮体之物。他们看似毫无羞耻之心，像是处于原始状态。女人们对男性表现出十足的畏惧，自然而然地流露出谦恭的样子。她们的衣服是用树皮做的，加工精良，尺度恰到好处，从脖子一直遮到脚踝。不论男女，都戴着用坚韧的芦苇叶子制成的小圆锥形帽子。帽子上简单地画着他们捕鲸的情景。船长的仆人——阿托，一位夏威夷桑威奇岛土著人，随印第安人逃跑了。一位酋长登上船，我们派一名侍卫看监管他，将他的独木舟送回村子，并把这一消息散布出去。他们（印第安人们）很快便与阿托一道返回，赎回他们的酋长。”

船长罗伯特·格雷带着船员指挥“哥伦比亚”号离开考克斯港口，此时，“云杉茶”早已使船员们恢复元气，个个生龙活虎。他们向西北方向航行，到达一个小海湾，那里“大量的土著居民”纷纷涌上前来。他们将该地命名为“哥伦比亚”。他们停泊在这个港口，一直至6月26日。他们用铜器、铁器和布料换取皮草，并用小物件来换取土著居民的鱼、绿色蔬菜和鹿。

据博伊特所言，与克拉阔特的印第安人一样，努特卡湾的印第安人

这位戴有唇饰品的海达女人是1787年一位不知名的艺术家根据乔治·迪克森船长的素描而作。一只乳房裸露在外，确保可以辨认出是一位女性。

“一有机会便小偷小摸。这里的女性们要比我们前不久所离开的那地方的女性纯洁，然而，她们也并非都是‘黛安娜’”。(罗马女神黛安娜，等同于希腊神话中的阿尔特弥斯女神，因其贞洁而受此殊荣。)

博伊特到访了其中的一座村庄，他在那里看到了印第安人制造独木舟和烘鱼干的情景。6月28日，“哥伦比亚”号沿着尼特纳特村庄驶入胡安·德富卡海峡。在尼特纳特村庄，我们看到“很显然这些土著人遭受着人间灾祸——天花的折磨。土著居民认为是西班牙人将这一瘟疫传染给他们的。这些印第安人显得非常友好。”

探险队抵达一座名为“塔图什的小岛(塔图许岛)”，当地的酋长将一些在战争中俘获的小孩子卖给了我们。

1791年7月8日，博伊特抵达夏洛特皇后群岛东南部的休斯顿·斯图尔海峡。一位名叫寇亚克的酋长接见了这只探险队。

关于海达族人，博伊特观察到，“女人们身着亲手用树皮制成的衣服遮住全身。她们似乎比男性更有影响力，占据着绝对的统治地位。她们的下唇有一个切口，用一块木制品将其撑展出来，木头的大小和形状都极像一枚鹅蛋(或者要更大些)。她们将它视为一种妆饰，但在我看来却有点惨不忍睹。这些木制品有的从下巴上伸展出两英寸长。这些女性们看起来非常喜爱她们的子孙后代，而男性们既喜爱他们的后代，又怜爱他们的女人。”

“直至7月17日我们才离开这个海湾。这期间，我们购买了大量海獭皮和其他的皮草，主要是用铁器和布料交换来的，铜器并不很受欢迎。

他们的船只都装备齐全，频繁穿梭，运送着木材和淡水。土著居民给我们提供了大量的大比目鱼和鳕鱼，我们是用钉子支付的。这个海湾的飞禽特别多，所以我们捕杀了许多。我们在他们的一个村子旁登陆，我发现这里的印第安人的住所非常舒适，尽管天气已经暖和，他们还是会生着很旺的火取暖。当我走进一座房子时，他们正吃着山羊肉，唱着战歌。他们热烈欢迎我们的到访，绝没有侵扰我们船上的任何东西。他们的独木舟并不像我们之前看到的那样整洁。但是，这些独木舟要更为宽敞一些。这里的女性并不纯洁，她们的嘴唇足以令文明人作呕。然而，有些海员却相当偏爱这些。”

19 岁时，约翰・博伊特被任命为“联合”号的海上贸易指挥长，该船于 1794 年 8 月，从美国罗德岛州的纽波特港起航。在那个时代，大多数海员都没能活过 30 岁，许多人在 10 岁时成为皇家海军的见习船员，所以，博伊特在十多岁时便拥有船长地位并算不上那么的不同凡响。

在他返回北美洲的途中，他取道佛得角和福兰克群岛，于 1795 年 5 月 16 日抵达温哥华岛。他从哥伦比亚河口起，一路收购海獭毛皮，直到迪克森海口。博伊特本打算在夏威夷过冬，但一位英国人，卡梅哈梅哈国王的顾问警告他说，他的船只可能会被夏威夷人扣押，他便打消这一念头。“联合”号第二天便驶离该地，于 11 月底抵达中国。博伊特在此贩卖了他收购的 150 张海獭皮，300 张海狸皮和其他动物毛皮。

3 月中旬，博伊特抵达毛里求斯(法属岛屿)。1796 年 7 月 8 日，他到达波士顿。如此，他的美名在海事历史上被传为佳话，他成为第一个乘坐单桅帆船进行环球航行的美国人，途中所有海员无一损伤。

“联合”号是一艘 65 英尺长，94 吨位，拥有 22 名海员，装备有大威力的大炮的单桅帆船，博伊特的妹夫对其拥有一半的所有权。博伊特宣称“联合”号是“一艘完美的海船……也是一艘安全性能很高的船。我认为在这样一个漫长的航程中，所有的信任都压在这单一的一根桅杆上，简直有点不可思议。”博伊特再版的航海日志中配有翰威特・杰克逊绘制的“联合”号的详细插图。博伊特一直都是一名航海船长，直至其 1829 年去世，享年 55 岁。

在胡安·德富卡海峡，靠近塔图什小岛的地方，塔图什酋长把战斗中俘获的小孩卖给了博伊特。（约塞·卡德罗画）

参考书目：

A New Log of Columbia，1790—1792，ed. Edmund S. Meany，Seattle：University of Washington Press，1921；*The Log of the Union*：*John Boit's Remarkable Voyage to the Northwest Coast and Around the World*，1794—1796，ed. Edmund Hayes，Portland：Western Imprints，The Press of the Oregon Historical Society，1981.

查尔斯·毕晓普

1794年，查尔斯·毕晓普乘坐"鲁比"号从布里斯托尔（英国西部港口城市）扬帆起航，与"鹦鹉螺"号一道，在美国西北海岸进行海獭皮毛贸易。毕晓普是布里斯托尔造船商西德纳姆·蒂斯特的一名雇员。

1795年，"鲁比"号返回奇努克印第安人所在地——"代塞普雄（贝克）湾"过冬，停留了三个月。毕晓普写道，"他们之前偷窃的嗜好收敛了不少。我们什么都没有丢失，但当有卑下的人施展计谋偷窃我们的匕首或其他任何物件时，一旦我们向酋长报告，第二天通常都会还给我们。有一名'鲁比号'上的船员被发现偷了一枚箭头，我们便将他绑起来，严厉地鞭打。正是我们的这种行为以及其他一些事件中我们的做法，才赢得了这些人对我们的极大信任。偶尔一份令他们愉悦的微不足道的礼物，便能换回他们回赠的鱼或浆果,当然他们也不会阻止自己的女儿与我们交往,这些女孩中有些正是芳华正茂的年纪。”

在南半球,毕晓普是首批在塔斯马尼亚附近的菲尔诺群岛周围捕猎海豹的人之一。他在悉尼之南建立了首个殖民地。

参考书目:

The Journal and Letters of Captain Charles Bishop on the Northwest Coast of America, in the Pacific and in New South Wales 1794—1802, ed. Michael Roe, Cambridge: Hakluyt Society, 1967.

Ⅶ 制图师

乔治·温哥华

我不可能相信任何野蛮的国度，曾经会展现出一派富裕繁荣的景象。

——乔治·温哥华

乔治·温哥华船长曾做了世界上有史以来最长的航海勘探，可他作为水手探索西北太平洋地区的蜚誉，还是次于他的导师库克船长。

1757年6月22日，有荷兰血统的乔治·温哥华出生在英国诺福克郡的金斯林。他于1771年加入英国海军，刚满15岁就跟随詹姆斯·库克船长进行了第一次航行。他后来又陪库克船长进行了从南极洲到阿拉斯加的第二和第三次航行。在库克船长被杀的前一天，温哥华遭到夏威夷人的毒打。

1780年，晋升为中尉的温哥华在西印度群岛参与了与法国的作战。在1790年12月接到命令，要求他做好准备航行去努特卡湾，解决与西班牙的领土冲突问题，并勘查加利福尼亚到阿拉斯加的海岸。1791年，温哥华任"发现"号的船长，从英格兰起航。4月份，他穿过了胡安·德富卡海峡，勘查了大陆海岸，最终到达了那座以他的名字命名的城市。

1792年6月，他在温哥华港口的格雷岬附近遇到了两艘西班牙船只，让"西班牙海岸"这个名字名声大振。这两艘船的船长分别是加利亚诺和卡耶塔诺·巴尔德斯。温哥华在8月份航行到努特卡湾，隆重会见和结识了指挥官博迪格·夸德拉。尽管他和夸德拉船长在遵守《努特卡协定》的前提下，在把哪些区域割让给英国方面未达成协议，可是双方都同意把温哥华岛称作"夸德拉·温哥华岛"。直到哈得孙湾公司的商人将其名称缩写为"温哥华岛"以前，这一名称一直都出现在早期的海军地图上。

在 1793 年和 1794 年的夏天，温哥华继续对美洲西海岸进行缜密的勘查，在夏威夷过冬。通常人们都认为他是第一个环航温哥华岛的水手，而实际上他是第一个在经过各种勘查后证明温哥华岛只是一个岛屿的欧洲人。

1792 年夏天，在乔治·温哥华抵达海岸后，有人向他提供了九张西班牙航海图，其中包括由亚历杭德罗·马拉斯皮纳在努特卡湾抛锚后绘制的航海图表。

1792 年，迪奥尼西奥·阿尔卡拉·加利亚诺(第一个发现弗雷泽河河口的欧洲人)绘制了一幅精准的不列颠哥伦比亚西南部海域的地图。但是英国发布温哥华船长的地图比西班牙在 1802 年才发布加利亚诺的地图要早 4 年。

乔治·温哥华的作品并非完美无缺。他在地图上没有标注弗雷泽河河口、斯基纳河河口和斯蒂金河河口，还忽略了温哥华岛北端对面的西摩入口。

温哥华给许多沿岸的地方起了永久性的名字，也起了一些人们不再使用的名字。例如，他把北部华盛顿地区起名为新佐治亚，又把以北的地区依次起名为新汉诺威、新康沃尔以及新诺福克。还把其他的一些地方根据他的官员的名字分别起名为扎卡里·玛吉，彼得·普吉特，约瑟夫·贝克，约瑟夫·惠德贝，威廉·布劳顿以及詹姆斯·约翰斯通。这些都是为了纪念他的军官们而命名的。重 297 吨位的“发现”号于 1795 年 10 月回到英格兰。

温哥华船长极其精准的勘查成果使相互抵触的英国和西班牙船长都纷纷放弃了寻找西北通道的做法。最终，一个连接两大洋的航线被挪威人罗尔德·阿蒙森发现。1903 年他和其他 6 个人乘坐 47 吨位的单桅帆船“约亚”号从奥斯陆出发，于 1906 年 8 月 31 日到达阿拉斯加的诺姆市。

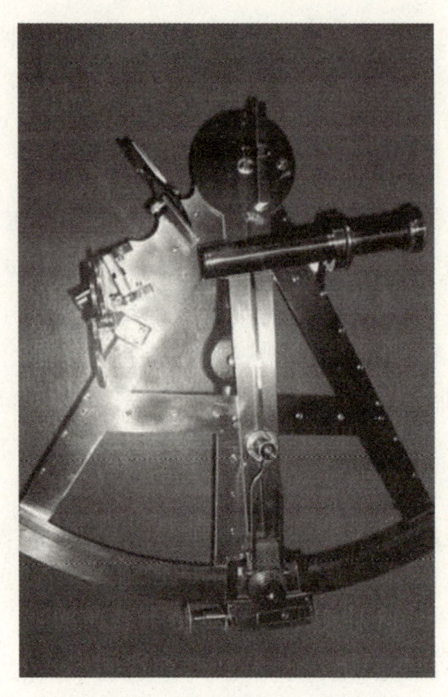

这是约瑟夫·贝克在随乔治·温哥华船长到西北太平洋勘探时使用的六分仪——贝克山就是根据约瑟夫·贝克的名字命名的。这个六分仪现展于温哥华海事博物馆。

这一著名的画像从未被证实是乔治·温哥华

臭名昭著、16 岁的托马斯·皮特，是英国一重要政治家族中的成员。乔治·温哥华就是因为鞭笞他才倒台的。在詹姆斯·库克船长的第三次航行中，温哥华和布莱船长是同伴，后来布莱建议他吸取恶名昭彰的“邦蒂兵变”的教训，对他的船员实施严加管教。温哥华是一个纪律严明的人，也就是在他的权责之内，由于怀疑皮特犯了偷窃罪，才下令对皮特进行了第三次鞭打，但是温哥华一生都从未替自己辩护过。

1794 年，温哥华用补给船“代达罗斯”号把丢人的皮特送回家后，皮特便怀恨在心，在上层社会中诽谤温哥华。当皮特后来成为卡姆尔福德的第二任男爵时，他便向温哥华发出了决斗的挑战。已经病魔缠身的温哥华并没有答应他，于是皮特便在街上公然袭击他，这也导致其成为头版丑闻。

温哥华曾在讨薪上遇到麻烦，他所取得的成就从未得到过足够的认可。在他身体状况因病而每况愈下的情况下，他还准备在兄弟约翰的帮助下出版发行他的航海日志。1798 年 5 月 10 日，40 岁的乔治·温哥华去世。不久，他的那些冒险传记出版了，受到热烈欢迎。

《北太平洋和环游世界的“发现”号之旅》是第一批详尽描述不列颠哥伦比亚的书中的一本。1997 年，加拿大铝业公司将价值 25 000 美元的《“发现”号之旅》原始三卷装的第一套买下并捐赠给了温哥华海事博物馆。加拿大国家图书馆也收藏了一套。

温哥华并未发现温哥华港。1986 年，温哥华百年纪念期间，艺术家克里斯特尔·福斯·莫尔所作的现代船锚耸立在西班牙海岸，标志着 1791 年 7 月 5 日西班牙探险家约塞·玛利亚·瓦埃斯的到来。

1999 年，乔治·温哥华老友协会发起一项宣言并由不列颠哥伦比亚副州长签署，正式豁免温哥华，使其沉冤昭雪(这是“鉴于他的名声早已被有失公允地恶意中伤了”)。这个公告在 5 月 12 日温哥华的逝世纪念日当天被公布，这一天也将在不列颠哥伦比亚省被永恒地叫作乔治·温哥华日。

人们也很少会注意到西班牙航海家约塞·玛利亚·瓦埃斯其实比温哥华更早到达加拿大城市内的英国湾入口，现在这个湾使用“温哥华湾”这个名字。

参考书目：

A Voyage of Discovery to the North Pacific Ocean [...] *in which the Coast of North-West America Has Been Carefully Examined and Accurately Surveyed* [...] *and Performed in the Years 1790, 1791, 1792, 1793, 1794, and 1795* [...], London: G. G. and J. Robinson, J. Edwards, 1798; *A Voyage of Discovery to the North Pacific Ocean*, 1791—1794, ed. W. Kaye Lamb, 4 vols, London: Hakluyt Society, 1984.

阿奇博尔德·孟席斯

阿奇博尔德·孟席斯，温哥华船长航行期间一位离群索居的非官方人员，是第一批冒险进入北太平洋地区的英国科学家之一。人们认为他是第一个把格拉斯冷杉(花旗松)标本带到英格兰的人，还是第一个将智利南美杉树引入欧洲的人。他还为杨梅树(草莓树)起了学名，而在美洲，人们将这种树称为野草莓树，它是加拿大唯一一种土生土长的阔叶常青树木。

阿奇博尔德·孟席斯，首席科学家，经常与温哥华持相反意见

1787 年和 1788 年间，孟席斯首次在詹姆斯·科内特船长指挥的“威尔士亲王”号贸易商船上收集到了“西海岸”的标本。在与温哥华一道的返航途中，在没有征得温哥华同意的情况下，孟席斯在船的后甲板上做了一个 12 英尺长、8 英尺宽的玻璃框来储藏那些标本。温哥华和孟席斯之间经常会有不同的意见，部分原因是由于孟席斯之前已经

来过努特卡湾地区的海岸。孟席斯曾受英国皇家学会主席、植物学家约瑟夫·班克斯的委任，参与了库克的首次航行。然而，温哥华由于出身卑微，航行期间身边又布满了班克斯的眼线，所以不得不对班克斯的权利有所敬畏。因此与孟席斯相比，他没那么受欢迎。

与库克船长的航行精神一脉相承，阿奇博尔德·孟席斯被要求对每个地方的自然历史进行详细记录，以确定这些植物是否能够在欧洲种植成功。还被要求进行人种的观察与记录。所以孟席斯所授权的工作是具有科学性的，而温哥华的使命则是具有地缘性和政治性的。

阿奇博尔德·孟席斯出生于一个植物学世家。他曾在爱丁堡学习，在1782年加入皇家海军成为见习外科医生。在参与了温哥华的“发现”号航行后，孟席斯在西印度群岛海军服役。1799年他获得了阿伯丁大学医学学位。1802年，他辞去海军职务，在伦敦诺丁山行医。

1754年3月15日，孟席斯出生在苏格兰佩思郡的阿伯费尔地附近。1842年2月15日在伦敦去世。伦敦林奈学会对其植物收藏品进行了展示。他是该学会会员时间超过50年的成员之一。有人推定坎贝尔河北部的孟席斯湾就是为了纪念他而命名的。

参考书目：

Archibald Menzies, *Journal of Vancouver's Voyage, April to October*, 1792, ed. C. F. Newcombe, Victoria, B. C. Archives: Government of British Columbia, 1923; *The Alaska Travel Journals of Archibald Menzies*, 1793—1794, ed. Wallace Olsen, University of Alaska Press, 1993.

威廉·布劳顿

温哥华的布劳顿街、布劳顿岛以及温哥华岛对面的布劳顿海峡都是以威廉·罗伯特·布劳顿的名字命名的。布劳顿是温哥华船长的副官，曾指挥皇家海军舰艇“查塔姆”号。布劳顿对哥伦比亚分水岭的探索，为英国对俄勒冈领土主权的声明奠定了重要基础，所以布劳顿在历史上占据着举足轻重的地位。布劳顿还首次描述了俄勒冈州的胡德山。

布劳顿于1763年出生在英格兰柴郡，1776年美国内战时期曾担任海军准尉,1790 年与奈特船长一起驾驶皇家海军舰艇“胜利”号航行。温哥华在努特卡湾完成与博迪格·夸德拉船长的谈判后,他便派布劳顿回到英国请求下一步指示。

1793 年 7 月,布劳顿到达伦敦,并于 10 月份在伦敦被授权指挥皇家海军舰艇“普罗维登斯”号。1795 年 2 月,布劳顿和他的大副扎克利·玛吉从普利茅斯起航,可是这次航行却未能与温哥华会合,当时温哥华在他返航途中已经到达了大西洋。

1796 年 3 月,布劳顿第二次到达了努特卡湾。他和他的军官们一起商议后,做出了一个错误的判断,他们认定温哥华船长极有可能已经按照指示对南美洲西海岸进行过勘查了。于是他们便动身前往亚洲,对从库页岛到长江的沿海海岸进行勘查。

布劳顿在跨越太平洋来到韩国和日本后,“普罗维登斯”号在中国台湾地区沉没了。然而布劳顿早已采取了预防措施,在澳门就已经弄到了第二艘船,“威廉·亨利王子”号。他们就是乘坐这艘船完成了他的航行,最后回到英国。他的那本描述考察探险队经历的书于 1804 年面世。

从 1807 年到 1809 年,布劳顿一直在东印度群岛担任准将一职,率领他的部队去袭击爪哇岛,但并未成功。1812 年他返回英国。1819 年,他荣升为海军陆战队上校,1821 年在佛罗伦萨去世。

参考书目:

A Voyage of Discovery in the North Pacific Ocean, London: Cadell and Davies, 1804; *Voyage de découvertes dans la partie Septentrionale de l'Océan Pacifique, fait par le capitaine W.R. Broughton, commandant de la corvette de S.M.B la Providence et sa conserve, pendant les années* 1795, 1796, 1797 *et* 1798; *dans lequel il a parcouru et visité la côte d'Asie, depuis le* 35*e degré nord, jusqu'au* 52*e*; *l'île d'Insu, ordinairement appelée Jesso*; *les côte Nord, Est et Sud du Japon*; *les îles de Likrujo et autres îles voisines, ainsi que la côte Corée. Traduit par ordre de S.E. le minister de la marine et des colonies, par J.B.B.E*****, translated by Jean-Baptiste Benoît Eyriès (1807); *A Voyage of Discovery in the North Pacific Ocean*, Amsterdam: Biblioteca Australiana ♯13, 1967.

爱德华·贝尔

……他大腿的肌肉部分都被生生地砍掉……

爱德华·贝尔是“查塔姆”号上的一名船员，随着温哥华船长的“发现”号，他们一起对西北太平洋地区进行了勘查。1792 年 9 月 14 日在友爱湾发现了夸德拉船长仆人的一具裸露并被肢解的尸体后，贝尔在他的日记中对该案凶手进行了详尽的描述。

爱德华·贝尔在他的日记里写道：“在轮船停泊的一处小海湾里，一名瘦小的西班牙男孩——夸德拉先生失踪约四十八小时的仆人——被残忍地杀害了。那把血淋淋的屠刀就在他的尸体边。据猜测，他可能是被某些印第安人打着允许他和他们部落的一名女子偷情的幌子而被骗去那里的，可是任何理由在夺走他生命这一现实面前都不能成立。没有任何资料记载有印第安人和他抑或任何西班牙人之间曾发生过争执。相反，自从西班牙人首次到达这个地方后，印第安人的日子更加欢乐。他被发现时一丝不挂，一件衣服也没找到，喉咙被彻底割断了。他的手臂，双手手背以及小腿上都有几处刺伤和切口，而他大腿的肌肉部分都被活生生地砍掉了，应该是被野蛮的凶手吃掉了。”

彼得·普吉特是贝尔所在的“查塔姆”号航船的船长，普吉特海湾就是为他而命名的。

参考书目：

A New Vancouver Journal on the Discovery of Puget Sound, *by* [*Edward Bell*] *a Member of Chatham's Crew*, Seattle: University of Washington, 1915.

亚历山大·麦肯齐

不列颠哥伦比亚历史上最著名的词句被蚀刻在一座岩石上：

亚历山大·麦肯齐
跨越加拿大大陆来到此地
1793年7月22日

1764年，亚历山大·麦肯齐出生在苏格兰路易斯岛的斯托诺韦，10岁时随父亲来到美国。在美国独立战争中，丧偶的父亲被杀后，他被送到蒙特利尔与姑姑一起生活。开始他受雇于格雷戈里·麦克劳德创办的新兴毛皮贸易公司，该公司后来成为"西北公司"的一部分。

作为西北公司的员工，麦肯齐被派到了阿萨巴斯卡河地区。在那里他第一次听说有这么一条大河，可能会把他带到太平洋的咸水域地区。这片区域被那些向他提供情报的印第安人称之为"臭湖"。

1789年在找寻那个湖的时候，麦肯齐意外地成为第一个到达北极河河口的欧洲人，那条河也就以他的名字来命名了。

1793年，他带着9个人，一条狗和一条独木舟踏上征程，继续探索，期望能够发现一条横穿美洲陆地的通道。在印第安向导的大力帮助下，麦肯齐经过皮斯河，穿过洛基山脉，沿弗雷泽河的部分河段顺流而下，横穿齐尔科廷用于"第一民族"间进行交易烛鱼的"油脂小道"，最终达到了北本廷克狭长港湾地区的贝拉库拉河口。当时麦肯齐并没有立即记录下他此次出现在太平洋的事情。

麦肯齐和他的船员们遭到了贝拉库拉地区的印第安人的斥责，据说是因为这些印第安人最近遭到一些乘坐大型独木舟的白人们的袭击。众所周知，人们曾在6周前发现乔治·温哥华船长率领"发现"号船队中的一艘船曾出现在迪恩海峡。于是，麦肯齐便在他的日记中记下了一再被印第安人称为"马库巴"和"本辛斯"的两名白人。他们可能是指温哥华船长（"马库巴"）和植物学家阿奇博尔德·孟席斯（"本辛斯"）。因此，麦肯齐第一次把穿越大陆与海上探险连在了一起。

麦肯齐划船来到迪恩海峡，就在那里他曾用朱红色油漆把他的信息留在埃尔科港口的一块岩石上。

在实现他发现太平洋的宏伟愿望后，1794 年麦肯齐回到蒙特利尔。1799 年他离开“西北公司”加入 XY 公司，但他最终还是回到了英格兰，于 1802 年被授予爵位。他在 1812 年结婚，退休后回到敦克尔德的一处苏格兰房产。1820 年 3 月 12 日，死于布莱氏肾病。

1966 年，麦肯齐北部的城镇以麦肯齐之名命名，从乔治王子城附近黑水河到贝拉库拉的一条 279 英里长的古迹观光路线，于 1987 年正式修建，用来纪念麦肯齐沿着“油脂小道”通往太平洋的跨大陆通道。在托马斯·杰斐逊的赞助下，更为有名的路易斯和克拉克探险队在麦肯齐完成壮举后的 12 年也到达了太平洋。许多美国人至今还认为路易斯和克拉克是第一批通过穿越大陆到达太平洋的“白人”。

麦肯齐的旅程标志着不列颠哥伦比亚历史上一个时代的结束和另一个时代的开端。贸易最终揭开了地理勘查的神秘面纱，构筑城堡以及引进欧式政府的管理体制都只是一个时间问题罢了。

参考书目：

The National Library of Canada has a copy Alexander Mackenzie's *Voyages from Montreal on the River St. Lawrence through the Continent of North America, to the Frozen Pacific Oceans in the Years* 1789 *and* 1793..., London: Printed for T. Cadell and W. Davies etc. by R. Noble, 1801. It has been republished in various editions. Also: *The Letters and Journals of Sir Alexander Mackenzie, ed. W.K. Lamb, London*, 1970.

参考书目

（根据出版日期排列）

FRANCIS DRAKE：

Corbett，Julian S.，*Drake and the Tudor Navy*，London，1898.

Davidson，G.，*Francis Drake on the Northwest Coast of America in the Year* 1579，San Francisco：Geographical Society of the Pacific，1908.

Nuttall，Zelia (editor)，*New Light on Drake*，London：The Hakluyt Society，1914.

Penzer，N. M. (editor)，*The World Encompassed and Analogous Contemporary Documents Concerning Sir Francis Drake's Circumnavigation of the World*，London：The Argonaut Press，1926；New York：Cooper Square Publishers，1969.

Wagner，Henry R.，*Sir Francis Drake's Voyage Around the World：Its Aims and Achievements*，San Francisco：John Howell，1926.

Robertson，John，*Francis Drake and Other Early Explorers Along the Pacific Coast*，San Francisco：The Grabhorn Press，1927.

Bishop，R. P.，"Drake's Course in the North Pacific" *British Columbia Historical Quarterly*，1939(3).

Bolton，Herbert E.，et al.，*The Plate of Brass：Evidence of the Visit of Francis Drake to California in the Year* 1579，San Francisco：California Historical Society，1953.

Aker，Raymond，*Report of Findings Relating to Identification of Sir Francis Drake's Encampment at Point Reyes National Seashore*，Point Reyes，California：Drake Navigators Guild，1970.

Wallis，Helen，*The Voyage of Sir Francis Drake Mapped in Silver and Gold*，Berkeley：Friends of the Bancroft Library，1974.

Hart，James D.，*The Plate of Brass Reexamined*，Berkeley：The Bancroft Library，University of California，1977.

Wilson，Derek.，*The World Encompassed：Francis Drake and His Great Voyage*，New York：Harper & Row，1977.

Aker，Raymond & Edward Von der Porten，*Discovering Portus Novae Albionis：Francis Drake's California Harbor*，Palo Alto：Drake Navigators Guild，1979.

Hanna, Warren L., *Lost Harbor: The Controversy of Drake's California Anchorage*, Berkeley and Los Angeles: University of California Press, 1979.

Hart, James D., *The Plate of Brass Reexamined, A Supplement*, Berkeley: The Bancroft Library, University of California, 1979.

Thomas, R. C., *Drake at Olomp-ali*, San Francisco: A-Pala Press, 1979.

Thrower, Norman J. W. (editor), *Francis Drake and the Famous Voyage, 1577—1580*, Berkeley: University of California Press, 1984.

Sugden, John, *Sir Francis Drake*, New York: Henry Holt and Company, 1991.

Aker, Raymond & Edward Von der Porten, *Discovering Francis Drake's California Harbor*, Palo Alto: Drake Navigators Guild, 2000.

Bawlf, R. Samuel, *Sir Francis Drake and His Secret Voyage 1577—1580*, Vancouver: Douglas & McIntyre, 2003.

RICHARD HAKLUYT:

The Principall Navigations, Voiages and Discoveries of the English Nation, Made by Sea or Ouer Land, To The Most Remote and Farthest Quarters Of The Earth at any time within the compasse of these 1500 *yeeres....* (London: George Bishop and Ralph Newberie, 1589; Christopher Baker, 1659; Hakluyt Society, Peabody Museum of Salem, Cambridge University Press, 1965). Includes "The Famous Voyage of Francis Drake."

An Excellent Treatise of Antonie Galvano, Portugal, containing the most ancient and modern discoveries of the world, especially by navigation, according to the course of times from the flood until the Year of Grace, 1555. *Contained within A Selection of Curious, Rare and Early Voyages, and Histories of Interesting Discoveries, published by Hakluyt* (London: G. Woodfall, 1601; 1812).

A particular discourse concerning the greate necessitie and manifolde comodities that are like to growe to this Realme of Englande by the Westerne discoveries lately attempted, written in the year 1584 (*unpublished until* 1877, *within The Documentary History of the State of Maine*).

RUSSIANS & NORTH AMERICA:

Müller, Gerhard Friedrich, *Nachrichten von Seereisen*, St. Petersburg, 1758. Translated by T. Jefferys *as Voyages from Asia to America, for Completing the Discoveries of the North West Coast of America*, London, 1761. Translated by Carol Furness *as Bering's Voyages: The Reports from Russia*, University of Alaska Press, 1986.

Sarychev, Gavril, *Account of a Voyage of Discovery to the North-east of Siberia, the Frozen Ocean and the North-east Sea*, Amsterdam: N. Israel & New York: Da Capo Press, 1969.

Coxe, William, *Account of the Russian Discoveries Between Asia and America*, London, 1780.

Bancroft, H. H., *History of Alaska*, San Francisco, 1886.

Golder, Frank A., *Russian Expansion in the Pacific, 1641—1850*, Cleveland: Arthur H. Clark, 1914; reprinted Gloucester, Massachusetts: Peter Smith, 1960.

Golder, Frank A., *Bering's Voyages*, 2 volumes, New York: American Geographical Society, 1922 and 1925; New York: Octogon Books, 1968.

Stejneger, Leonhard, *Georg Wilhelm Steller, the Pioneer of Alaskan Natural History*, Cambridge, Massachusetts: Harvard University Press, 1936.

Chevigny, Hector, *Russian America: The Great Alaskan Venture 1741—1867*, New York: Viking Press, 1965.

Michael, Henry N., *Lieutenant Zagoskin's Travels in Russian America, 1842—1844*, University of Toronto Press, 1967.

Crowhart-Vaughn, E. A. P. (editor, translator), *Explorations of Kamchatka, North Pacific Scimitar*, Portland: Western Imprints, The Press of the Oregon Historical Society, 1972.

Makarova, Raisa V. *Russians on the Pacific, 1743—1799*, edited and translated by Richard *A. Pierce & Alton S. Connelly*, Kingston, Ontario: Limestone Press, 1975.

Fisher, Raymond H., *Bering's Voyages: Whither and Why*, University of Washington Press, 1977.

Barratt, Glynn, *Russia in Pacific Waters, 1715—1825*, Vancouver: UBC Press, 1981.

Fisher, Raymond H. (editor), *The Voyage of Semen Dezhnev in 1648: Bering's Precursor*, London: Hakluyt Society, 1981.

Dmytryshyn, Basil & E. A. P. Crownhart-Vaughan & Thomas Vaughan (editors, translators), *Russian Penetration of the North Pacific Ocean. To Siberia and Russian America. Three Centuries of Russian Eastern Expansion 1700—1797*, Oregon Historical Society Press, 1988.

Black, J. L. & D. K. Buse (editors), *G. F Müller and Siberia* 1733—1743, translated by Victoria Joan Moessner, University of Alaska Press, 1989.

Black, Lydia, *Russians in Alaska 1732—1867*, University of Alaska Press, 2004.

SPAIN & THE PACIFIC NORTHWEST:

Chapman, Charles Edward, *The Founding of Spanish California: The Northward Expansion of New Spain, 1687—1783*, New York: Macmillan, 1916.

Mourelle, Francisco Antonio, *Journal of a Voyage in 1775*, translated by Daines Barrington, London: J. Nichols, 1781. *Voyage of the Sonora in 1775*, translated by Daines Barrington, San Francisco: Thomas Russell, 1920; Ye Galleon Press, 1995.

Wagner, H. R., *Spanish Voyages to the Northwest Coast of America in the Sixteenth Century*, San Francisco: *California Historical Society*, 1929; Amsterdam: N. Israel, 1968.

Wagner, H. R., *Spanish Explorations in the Strait of Juan de Fuca*, Santa Ana, California: Fine Arts Press, 1933; New York: AMS Press, 1971.

Wagner, H. R., *Cartography of the Northwest Coast of America to the Year 1800*, 2 vols., University of California Press, 1937.

Turanzas, José Porrúa (editor), *Relación del viage hecho por las goletas Sutily Mexicana enel año de* 1792 *para reconocer el Estrecho de Fuca*, Madrid: Artes Gráficos Minerva, 1958.

Bobb, Bernard E., *The Viceregency of Antonio María Buccareli in New Spain 1771—1779*, Austin: University of Texas Press, 1962.

Galvin, J. (editor), *A Journal of Explorations along the Coast from Monterey in the Year 1755*, San Francisco: John Howell Books, 1964.

Cutter, Donald C. & Laurio H. Destéfani, *Tadeo Haenke y el final de una vieja polémica*, Buenos Aires, 1966.

Thurman, Michael E., *The Naval Department of San Blas, New Spain's Bastion for Alta California and Nootka, 1767—1798*, Glendale, California: Arthur H. Clark Co., 1967.

Mathes, W. Michael, *Vizcaino and Spanish Expansion in the Pacific Ocean 1580—1630*, San Francisco: California Historical Society, 1968.

Cutter, Donald C. (editor), *The California Coast: A Bilingual Edition of Documents from the Sutro Collection*, translated and edited in 1891 by George Butler Griffin, University of Okla-homa Press, 1969.

Cook, Warren L., *Flood Tide of Empire: Spain and the Pacific Northwest, 1543—1819*, NewHaven: Yale University Press, 1973.

Colecciones de Diarios y Relaciones para la Historia de los Viajes y Descubrimientos, VII: Comprende los viajes de Arteaga en 1792 *y de Caamaño en* 1792, *por la costa NO. de America*, *Consejo Superior de Investigaciones Ceintificas*, Instituto Historico de Marina, 1975.

Fireman, Janet R., *The Spanish Royal Corps of Engineers in the Western Borderlands, 1764 to 1815*, Glendale, California: Arthur H. Clark Co., 1977.

Engstrand, Iris H. H., *Spanish Scientists in the New World: The Eighteenth-Century Expeditions*, Seattle: University of Washington Press, 1981.

Kendrick, John S., *The Men With Wooden Feet: The Spanish Exploration of the Pacific North-west*, Toronto: NC Press, 1986.

Cutter, Donald C., *Malaspina and Galiano: Spanish Voyages to the Northwest Coast, 1791 & 1792*, University of Washington Press/Douglas & McIntyre, 1991.

Bartroli, Tomas, *Brief Presence: Spain's Activity on America's Northwest Coast*, 1774—1796, Vancouver: Self-published, 1991.

Kendrick, John S. (editor), *The Voyage of the Sutil and Mexicana*, 1792, Spokane: Arthur H. Clark Co., 1991.

Bartroli, Tomas, *Genesis of Vancouver City*, *Explorations of its Site—1791, 1792 & 1808*, Vancouver: Self-published, 1992; 1997.

Inglis, Robin (editor), *Spain and the North Pacific Coast*, Vancouver Maritime Museum, 1992.

ALEJANDRO MALASPINA:

Espinosa y Tello, José. *Memorias sobre las observaciones astronómicas hechas por los navegantes españoles en distintos lugares del globo* (1809).

Novo y Colson, Pedro. *Viaje político científico alrededor del mundo por las corbetas Descubierta y Atrevida, al mando de los capitanes de navío Don Alejandro Malaspina y Don José Bustamante* (1885).

Caselli, Carlo, *Alessandro Malaspina e la sua spedizione scientifica intorno al mondo*, Milano, 1929.

Fernández, Justino (editor), *Tomás de Suría y su Viaje con Malaspina*, 1791, Mexico City: Librería de Porrúa Hermanos y Cía, 1939.

Morse, William Inglis. *Letters of Alejandro Malaspina*, Boston: McIver-Johnson Co., 1944.

Cutter, Donald C., *Malaspina in California*, San Francisco: John Howell, 1960.

Palau Baquero, Mercedes. *Catálogo de los dibujos, aguandas y acuarelas de la expedición Malaspina*, Madrid: Museo de América, 1980.

Sotos Serrano, Carmen, *Los Pintores de la Expedición de Alejandro Malaspina*, 2 *vols.*, Madrid:Real Academia de la Histiria,1982.

Manfredi, Dario, *Alessandro Malaspina... Le inclinazioni scientfiche e reiformatrici*, La Spezia:Centro Alessandro Malaspina, 1984.

Palau Baquero, Mercedes & Aránzazu Zabala & Blanca Sáiz (editors), *Viaje científico ypolitico a laAmerica Meridional... en los aos de* 1789, 90, 91, 92, *y* 95... *por los capitanes de navío D. Alejandro Malaspina y D. José Bustamante*, Madrid: Museo Universal, 1984.

Painted in 1938, E. J. Hughes' fanciful depiction of "Captain Malaspina sketching the sandstone 'Galleries' on Gabriola Island" was one of several historical murals in the dining room of Nanaimo's Malaspina Hotel prior to its demolition in the 1990s.

Capellini, Giovanni (editor), *Alessandro Malaspina: Studi e documenti per le biografia del navigante*, La Spezia: Centro Alessandro Malaspina, 1985.

Manfredi, Dario, *Sugli anni "Prontremolesi" di Alessandro Malaspina*, La Spezia: Centro Alessandro Malaspina, 1986.

Higueras Rodríguez, Dolores, *Catálogo crítico de los documentos de la expedición Malaspina*, 2 vols., Madrid: Museo Naval, 1987.

Manfredi, Dario, *L'inchiesta dell'inquisitore sule eresie di Alessandro Malaspina*, La Spezia:Centro Alessandro Malaspina, 1987.

Poupeney de Hart, Catherine, *Relations de l'expédition Malaspina*, *Préambule*, Montreal:Longueuil, 1987.

Cerezo Martínez, Ricardo, *La Expedición Malaspina*, 1789—1794, Madrid: Ministerio de Defensa, Museo Naval, Lunwerg Editores, 1988.

González Claverán, Virginia, *Expedición científica de Malaspina en Nueva España*,

Colegio de México, 1988.

Manfredi, Dario, *Sugli studi e sulle navigazioni "Minori" di Alessandro Malaspina*, La Spezia: Centro Alessandro Malaspina, 1988.

Cerezo Martínez, Ricardo (editor), *Diario General del Viaje, La Expedición Malaspina*, 2vols., Madrid: Ministerio de Defensa, Museo Naval, Lunwerg Editores, 1990.

Manfredi, Dario, *Sugli introduttivo del tratadito sobre el valor*, La Spezia: Centro Alessandro Malaspina, 1990.

Higueras Rodríguez, Dolores, *Iconographic Album of the Malaspina Expedition*, Madrid: Museo Naval, 1991.

Higueras Rodríguez, *Dolores & Maria Luisa Martín-Merás. Relación del viaje hecho por las Goletas Sutil y Mexicana en el año* 1792 *para reconocer el Estrecho de Juan de Fuca*, 2 vols., Madrid: 1802; Madrid: Museo Naval, 1991.

Beerman, Eric, *El diario del proceso y encarcelamiento de Alejandro Malaspina*, Madrid: Editorial Naval, 1992.

Sáiz Martínez, Blanca, *Bibliografía sobre Alejandro Malaspina*, Museo Universal, 1992.

Sáiz Martínez, Blanca (editor), *Alejandro Malaspina: La América imposible*, Madrid: Compañía Literaria, 1994.

Kendrick, John S. *Alejandro Malaspina: Portrait of a Visionary*, McGill-Queen's University Press, 1999.

LA PÉROUSE:

Allen, Edward Webber, *The Vanishing Frenchman: The Mysterious Disappearance of Lapérouse, Rutland, Vermont: C. D. Tuttle*, Co., 1959.

Rudkin, Charles N., *The First French Expedition to California: La Pérouse in* 1786, Los Angeles: Glen Dawson, 1959.

Dunmore, John, *Pacific Explorer, The Life of Jean Frans de la Pérouse 1741—1788*, Annapolis, Maryland: Naval Institute Press, 1985.

Inglis, Robin, *The Lost Voyage of Lapérouse*, Vancouver Maritime Museum, 1986.

Dunmore, John (editor, translator), *The Journal of Jean-François de Galaup de la Pérouse, 1785—1788*, volume I (Hakluyt Society, 1994), volume II (Hakluyt Society, 1995).

JAMES COOK:

A Voyage to the Pacific Ocean. Undertaken, by the Command of his Majesty, for making Discoveries in the Northern Hemisphere. To determine The Position and Extent of the West Side of North America; its Distance from Asia; and the Practicability of a Northern Passage to Europe. Performed under the direction of Captains Cook, Clerke, and Gore, In His Majesty's Ships the Resolution and Discovery. In the Years 1776, 1777, 1778, 1779, and 1780. In Three Volumes. Vol. I and II written by James Cook, F. R. S., Vol. III by Captain James King, LL. D. and F. R. S. Edited by Dr. John Douglas, Canon of Windsor and St. Paul's. First Edition. Three quarto volumes and one folio atlas, with 87 engravings, London: Printed by W. and A. Strahan for G. Nicol, and T. Cadell, 1784. The National Library of Canada retains a copy of this book.

Beaglehole, J. C. (editor), *The Journals of Captain Cook*, Vol. I, *Endeavour*, Cambridge University Press for the Hakluyt Society, 1955. *The Journals of Captain Cook, Vol. II, Resolution, Adventure*, Cambridge University Press for the Hakluyt Society, 1961. *The Journals of Captain James Cook, Vol. III, The Voyage of the Resolution and Discovery 1776—1780*, Cambridge University Press for the Hakluyt Society, 1967. *The Journals of Captain Cook. Vol. III. Parts* 1 & 2, *Resolution and Discovery contains Anderson's journal and extracts from the journals of Clerke, Burney, Williamson, Edgar and King.*

Edwards, Philip (editor). *The Journals of Captain Cook*, Penguin, 1999.

The first European resident, John MacKay, wintered at Tahsis with Chief Maquinna in 1786.

ALSO:

Kippis, Andrew, *The Life of Captain James Cook*, London, 1788. Republished as *A Narrative of the Voyages Round the World Performed by Captain James Cook with an account of his life during the previous and intervening periods*,

London, 1842.

Low, Charles R., *Captain Cook's Three Voyages Round the World*, London, 1876.

Kitson, Arthur, *Captain James Cook, R. N., F. R. S., The Circumnavigtor*, London: John Murray, 1907.

Carruthers, Sir Joseph, *Captain James Cook, R. N., One Hundred and Fifty Years After*, New York: E. P. Dutton and Co., 1930.

Howay, F. W. (editor), *Zimmerman's Captain Cook*, 1781; Toronto: Ryerson, 1930.

Stokes, J. F. G., *Origin of the Condemnation of Captain Cook in Hawaii*, London, 1930.

Gould, Rupert T., *Captain Cook*, London, 1935.

Campbell, Gordon, Vice-Admiral, *Captain James Cook, R. N., F. R. S.*, London, 1936.

Carrington, Hugh, *The Life of Captain Cook*, 1939; London: Sedgewick & Jackson, 1967.

Muir, John Reid, *The Life & Achievements of Captain James Cook, R. N., F. R. S., Explorer, Navigator, Surveyor & Physician*, London: Blackie & Son, 1939.

Lloyd, Christopher (editor), *The Voyages of Captain Cook Selected from his Journals*, London: The Cresset Press, 1949.

Homes, Sir M., *Captain Cook R. N., F. R. S.: A Bibliographical Excursion*, London, 1952.

Price, A. Grenfell (editor), *The Explorations of Captain James Cook in the Pacific*, Sydney: Angus & Robertson, 1969.

Villiers, Alan, *Captain Cook*, London: Hodder and Stoughton, 1967.

Beaglehorne, John Cawte, *Captain Cook and Captain Bligh*, University of Wellington N. Z., 1967.

Rienits, Rex & Thea, *The Voyages of Captain Cook*, London, New York: Paul Hamlyn, 1968.

Dale, Paul W., *Seventy North to Fifty South—Captain Cook's Last Voyage*, New Jersey: Prentice Hall, 1969.

Bushnell, O. A., *The Return of Lono: A Novel of Captain* Cook's Last Voyage, Honolulu, 1971.

Syme, Ronald & Warner Forman, *The Travels of Captain Cook*, New York, London: McGraw-Hill, 1971.

MacLean, Alistair, *Captain Cook*, William Collins Sons, 1972.

Beaglehole, J. C., *The Life of Captain Cook*, London: Adam & Charles Black, 1974.

Conner, D. & L. Miller, *Master Mariner: Captain James Cook & the Peoples of the Pacific*, Douglas & McIntyre, 1978.

Greenhill, Basil. James Cook: *The Opening of the Pacific* (Palo Alto: Pendragon House, 1978).

Efrat, Barbara & J. Langlois (editors), *Captain Cook and The Spanish Explorers in the Coast Volume VII, No. I*, Sound Heritage, Royal B. C. Museum, 1978.

Innes, Hammond, *The Last Voyage: Captain Cook's Lost Diary*, London: Collins, 1978.

Kennedy, Gavin, *The Death of Captain Cook*, London: Gerald Duckworth & Co. Ltd., 1978.

Fisher, Robin & Hugh Johnston (editors), *Captain James Cook and His Times*, University of Washington Press, 1979.

Gray, William R., *Voyages to Paradise: Exploring in the Wake of Captain Cook*, Washington D. C.: National Geographic Society, 1981.

Joppien, Rudiger & Bernard Smith, *The Art of Captain Cook's Voyages, The Voyage of the Resolution and Discovery 1776—1780*, Yale University Press, 1988.

David, Andrew, *The Charts and Coastal Views of Captain Cook's Voyages: Vol. 1, The Voyage of the Endeavour, 1768—1771*, Hakluyt Society, 1988.

Cordingly, D., *Captain Cook Navigator*, London: National Maritime Museum, 1988.

Withey, Lynne, *Voyages of Discovery: Captain Cook and the Exploration of the Pacific*, University of California Press, 1989.

David, Andrew, *The Charts and Coastal Views of Captain Cook's Voyages: Vol. 2, The Voyage of Resolution and Adventure, 1771—1775*, Hakluyt Society, 1992.

Hough, Richard, *Captain James Cook*, Coronet, 1995.

David, Andrew, *Charts and Coastal Views of Captain Cook's Voyages: Vol. 3, The Voyage of the Resolution and Discovery*, 1776—1780, Hakluyt Society, 1997.

Barrow, John (editor), *The Voyages of Captain Cook*, Wordsworth Editions Ltd., 1999.

Villiers, Alan, *Captain Cook: The Seamen's Seaman*, Penguin Books, 2001.

Collingridge, Vanessa, *Captain Cook: Obsession and Betrayal in the New World*, Ebury Press, 2002.

King, John Bolton, *James King R. N.*, Exeter: South West Maritime History Soc., 2004.

JOHN LEDYARD:

Sparks, Jared, *Life of John Ledyard, the American Traveller; Comprising Selections from His Journals and Correspondence*, London: Hilliard and Brown, 1828, 1834, 1847, 1864.

Mumford, J. K., *John Ledyard: An American Marco Polo*, Portland: Binfords & Mort, 1939.

Mumford, J. K. (editor), *John Ledyard's Journal of Captain Cook's Last Voyage*, Corvalis, Oregon: Oregon State University, 1963.

Watrous, Stephen D. (editor), *John Ledyard's Journey Through Russia and Siberia 1787—1788: The Journal and Selected Letters*, Madison: University of Wisconsin Press, 1966.

NOOTKA SOUND (ARTICLES):

Howay, F. W., "The Spanish Settlement at Nootka," *The Washington Historical Quarterly VIII*(1917): 163—171.

Kuykendall, Ralph S., "James Colnett and the Princess Royal," *The Quarterly of the Oregon Historical Society XXV* (1924): 36—52.

Howay, F. W., "Some Additional Notes Upon Captain Colnett and the Princess Royal," *The Quarterly of the Oregon Historical Society XXVI* (1925): 12—22.

Brunhouse, R. L. (editor), "An American at Nootka Sound, 1789," *Pacific Northwest Quarterly XXXI*(1940): 285—286.

Moeller, Beverley B., "Captain James Colnett and the Tsimshian Indians, 1787," *Pacific Northwest Quarterly* 57 (1966): 13—17.

Kaplanoff, Mark D. (editor), "Nootka Sound in 1789: Joseph Ingraham's Account," *Pacific Northwest Quarterly* 65 (1974): 157—163.

Archer, Christon I., "Retreat from the North: Spain's Withdrawal from Nootka Sound, 1793—1795," *BC Studies* 37 (1978): 19—36.

Efrat, Barbara S. & W. J. Langlois (editors),

"Nu-tka: Captain Cook and the Spanish Explorers on the Coast," *Sound Heritage VII*, No. 1(1978).

Efrat, Barbara S. & W. J. Langlois (editors), "Nu-tka: The History and Survival of Nootkan Culture," *Sound Heritage VII*, *No.* 2 (1978).

Mathes, Valerie Sherer, "Wickaninnish, a Clayoquot Chief, as Recorded by Early Travelers," *Pacific Northwest Quarterly* 70 (1979): 110—120.

McMillan, Alan D., "Archaeological Research in Nootka Territory: Barkley Sound to the Alberni Valley," *BC Studies* 48 (1980/81): 86—102.

Fireman, Janet R., "The Seduction of George Vancouver: A Nootka Affair," *Pacific Historical Review LVI* (1987): 427—443.

JOHN MEARES:

Morgan, Murray C., *The John Meares Expeditions: The Last Wilderness*, University of Washington Press, 1955.

Howay, F. W., *The Dixon-Meares Controversy*, Amsterdam: N. Israel, 1969.

Nokes, J. Richard & David L. Nicandri. *Almost a Hero: The Voyages of John Meares, R. N., to China, Hawaii and the Northwest Coast*, Pullman, Washington: WSU Press, 1998.

GEORGE VANCOUVER:

Meany, Edmond S. (editor), *A New Vancouver Journal on the Discovery of Puget Sound, By [Edward Bell] a Member ofChatham's Crew*, Seattle: University of Washington, 1915.

Anderson, George Howard, *Vancouver and his Great Voyage; The Story of a Norfolk Sailor, Captain Geo. Vancouver, R. N., 1757—1798*, King's Lynn, Thew & Son, 1923.

Godwin, George, *Vancouver: A Life* 1757—1798, London: Philip Allan, 1930.

Marshall, J. Stirrat & C. Marshall. *Adventure in Two Hemispheres including Captain Vancouver's Voyage*, Vancouver: Talex Printing, 1955. Republished as Vancouver's Voyage, Mitchell Press, 1967.

Meany, E. S. *Vancouver's Discovery of Puget Sound*, Portland: Binfords & Mort, 1957.

Anderson, Bern, *Surveyor of the Sea: The Life and Voyages of Captain George Vancouver*, University of Washington, 1960.

Fisher, Robin, *Vancouver's Voyage: Charting the Northwest Coast*, 1791—1795, Douglas & McIntrye, 1992.

Gillespie, Brenda Guild, *On Stormy Seas: The Triumphs and Torments of George Vancouver*, Horsdal & Schubart, 1992.

Fisher, Robin & Hugh Johnston. *From Maps to Metaphors: The Pacific World of George Vancouver*, UBC Press, 1993.

ALEXANDER MACKENZIE:

Hardwick, Francis C. (editor), *The Helping Hand: How Indian Canadians Helped Alexander Mackenzie Reach the Pacific Ocean*, Center for Continuing Education: Indian Education Resources Center, University of British Columbia, 1972.

Hardwick, Francis Chester & Phillip Moir & Sister Mary Paul, *The Helping Hand: The Debt of Alexander Mackenzie and Simon Fraser to Indian Canadians*, Tantalus Research, 1973.

Mead, Robert Douglas, *Ultimate North: Canoeing Mackenzie's Great River*, Garden City, New York: Doubleday, 1976.

Smith, James K., *Alexander Mackenzie*, Fitzhenry & Whiteside, 1976.

Fawcett, Brian, *The Secret Journal of Alexander Mackenzie*, Talonbooks, 1985.

Woodworth, John & Hälle Flygare, *In the Steps of Alexander Mackenzie: Trail Guide*, *2nd* ed., enlarged and updated, Kelowna: Self-published, 1987.

Manson, Ainslie, *Alexander Mackenzie*, Grolier, 1988.

Hing, Robert J., *Tracking Mackenzie to the Sea: Coast to Coast in Eighteen Splashdowns*, Manassas, Virginia: Anchor Watch Press, 1992.

Xydes, Georgia, *Alexander Mackenzie and the Explorers of Canada*, New York: Chelsea House, 1992.

Manson, Ainslie, *A Dog Came, Too: A True Story*, Toronto: Groundwood, 1993.

Gough, Barry M., *First Across the Continent: Sir Alexander Mackenzie*, McClelland & Stewart, 1997.

GENERAL:

Bancroft, Hubert Howe [& Henry L. Oak & Frances Fuller Victor], *History of the North-west Coast*, 2 vols., San Francisco: A. L. Bancroft and Co., 1884.

Dahlgren, E. W., *The Discovery of the Hawaiian Islands*, Stockholm: Almquist & Wiksells, 1916; New York: AMS Press, 1977.

Caughey, John Walton, *History of the Pacific Coast*, Los Angeles: Self-published, 1933.

Beaglehole. J. C., *The Exploration of the Pacific*, London: Adam and Charles Black, 1934; Stanford: Stanford University Press, 1968.

Howay, F. W., *Voyages of the Columbia*, Harvard, 1941; New York: Da Capo Press, 1969.

Keithahn, Edward, *Monuments in Cedar: The Authentic Story of the Totem Pole*, Ketchikan, Alaska: Roy Anderson, 1945; Seattle: Superior Publishing Company, 1963.

Drucker, Philip, *The Northern and Central Nootkan Tribes*, U. S. Government Printing Office, 1951. Based on field research conducted 1935—1936.

Drucker, Philip, *Indians of the Northwest Coast*, American Museum of Natural History and McGraw-Hill, 1955.

Krause, Aurel, *The Tlingit Indians*, translated by Erna Gunther, University of Washington Press, 1956.

Barbeau, Marius, *Pathfinders in the North Pacific*, Toronto: Ryerson, 1958.

Barabash-Nikiforov, I. I., *The Sea Otter*, London: Oldbourne Press, 1962.

Duff, Wilson, *The Impact of the White Man*, Victoria: Provincial Museum, 1964. Republished as *The Indian History of British Columbia: The Impact of the White Man*, Victoria: Royal British Columbia Museum, 1992, 1997.

Gunther, Erna, *Indian Life on the Northwest Coast of North America as seen by the Early Explorers and Fur Traders During the Last Decades of the Eighteenth Century*, University of Chicago Press, 1972.

Akrigg, G. P. V. & Helen B. Akrigg, *British Columbia Chronicle 1778—1846*, Vancouver: Discovery Press, 1975.

Pethick, Derek, *First Approaches to the Northwest Coast*, Douglas & McIntyre, 1976.

Senders, John, *The Nootkan Indian: A Pictorial*, Alberni Valley Museum, 1977.

Woodcock, George, *Peoples of the Coast: The Indians of the Pacific Northwest*, Hurtig, 1977.

Pethick, Derek, *The Nootka Connection*, Douglas & McIntyre, 1980.

Vaughan, Thomas & Bill Holm, *Soft Gold: The Fur Trade and Cultural Exchange on the Northwest Coast of America*, Portland: Oregon Historical Society, 1982, 1990.

Henry, John Frazier, *Early Maritime Artists of the Pacific North-west Coast, 1741—1841*, University of Washington Press, 1984.

Cole, Douglas, *Captured Heritage: The Scramble for Northwest Coast Artifacts*, Douglas & McIntyre, 1985.

Lillard, Charles, *The Ghostland People: A Documentary History of the Queen Charlotte Islands, 1859—1906*, Victoria: Sono Nis, 1989.

Little, C. H., 18*th Century Maritime Influences on the History and Place Names of British Columbia*, Madrid: Editorial Naval, 1991.

Gibson, James, *Otter Skins, Boston Ships, and China Goods: The Maritime Fur Trade of the Northwest Coast, 1785—1841*, McGill-Queen's, 1992.

Gough, Barry, *The Northwest Coast: British Navigation Trade and Discoveries to* 1812, UBC Press, 1992.

Johnston, Hugh (editor), *The Pacific Province: A History of British Columbia*, Douglas & McIntyre, 1996.

McDowell, Jim, *Hamatsa: The Enigma of Cannibalism on the Pacific Northwest Coast*, Ronsdale, 1997.

Malloy, Mary, *A Most Remarkable Enterprise: Maritime Commerce & Culture on the Northwest Coast*, Parnassus Imprints, 1997.

Malloy, Mary, *Souvenirs of the Fur Trade: Northwest Coast Indian Art and Artifacts, 1788—1844*, University of Alaska Press, 1998.

Hayes, Derek, *Historical Atlas of British Columbia and the Pacific Northwest*, Cavendish Books, 1999.

Brown, Steven C. (editor), *Spirits of the Water: Native Art Collected on Expeditions to Alaska and British Columbia, 1774—1910*, University of Washington Press, 2000.

Glavin, Terry, *The Last Great Sea: A Voyage Through the Human and Natural History of the North Pacific Ocean*, Vancouver: Suzuki Foundation, Greystone Books, 2000.

Brown, Steven & Lloyd J. Averill, *Sun Dogs & Eagle Down: The Indian Paintings of Bill Holm*, University of Washington Press, Douglas & McIntyre, 2000.

Hayes, Derek, *Historical Atlas of the North Pacific Ocean*, North Pacific Marine Science Organization, Douglas & McIntyre, 2001.

Bolanz, Maria & Gloria C. Williams, *Tlingit Art: Totem Poles & Art of the Alaskan Indians*, Surrey: Hancock House, 2003.

Koppel, Tom, *Lost World: Rewriting Prehistory—How New Science is Tracing America's Ice Age Mariners*, Atria Books, 2003.

Keddie, Grant, *Songhees Pictorial: A History of the Songhees People as Seen by Outsiders, 1790—1912*, Victoria: Royal BC Museum, 2003.

Williams, Glyndwr, *Voyages of Delusion: The Search for the Northwest Passage*, Yale University Press, 2003.

Derek Pethick

Charles Lillard

Derek Haye

Glyndwr Williams

附 录

1736 年—

第一本全面描述阿拉斯加的书出自法国地理学家简・巴普蒂斯特・杜赫德的《中国简史》,该书包括《地理描述》《历史》《编年史》《中华帝国全志》(巴黎,1735)共计四卷。1736 年翻译成英语,在海牙和伦敦出版社再版,它还包含一份报道的复印稿,是白令 1730 年刚到圣彼得堡的第一篇报道。白令曾去过劳伦斯岛,现在是阿拉斯加州的一部分,但他却从未踏足美国本土。

1751 年—

德国科学家约翰・乔治・格梅林(1709—1755)曾出版一部关于西伯利亚的四卷著作,《1733 年到 1743 年穿越西伯利亚的旅行》(哥廷根,1751—1752),该书对白令的旅行做了详尽的描述。1733 年在白令的指导下,为获取科学准确的信息,格梅林和格哈德・缪勒一道完成了一次陆地探险。尽管格梅林从未到达过堪察加半岛(位于苏联东北部),他却离开了圣彼得堡的科学院长达十年之久。当他回到德国时,全然不顾其与前俄国雇主的保密协议,他用德语完成了庞杂的作品。

1753 年—

白令致命航行之次要报告,是一篇 60 页的小册子,题目为《来自俄国海运部的一封信》,其作者疑为格哈德・缪勒。该报告 1753 年用法语首发于柏林。法文版包含他对伊尔斯的绘图和回忆录,堪察加半岛北面和东面新发现的评论(伦敦,1754)。英文版包含有一封来自亚瑟・多布斯的信,信中涉及标题上提到的法国地理学者。

1775 年—

除了布鲁诺・赫泽达的日记记载了首支踏足于太平洋西北地区的探

险队——先于1778年库克船长首次登陆努特卡湾——另有两本日志在20世纪由牧师从档案中查找到。它们分别是A.J.贝克对贝尼托·西拉《1775年赫泽达探险队远征西北海岸线》(旧金山:加州历史季刊,1930)日志的翻译,由H.R.瓦纳格引进;另一篇为米格尔德·坎波斯的《1775年探险队沿着蒙特利海岸线向北考察的日志》(圣弗朗西斯科:约翰·豪威尔,1964),约翰·加尔文编辑。

1780年—

英国古董收藏家、语言学家威廉·考克斯(1747—1828),是国王御用医生的长子。他是剑桥大学国王学院的高级研究员,后来成为威尔特郡的领班神父。他拜访过圣彼得堡后,出版了四部关于俄罗斯海上远征队重要概述的书籍。他的许多作品是基于乔安·L.舒尔策1776年出版于汉堡的德语汇编。考克斯的第一部作品是俄罗斯在亚洲和美洲探索的记录,增添了征服西伯利亚和中俄之间贸易交往的历史(伦敦,1780年;第三版出版于1787年;第四版出版于1803年)。第三版增加了"库克船长和克拉克船长取得的成果与俄罗斯探索发现的对比研究"。考克斯后期对北太平洋的探索研究工作得到英方的大力资助。因为它证实了詹姆斯·库克在其日记本上描写的观察记录,这份记录记录着北太平洋皮草贸易的本身价值和潜在价值。1781年出现了两本法语译本,1783年又出现了德语译本。考克斯提供了1761年—1763年沙洛罗夫的航海记录,1764年—1768年信德的航海记录,1764年—1771年克列尼岑和勒瓦谢弗的航海记录,等等。

1785年至1794年—

1758年前后约瑟夫·比林斯生于伦敦附近的特汉姆·格林。1778年他在为《探索》杂志工作期间,库克船长正在努特卡湾完成他最后一次航海。此后比林斯加入了俄罗斯海军,被任命为两艘俄国军舰的指挥官,负责对西伯利亚和阿拉斯加进行秘密的探索并完成两地地图绘制的任务。比林斯在堪察加半岛时参观了克拉克船长的墓地。当库克船长在夏威夷遇害后,他是第一位取而代之的指挥官。作为比林斯俄罗斯探险队的秘书,马丁·萨奥尔写下"1785年至1794年对俄罗斯北部……岛群北部至东海洋、直至美国海岸沿线……天文地理的考察记录，由海军准将约瑟夫·比林斯负责”(伦敦:A. 斯特拉恩，1802；阿姆斯特丹：N. 以色列，1968)。它记载着西班牙人与印度人以及俄罗斯人之间的贸易往来，有时，西班牙人也会充当印俄双方的中间人。

1789年至1794年—

对18世纪以前的不列颠哥伦比亚进行考察的鲜为人知的文件中，有那么一份是非官方人士，弗朗西斯科·J. 比亚纳和中尉亚历杭德罗·马拉斯皮纳的记录。用西班牙语写成，标题为《1789年至1794年舰队勇敢探索的日记》(马德里，1849)。

1790年—

1785年，约翰·卡德曼·意慈，纳撒尼尔·波特洛克，乔治·迪克森以及其他五个人组成了乔治国王海湾公司，由于约翰的兄弟理查德·卡德曼·意慈是主要投资方，公司也称作理查德·卡德曼·意慈公司(Richard Cadman Etches Company)。该公司从南海公司获得了为期五年的贸易执照。1786年至1788年期间，约翰·卡德曼·意慈是詹姆斯·柯莱特船长“威尔士亲王”号上的一名押运员。他和他的兄弟理查德在澳门遇见约翰·米尔斯后，于1789年1月缔结新的伙伴关系，称之为伦敦一印度商人美洲西北海岸贸易联盟。1789年5月英国商船被没收，约翰·卡德曼·意慈在努特卡湾被马丁内斯逮捕。他将他的经历出版在《努特卡湾相关实情的陈述》(伦敦:迪布里特，1790)。

1791年—

约翰·亨利·考克斯搭乘152吨位的水星号离开伦敦，游历在太平洋中寻找贸易机会，并于1789年到达阿拉斯加海岸沿线以及其附属群岛。传闻是他将“水星”号的名字改为“古斯塔夫”号，悬挂瑞士旗帜。F. W. 豪威认为，它于1790年以“古斯塔夫三世”号出现在该海岸一带是很可疑的，同样值得怀疑的还有约翰·米尔斯于1790年7月3日未经证实的言论。考克斯在“水星”号上的副官，乔治·莫蒂默出版了《约翰·亨利·考克斯指挥的双桅横帆船“水星”号经由特纳利夫岛群岛，阿姆斯特丹，靠近范迪门玛利亚岛，大溪地，三明治群岛，奥崴伊，美国西北沿岸的狐狸群岛，提尼安，最后抵达坎顿的观察记录》(都柏林，伦敦，1791年；阿姆斯特丹:比布尔,澳大利亚，1975年；也加仑出版社，1995年).

1791 年一

1784年格里戈尔·谢列霍夫在阿拉斯加科迪亚克太平洋西北部建立了首个永久性的居住地,他出版的76页八开本的一本书有着很长的名字,叫《格里戈尔·谢列霍夫,一个俄罗斯商人,1783年自鄂霍次克海跨越东海洋抵达美国海岸线:详细记录了他在凯克达可岛和阿法哥纳克岛的最新发现,包含对生活方式、习俗、仪式、居所以及人们服饰的记录,这些人都顺从俄罗斯的统治;也有天气变化、年度大事件、猛兽、家禽、鱼类、鸟类、植被以及许多其他在此间发现的有趣事物,所有的这些都由他本人如实准确地描述。他就仅仅只靠地图,他的阅历,以及当地蛮族提供的信息完成上述这一切》(圣彼得堡，1791)。1795年在伦敦有人将它选译出来。

РОССІЙСКАГО КУПЦА.
ГРИГОРЬЯ
ШЕЛЕХОВА
СТРАНСТВОВАНІЕ
въ 1783 году
Изъ Охотска по Восточному Океяну къ Американскимъ берегамъ,
Съ обстоятельнымъ увѣдомленіемъ объ открытіи новообрѣтенныхъ имъ острововъ Кыктака *и* Афагнака, *и съ пріобщеніемъ описанія образа жизни, нравовъ, обрядовъ, жилищъ и одеждъ тамошнихъ народовъ, покорившихся подъ Россійскую державу: также Климатъ, годовыя перемѣны, звѣри, домашнія животныя, рыбы, птицы, земныя произрастѣнія и многіе другіе любопытные предмѣты тамъ находящіеся, что все вѣрно и точно описано имъ самимъ.*
Съ чертежемъ и со изображеніемъ самаго мореходца, и найденныхъ имъ дикихъ людей.

ВЪ САНКТПЕТЕРБУРГѢ 1791 года.
Иждивеніемъ В. С.

谢列霍夫记录他航海经历的俄语版,出版于1791年。

1791 年—

荷西·玛利亚·纳瓦兹(José Maria Narváez)身为西班牙探险队的一员,绘制了胡安·德富卡海峡以及佐治亚海峡的地图,他负责指挥名为“萨特妮娜”号的纵帆船,并于 1791 年 7 月抵达温哥华西班牙海滨,比欧洲其他船只都要早。他的两名指挥官,弗朗西斯科·伊莱扎和曼努埃尔·坎佩尔的日记被亨利·R. 瓦格纳翻译编辑进《西班牙探险队在胡安·德富卡海峡实录》(圣安娜,加利福尼亚,1933)。纳瓦兹 1768 年出生于加的斯,1840 年死于瓜达拉哈拉。他大部分时间活跃于太平洋西北部地区,但是在这里他的日志却没有出版,也没有任何传记来歌颂他的丰功伟绩。

1792 年—

在迪奥尼西奥·阿尔卡拉·加利亚诺和卡耶塔诺·弗洛雷斯·巴津·佩翁(1762—1835)的指挥下,“苏蒂尔”号和“墨西哥”号于 1792 年抵达努特卡湾。而 18 世纪荷西·埃斯皮诺萨·特洛参与了西班牙最后一次对太平洋西北地区的重要的远征行动。一个天文学家在以他的名字命名了埃斯皮诺萨港口和力拓埃斯皮诺萨后,被误认为是《1792 年由胡安指挥“苏蒂尔”号和“墨西哥”号与维格·何奇欧的关系》的作者(马德里,1802)。这项工作包含了对以往西班牙探险者的历史数据汇总,M. F. 纳瓦雷特做出了贡献,却未被认可。

1793 年—

首位画海达人肖像的艺术家叫作西吉斯蒙德·巴克斯多,他在 1793 年登上了威廉·阿德勒船长的“三兄弟”号。关于这次航行没有现存的日志。但是巴克斯多的八副肖像画以人物命名,并承载了他们何时何地沉溺的信息。他是第一个记录下海达妇女名字的欧洲人。在 18 世纪以前游历了太平洋西北部的其他艺术家们,有一些正如前言提到的,曾与下面的几个海军指挥官同行出海:皮埃尔·布朗德拉(拉贝鲁斯),加斯帕尔德·杜慈·瓦尼(拉贝鲁斯)、圣扎迦利·玛基(温哥华)、托马斯·赫丁顿(温哥华)、哈利·汉弗莱斯(温哥华)以及约翰·赛克斯(温哥华)。

圣扎迦利·玛基的画，由 B.T. 庞斯雕刻“在夏洛特王后海峡触礁”。

1799 年—

18 世纪 90 年代末，欧美同海达族人间的贸易已持续了 25 年，至此海达族各村落与做远航买卖的毛皮商之间形成惯例，即互换人质作为双方文化的和平纽带。塞缪尔·贝林是詹姆斯·罗恩船长在“伊丽莎”号上的职员，他 1798 年从波士顿起航，先后两次自愿前往夏洛特皇后岛的海达族村落充当人质。他不仅绘制了一些海达族村落的地图，通过观察，还写了一本客观公正却很少被引用的冒险日记，之后这本冒险日记被马萨诸塞州历史学会出版。然而几乎没有详细材料说得清贝林的源头。

1799 年—

理查德·J. 克利夫兰驾着双桅横帆的“卡洛琳”号从中国南海岸出发远航去做毛皮生意，他历时四年终于带着一众“半信半疑的船员”到达了太平洋西北地区。克利夫兰年轻有为，25 岁就成为马萨诸塞州塞伦市的一名企业家，他对特林吉特人的描述是这样的，1799 年 3 月，位于阿拉斯加锡特卡镇的夏洛特皇后岛尽头的北部海域处，他说“一群奇怪的生物，有男有女，我之前从未见过”他们成群结队在一起“就像是从撒旦地界上逃出来的魔鬼”。克利夫兰的仇外情绪使他无法思考，为何不久后另一艘船登陆同一片海域时，一些印第安人变得“焦躁不安”、怀有敌意，而船上的人害怕受到攻击，于是无缘无故炮轰了特林吉特人。1803 年，克利夫兰同“莱利亚伯德”号的船长谢勒合作，共同经营。虽然记的不是很清楚，但他从一名美国船员的角度写下了《论述航海与商业企业》共两卷。（马萨诸塞，坎布里奇：约翰·欧文，1842，1843）。克利夫兰生于1773年，于1860年去世。

1799年—

最初尝试完成编撰一部不列颠哥伦比亚省沿岸语言的语音词典的是一名叫威廉·F. 斯特吉斯的美国水手。1799年在他17岁时就去过美国西海岸。1782年2月25日，斯特吉斯出生在马萨诸塞州的巴恩斯特布尔县，他父亲威廉·E. 斯特吉斯是当地的船东。1797年父亲去世后，斯特吉斯不得不出海挣钱养家。雇佣斯特吉斯的是J. &T. H. 珀金斯，他曾派"伊丽莎"号去过北太平洋和中国。斯特吉斯是"尤利西斯"号上的贸易助理，由于工作兢兢业业，后来被推选为该船的大副。在查尔斯·德比船长的

关于太平洋西北地区海上毛皮贸易的回忆录出现在18世纪，威廉F. 斯特吉斯所著回忆录便是其中之一，他17岁时就去过美国西海岸。

带领下，二人共同指挥"卡洛琳"号。德比去世后，斯特吉斯接手指挥。他于1810年返回波士顿后同约翰·布莱恩特共建了一家公司，名叫"布莱恩特与斯特吉斯"。在1810年到1850年期间，在斯特吉斯的指挥下，在

太平洋西北地区和中国做成了大部分生意，同时他的精明也在拉丁地区闻名。斯特吉斯对公共事务兴趣极大，尤其是与太平洋西北地区相关的事务。在近30年期间，他一直是马萨诸塞州众议院或参议院的一员。直到1863年10月21日，享年81岁的斯特吉斯去世，“布莱恩特与斯特吉斯”公司一直经营了50年。期间他还在巴恩斯特布尔县捐建了一座斯特吉斯图书馆。斯特吉斯信息源自《Hon.威廉·斯特吉斯回忆录》(波士顿：约翰·威尔逊及其子，1864)，编辑：查尔斯·格里历；《威廉·斯特吉斯日记：18世纪的水手回忆》(索诺·尼斯，1978)，编辑：S. W.杰克曼。

德雷克之争

R. 塞缪尔·鲍尔夫在《弗朗西斯·德雷克阁下的秘密航行》(2003)一书中假设，弗朗西斯·德雷克是首位到达不列颠哥伦比亚的欧洲人，但众多学者对此提出反对意见，海军历史学家爱德华·冯·德尔·波滕就是其中一位。“德雷克到过太平洋哪些地方的问题长久以来困扰人们，认真调查后这个问题有了答案，”德雷克航海家协会主席冯·德尔·波滕说，“他没有到过不列颠哥伦比亚，塞缪尔·鲍尔夫忽略了大量弗朗西斯·德雷克在太平洋沿岸航行的证据。收集的可操作证据没什么说服力，而他以此为基础做出假设，之后推测出这一结论。”

冯·德尔·波滕在《弗朗西斯·德雷克阁下的秘密航行》一书中公开提出反对，他反对弗朗西斯·德雷克是“首位”到达不列颠哥伦比亚的欧洲人。

他给出了七点证据：

· 通过里格计算法算出记录在册的航行距离，鲍尔夫指出，德雷克从墨西哥瓜图尔科港出发，到达了美洲西北海岸。鲍尔夫使用的里格计算法是一种现代测量方法，一里格等于18 228英尺，这就算出德雷克所到之处是华盛顿州沿岸，而非温哥华岛。然而，德雷克使用的伊丽莎白里格计算法不同，一伊丽莎白里格等于15 000英尺，这样算出来德雷克所到之处就是俄勒冈州南部，这也是大部分现代学者一致认同的航行范围。《德雷克从未到过大不列颠哥伦比亚》

· 鲍尔夫指出，德雷克用44天时间沿着阿拉斯加州南岸、大不列颠哥伦比亚、华盛顿州以及俄勒冈州航行了2 000英里，他在此期间的发现花了后世探险家们20年时间去研究。他用10天时间停休,34天时间航行。航行期间不分昼夜,航速达到了2.45节,即每天航行58.8英里。在航行条件有利,风力极佳的情况下,“金鹿”号在公海处开到了3到4节。接近海岸地区时,德雷克不得不只在白天航行。

一年中最冷的时候就是小冰河期,航行期间会遇到逆风、潮流,不可预知的潮汐涨退,未知的浅滩和尖顶岩礁,大雾,暴雨,而且此时沿着地形复杂、充满危险的未知海岸航行或者在水域狭窄的群岛和半岛区域航行还会遇到其他一切航行中的异常情况,考虑到这些情况,此时德雷克白天时间的航行速度不足1节——一天最多不超过20英里。鲍尔夫认为德雷克用34天时间行使2 000英里到达了美洲西北海岸的这一观点是不可信的。

· 鲍尔夫认为德雷克用44天时间探索西北海岸,而按照现存的伊丽莎白一世的远征记录册所给的日期,德雷克抵达该处海岸的时间是6月3日。然而,当德雷克到达诺瓦阿尔比恩港结束远航之时,鲍尔夫却将德雷克的结束日期从6月17日改到7月17日。之后他又将德雷克的回程日期从7月23日改到了8月23日。但是根据记录册记载,德雷克离港之后又在一处群岛逗留,并把群岛命名为圣詹姆斯群岛,而且圣詹姆斯日是7月25日。

所以德雷克并非按鲍尔夫所说的8月25日离开群岛,当时的记录册中的日历也是准确无误的。那么,从德雷克到达西北海岸到他到达海港的远航时间只有14天,而非44天。期间德雷克并未停留,他日夜兼程,以5.95节的航速,即每天行驶142.8英里的速度航行了2 000英里,而他的船所能达到的最快航速只有3到4节,而且在沿着未知海岸航行时白天的航速也只有1节。德雷克全部用来远航的时间只有14天,在此期间航行2 000英里探索西北海岸是不可能的。

· 在记录册中,德雷克极详细地描述了他所遇到的美洲当地居民。鲍尔夫称,德雷克遇到的居民居住在阿拉斯加南部海岸到俄勒冈州中部地区之间:西北海岸的这些人划着巨大的雪松独木舟,住着劈开的厚木板搭的屋子,屋子上还画着图腾。但德雷克的记录中从未提到过这种人,以及他们的手工制品。人种论研究者解释称,德雷克在海港遇到的这群人是米沃克人,他们聚居在约北纬38°的加利福尼亚州,而且生活方式与西北海岸的人们完全不同。德雷克船上的记录者无法描述出他们从未见过的一群人的习俗、仪式、手工制品、文字以及生活方式。鲍尔夫也无法将这些美洲原住民向北移400海里。

爱德华·冯·德尔·波滕的肖像

该画像由托马斯·德·洛伊所作,完成之时距43岁的弗朗西斯·德雷克阁下完成北美洲西海岸航行不久。

· 德雷克进入的港口叫诺瓦·阿尔比恩,这个名字是由鲍尔夫命名的,正如俄勒冈州的惠尔·科夫港口也是由鲍尔夫命名。这里没有美国原住民,却有引人注目的白色悬崖,圣·詹姆斯的沿海岛屿,军事防御的海滩,探索时期遗留的古器物,以及与庇护港相邻的开放式海湾,这里展示出德雷克画笔下的港湾一贯特点,是“金鹿”号船只停靠的安全位置,是船舶安全可靠的进口或出口。现代航海指南中从未提及过惠尔·科夫港口,因此它不可能是德雷克停泊的港口。

· 鲍尔夫无视大多数记录在案的证据以及早期地图,并声称他通过为数不多的证据发现的真相,是由于当时伊丽莎白一世制定的一系列条例而被迫掩盖,他也揭露了伊丽莎白一世的这一阴谋。然而一直以来对德雷克航海的记录都是非常的详细而准确的,尤其是英国学者迈克尔·特纳,他在实地考察中找到95个德雷克确实去过的地方。鲍尔夫没有找到有力的证据证明他所说的伊丽莎白一世的大阴谋。

· 鲍尔夫显然不大关注现代关于德雷克在北太平洋一些活动的研究,例如他的参考文献并不是这一领域学者们熟知的那一些参考书目,这些参考书目分析得出的结论在鲍尔夫的书中甚至都没有被提及过,鲍尔夫并没有理会一大批相关证据,他只是分析德雷克在北美西海岸的航线活动。

原旧金山博物馆馆长爱德华·冯·德尔·波滕是德雷克航海协会的会长,这是一个将许多领域的人才汇聚到此的非营利机构,研究北美西海岸的早期探险活动。

> 关于弗朗西斯·德雷克在加利福尼亚海港活动的研究跨越了两个世纪涉及许多人物,最缜密的研究是由德雷克航海协会这一私人的非盈利组织组织并引导的。从 1949 年至今,这一协会已经出版了大约一千多页的研究报告,分析研究 16 世纪的一些史料证据。这项研究包括制图学、地理学、船舶处理技术、导航学、水文学、造船学、气候学、植物学、动物学、考古学、人种学和艺术史各个学科的配合研究。
>
> 这一研究的概述可以在雷蒙德·阿克尔和爱德华·冯·德尔·波滕称之为《发现弗朗西斯·德雷克的加利福尼亚的港口》(2000)这本小册子里面找到,该册子由协会成员罗伯特·W.艾伦,威廉·达多森,布鲁斯·基根,欧内斯特·W.米科尔森,罗伯特·W.帕金森和唐·泰勒这些人协作完成。
>
> 13 美元就可以购买这本小册子,包括从 143 Springfield Dr., San Francisco, CA 94132—1456, USA.寄过来的邮费。

努特卡湾一个穿着海獭皮毛的猎人(约翰·韦伯,1778)

入侵之后

“毋庸置疑,水獭贸易对西北沿岸的印第安人产生了不良的影响,他们的健康受到酒精和烟草的毒害,瘟疫和战乱减少了他们人口数量。据统计,1774 年西北沿岸的印第安人的人口数量为 18.8 万,1874 年人口数量锐减到 3.8 万,每年人口减少率大约为 1.5%(即使对人口的估计并不完全精确)。到 1792 年,努特卡人已经沉溺于有白兰地、红酒、啤酒、咖啡、茶、糖果、面包和豆子的生活。这种不健康的饮食习惯(尽管有面包和豆子)很快席卷到整个海岸。格罗格酒激发了人的性欲从而导致乱交,反过来也传染了性病,性病导致不孕不育甚至死亡。毫无疑问这种性病是 1778 年库克船长带领船员登陆努特卡湾传染给努特卡人的,库克船长的船员们无论在哪里停船上岸都会去寻花问柳,尤其是在塔希提岛和夏威夷岛,在努特卡和阿拉斯加也会这样(俄罗斯人已经把性病传染给了这里的人)。像大多数欧美游客一样,库克的海员发现努特卡女人不像她们的波利尼西亚姐妹那样风情万种,但是‘经不住大环境影响,大多数男人蒙蔽住自己的感觉,允许这些女人爬上他们的床,这些可怜虫像是被拖把和洗衣桶粗糙的打扫一样’。根据西班牙人记载,1792 年努特卡湾,‘当地人已经开始遭受梅毒带来的痛苦和迫害’。至 1811 年,梅毒和肺结核是致努特卡族人致死的最主要病因。枪支弹药也使死亡率上升,这些热兵器与刀子棍棒这些冷兵器一起使用,使印第安人的阵亡率骤然上升。正是基于以上原因,生活在努特卡湾的印第安人人数大量减少,1788 年有三四千人,1804 年只有一千五百人了。”

——James Gibson, *Otter Skins, Boston Ships, and China Goods: The Maritime Fur Trade of the Northwest Coast*, 1785—1841.

“他们把纸当作是很可怕的东西,看见用笔写字觉得很恐慌,在他们的概念里,写字是一种可怕的神秘魔法。写东西的人很有可能是在和一种看不见的力量进行交流。他们不告诉别人他们在做什么只是写下来,他们可能在召唤一种瘟疫到这里,或者命令雨水停留在西部,或者给大马哈鱼指路让他们留在海洋中。”

—Reverend Robert Christopher Lundin Brown, *describing some of the origins of the so-called Chilcotin War of* 1864.

雷·威廉姆斯和他的妻子特里·威廉姆斯是生活在努特卡海湾的最后一批土著民,他们作为第一民族历史的守护者长年生活在此。

WWW. ABCBOOKWORLD. COM /第一民族文献

如果有人要查阅与不列颠哥伦比亚的第一民族相关信息的书籍,可登录网站www. abcbookworld. com. 免费查阅。这里列举出的 6 500 多名作者,有 50 多名印第安作者和将近 500 篇关于不列颠哥伦比亚原著民族的纪传体资料和相关书目。(查询"原著民族文学""原著民族"和"人类学")

这一网站由西蒙弗雷泽大学管理,正如文本中的例子,通常情况下我沿袭国际惯例保留印第安人的本土语言来描述这些生活在加拿大的原著本土居民,这些语言都是 18 世纪使用的术语。

印第安人语言的来源大多数不是很合理的,因此不难理解,许多人已经不用这种语言了,但是本土化的东西多少就会带点问题,而且一提及土著民总是会和澳大利亚联系起来,即使土著民的术语在 1982 年加拿大现代宪法中被使用。这里运用印第安人的语言不是为了损害或者贬低这一语言。不列颠哥伦比亚这个术语同样也不是很明确。